中国艺术研究院基本科研业务费项目
（项目编号：2020-补-3）

新时代文化艺术思想
研究文库

韩子勇·主编

鲁太光　陈越　杨娟·编

文艺高峰与中华民族新史诗研究

新时代文化艺术思想研究文库

Series of Studies on Cultural and Artistic Thought for the New Era

文化艺术出版社
Culture and Art Publishing House

图书在版编目（CIP）数据

文艺高峰与中华民族新史诗研究/鲁太光，陈越，杨娟编．—北京：文化艺术出版社，2021.6
（新时代文化艺术思想研究文库/韩子勇主编）
ISBN 978-7-5039-6748-1

Ⅰ.①文… Ⅱ.①鲁…②陈…③杨… Ⅲ.①文艺理论—中国—当代—文集　Ⅳ.① I206.7-53

中国版本图书馆CIP数据核字（2021）第114216号

文艺高峰与中华民族新史诗研究
（新时代文化艺术思想研究文库）

主　　编	韩子勇
编　者	鲁太光　陈　越　杨　娟
丛书统筹	董良敏　赵　月　贾　茜
责任编辑	刘利健
责任校对	董　斌
书籍设计	赵　蠹
出版发行	文化藝術出版社
地　　址	北京市东城区东四八条52号　（100700）
网　　址	www.caaph.com
电子邮箱	s@caaph.com
电　　话	（010）84057666（总编室）　84057667（办公室）
	84057696—84057699（发行部）
传　　真	（010）84057660（总编室）　84057670（办公室）
	84057690（发行部）
经　　销	新华书店
印　　刷	国英印务有限公司
版　　次	2021年10月第1版
印　　次	2021年10月第1次印刷
开　　本	710毫米×1000毫米　1/16
印　　张	18.25
字　　数	200千字
书　　号	ISBN 978-7-5039-6748-1
定　　价	68.00元

版权所有，侵权必究。如有印装错误，随时调换。

总　序

　　文化艺术分期，从根本上说，总是和整个社会的变化紧密联系。文化艺术是社会生活的一部分，和生产力、生产关系、生产方式、经济基础、上层建筑、历史传统等等这些看上去或远或近、重重叠叠的构造，有着千回百结、直接间接的联系。它自身的规律性其实也存在于整个社会系统的规律性之中，它无法彻底地抽身而出、孤立于社会生活之外——文化艺术的道路就是历史走过的道路。

　　经过改革开放三十多年的持续积累和不断进步，从党的十八大开始，中国特色社会主义进入新时代。以习近平新时代中国特色社会主义思想为指导，中国社会方方面面发生了一系列影响深远的重大变化，中华民族伟大复兴的热切愿望和社会力量，从来没有像今天这样如此鲜明地浮现出来，碰撞着、隆起着、升腾着，塑造着新的格局与境界。我们感受着这一切，真切地触摸到历史发展的脉动，看到了风云激荡的百年变局里，中国人众志成城、奋楫扬帆的星辰大海之路。

　　从新时期到新时代，中国文化艺术波澜壮阔的发展变化值得梳理、总结和研究。特别是十八大以来，围绕着习近平总书记关于文化艺术的系列重要讲话、论述中的部分核心命题，新时代文化艺术思想研究呈现怎样的面貌？取得了哪些进展？我们编辑出版的这套《新时代文化艺术思想研究文库》，以期做一个在场的总结和描述，并拟随着深入和细化，不断续编，跟踪描述。

今年是党的百年华诞，也是中国艺术研究院建院七十周年。谨以此书献给党的百年华诞，献给中华民族伟大复兴的新时代，献给蓬勃而起的新时代的文化艺术。

韩子勇

2021 年 8 月 10 日

文艺高峰与中华民族新史诗研究报告

鲁太光　陈　越　杨　娟

　　2014年10月15日,在文艺工作座谈会上的讲话中,习近平总书记充分肯定了改革开放以来我国文艺创作取得的成绩。同时,站在实现中华民族伟大复兴事业的高度,对文艺领域存在的问题进行了系统深入的剖析,特别指出,在文艺创作方面"存在着有数量缺质量、有'高原'缺'高峰'的现象",并号召广大文艺工作者静下心来,精益求精,努力创作"思想精深、艺术精湛、制作精良""无愧于时代的优秀作品"。[①]2016年11月30日,在中国文联十大、中国作协九大开幕式上的讲话中,习近平总书记再次强调文艺的重要作用,鼓励广大文艺工作者"创作更多体现中华文化精髓、反映中国人审美追求、传播当代中国价值观念、又符合世界进步潮流的优秀作品",并着重指出,"改革开放近40年来,我们党领导人民所进行的奋斗,推动我国社会发生了全方位变革,这在中华民族发展史上是前所未有的,在人类发展史上也是绝无仅有的。面对这种史诗般

---

① 习近平:《在文艺工作座谈会上的讲话》,《人民日报》2015年10月15日。

的变化，我们有责任写出中华民族新史诗"。①经由这两次讲话，"文艺高峰"和"中华民族新史诗"作为理论命题在顶层设计层面被提出来，并逐渐成为文艺界、理论界的研究重点，或申请课题，或自主研究，成果陆续发表。

为了对这两个理论命题的研究状况进行研判，我们对这些年来的研究成果做了收集、整理。②在中国知网上检索到与"文艺高峰"相关的论文有150篇，其中期刊上发表的有74篇，报纸上发表的有76篇（包括报道、社论、论文、访谈、笔谈、会议综述等）。同时，在"《人民日报》图文数据库（1946—2021）"检索到中国知网未能收录的在《人民日报》上发表的系列文章。《人民日报》"文艺评论"副刊专门开辟了"高峰之路"和"高峰之鉴"两个栏目，刊登国内各领域专家学者从创作实践和历史启示两方面所撰写的专题文章。前一专题持续时间较长，从2018年8月至2020年7月，共发表了62篇文章。后一专题的持续时间为2017年11—12月，共发表了5篇文章。2019年10月15日，《人民日报》以"向文艺高峰迈进"为总题，刊登了尚长荣、姜昆、张译、赵季平、陈彦、孟克吉日嘎拉、郭帆7位文艺工作者讲述自己学习习近平总书记《在文艺工作座谈会上的讲话》心得和实践体会的文章。除上述专题之外，还有6篇文章从文艺理论、美学、影视、美术等方面探讨"文艺高峰"问题。综上所述，自2014年10月15日习近平总书记主持召开文艺工作座谈会以来，各大报刊上共发表有关"文艺高峰"的文章约230篇。可以说成

---

① 习近平：《在中国文联十大、中国作协九大开幕式上的讲话》，《人民日报》2016年12月1日。
② 我们以"中国知网数据库"为主，兼顾"《人民日报》图文数据库（1946—2021）"，以"文艺高峰""中华民族新史诗""新史诗"为关键词进行检索，对检索到的文章进行阅读，再去掉与本论题关系不大的文章。

果相当丰富。

与"文艺高峰"的研究成果相比,"中华民族新史诗"的研究成果相对较少。一方面可能是因为这一命题难度较大,另一方面也可能是因为这一命题本就内含于"文艺高峰"研究。在中国知网的"中国重要报纸全文数据库"和"中国期刊全文数据库"中,以"中华民族新史诗""新史诗""新的史诗"为关键词进行检索,各类报刊上共发表论文34篇,其中报纸上发表的有25篇,期刊上发表的有9篇。

研读这些论文,我们发现研究者要么从理论角度切入,探究创造"文艺高峰"和书写"中华民族新史诗"的内在规律及保障机制,要么结合中外文艺史的史实,总结我国文艺以至世界文艺史上的"文艺高峰"现象所提供的历史经验,为当下提供借鉴,也有研究者从作家个体入手,探讨"文艺高峰"生成的具体经验。总之,亮点不少。

亮点一:理论分析有深度

无论是"文艺高峰"还是"中华民族新史诗",作为崭新而又重要的时代性命题,首先需要从理论上加以研究,廓清方向、探索路径,从而更好地发挥引领作用,推动创作,这也正是相关研究最大的亮点。对这两个命题,特别是"文艺高峰"的研究,在理论上达到了一定的深度。首先,有学者从保障机制出发,研究"文艺高峰"产生的客观条件。如,王一川认为筑就"文艺高峰"是一项"综合的和全面的人类社会生活活动","需要数量众多而功能不同的各类艺术人才共同参与",他还列举了筑就"文艺高峰"必需的五类人才:文艺立峰人,即创作"文艺高峰"作品的少数顶尖艺术家;文艺造峰人,即为文艺立峰人提供社会物质与精神条件保障的人们,包括普通人和为文艺立峰人提供精神资源和思想启迪的哲学家、思想家等;文艺测峰人,即运用研究手段和批评的方式去测量和评价文艺高峰的文艺理论家、文艺批评家和文艺史家等;文艺观峰人,即千千万万具备优良艺术素养、懂得并善于鉴赏真正"文艺高峰"的大量公众;文艺护峰人,即善于守护或维护文艺高峰的各级各类文艺管理者。① 在另一篇文章中,他还特意强调,筑就"文艺高峰"不仅"需要建设国家体制和管理上的自由环境",而且"还需要实现艺术家和相关社会各界的思维方式的自由"②。这些论述,讨论了创造"文艺高峰"的保障机制,较有启发意义。

李修建推进一步,提出了创造"文艺高峰"的"生态学"概念,他在对中外文艺史上关于"文艺高峰"生成的重要理论观点进行缕述后提出,形成创造"文艺高峰"的良好生态至少应把握以下几条规律:一是营造良好的社会和文化氛围以及相对宽松自由的创作环境,使文艺工作者能够全身心投入创作,而较少功利目的。二是注重艺术家整体文化素养的提升,今后的教育体制中,需要注重艺术家人文素养的培育。三是培育艺术家群体。伟大的艺术家不是孤立出现的,在他的周围常有一个"集团"、一个"学派"、一个艺术家聚落,志同道合的同人集聚在一起,切磋砥砺,形成良好的艺术创作氛围和艺术雅集氛围,更能促成艺术精品的出现。四是提升民众的文化素养和审美品位,使其能接受、欣赏相对高雅的文学艺术,尊重相关领域的艺术家。不仅如此,在讨论了创造"文艺高峰"的"生态学"机制后,李修建还从文艺家主体精神这一角度出发,讨论了创造"文

---

① 参见王一川《立峰人、造峰人、测峰人、观峰人、护峰人——筑就文艺高峰的主体力量》,《光明日报》2017年3月8日。
② 王一川:《中外文艺高峰观及其当代启示》,《文艺争鸣》2018年第6期。

艺高峰"的"动力学"因素,即文艺家要想创造出"高峰"之作来,还须有"超出一己私利的宏大抱负、高远理想和形上追求",要有"对于人类精神等终极问题的追问和思索",要"受个人才情和创作欲望的驱使",因为"一切优秀的艺术作品,都离不开艺术家的这种情感,离不开他们对于自然、生命、民族、国家、历史的诚挚热爱","唯有如此,才能为艺术作品贯注伟大的生命力",此外还需要"受良好的批评氛围的促动"。[①]

诚如李修建所言,创造"文艺高峰",不仅需要良好"生态",而且要有强大"动力",一些学者从更加具体的角度切入,研究创造"文艺高峰"的动力机制。马建辉认为,"艺术理想是文艺作品中的'钙',失去理想,文艺作品同样会得'软骨病',会形态萎靡、精神猥琐,在市场经济大潮中迷失方向,沉沦于世俗欲望的泥淖"[②]。即"艺术理想"是创造"文艺高峰"必需的动力。由此出发,他进一步探讨了"艺术理想"应该包含的三个基本维度。首先是社会维度,也就是说"艺术理想里面必然蕴涵着文艺家的社会理想",他还举例分析说,"正如《汤姆叔叔的小屋》之于黑奴解放,《国际歌》之于无产阶级革命,《钢铁是怎样炼成的》之于苏维埃政权,《黄河大合唱》之于爱国救亡,'十七年文学'之于新中国建设,可以说,艺术理想的崇高性,就在于其社会维度,在于其境界高远的社会理想"。[③] 其次是人生维度,"因为在优秀的文艺家眼中,文艺创作是人的灵魂工程,是改良人生的利器,而道德感的确立则是这一工程的基石",所以"如果文艺理想失去了人生的维度,那么,文艺创作就会如同'探龙颔

---

① 李修建:《论文艺高峰的生态学和动力学》,《艺术评论》2019年第6期。
② 马建辉:《坚守艺术理想,筑就文艺高峰》,《文艺报》2017年1月18日。
③ 马建辉:《坚守艺术理想,筑就文艺高峰》,《文艺报》2017年1月18日。

而遗骊珠'"①。再次是艺术维度,具体而言,"如果说艺术理想的社会维度侧重求真、人生维度侧重求善的话,那么,艺术理想的艺术维度就是侧重求美。求美,实际上就是呈现美,即能够把自然美、社会美、人生美艺术地呈现出来"②。他还分析了艺术理想与艺术实践中"眼高"与"手低"矛盾问题,认为只能以"眼高"带动"手低",而非相反。

李洋则从"时代精神"的角度出发,探讨创造"文艺高峰"的动力机制。他首先引用黑格尔的定义,指出所谓"时代精神"就是"贯穿着所有文化部门的特定的本质或性格"。哲学、艺术和科学都是"时代精神"的表达,但是黑格尔强调哲学在时代精神中格外特殊,因为"哲学是对时代精神的实质的思维,并将此实质作为它的对象",也就是说在"时代精神"中,哲学的形式与艺术、科学上的成就是共存共生的,但哲学不仅是"时代精神"的实质内容,也在外部把"时代精神"作为它思考的对象。因此哲学通过"时代精神"与艺术经典发生关系,同时哲学也与艺术经典共同构成了"时代精神"的表达。在此基础上,他归纳了哲学与艺术经典发生关系的三种形式:第一种关系是哲学的"时代精神"体现为"意志","对艺术家和艺术经典发出召唤,推动经典作品的形成",即"哲学家把对世界的敏锐观察,凝汇在时代的问题中,哲学对知识状况的概括和对社会变迁的预见,为艺术创作开辟了新的领地,为即将发生的艺术创作指出了最有价值的方向,酝酿和召唤艺术杰作的出现"。换言之,哲学像先知,"哲人们的思想启迪着艺术,让艺术家清晰感到时代变动的感召,灵敏地发现时代的问题,再通过他无与伦比的想象和才华去创作出经典作品"③。他还

---

① 马建辉:《坚守艺术理想,筑就文艺高峰》,《文艺报》2017年1月18日。
② 马建辉:《坚守艺术理想,筑就文艺高峰》,《文艺报》2017年1月18日。
③ 李洋:《时代精神与文艺高峰——哲学对艺术经典的三种建构》,《民族艺术研究》2019年第2期。

列举了狄德罗等启蒙思想家对法国新古典主义艺术的影响、赫尔德对歌德的影响来论证这一问题。第二种关系是哲学的"时代精神"体现为"语言",即"哲学本身可以进入艺术的语言本体,让思想与艺术共生,把哲学沉思转化为艺术作品的形式或风格"。也就是说,"时代精神不仅能从外部对经典的出现推波助澜,在艺术文本内部,哲学也可以产生影响"。①哲学家与艺术家在相同的"时代精神"中共同思考,共同创作。他以法国哲学家福柯与比利时画家勒内·马格利特间的一段佳话作为例证。第三种关系是"哲学的时代精神体现在来自'未来的功能'",即哲学"以回溯的方式参与艺术作品的经典化和再经典化"。②他以德国存在主义哲学家海德格尔对荷尔德林的再解读为例论证,正是对时代精神的洞察使海德格尔重燃了100多年前的诗歌之火。

除了从艺术理想、时代精神等角度出发探讨"文艺高峰"生成的内因,一些研究者也高度重视文艺的形式因素,探讨创造"文艺高峰"必须注意的形式之维。比如,刘涵之就指出,艺术形式是艺术品的符号呈现方式,任何艺术品首先都是通过形式触动人们的感官,令其"兴起",从而引发人们借助它去探讨艺术的奇妙世界,也就是说艺术的主题、内容只有转化为形式,才有可能为人所接受与领悟。据此,他强调指出,作为文艺发展史上的特殊现象的"文艺高峰"显然也存在着"形式标准"。③他还对中外文艺史上文论家、哲学家关于文艺形式的重要论断进行梳理并加以论证。这一"提醒"无疑是必要的。

赖大仁则从现实主义文艺创作规律出发,强调"典型化"对于"文艺

---

① 李洋:《时代精神与文艺高峰——哲学对艺术经典的三种建构》,《民族艺术研究》2019年第2期。
② 李洋:《时代精神与文艺高峰——哲学对艺术经典的三种建构》,《民族艺术研究》2019年第2期。
③ 参见刘涵之《形式演变视野中的文艺高峰》,《民族艺术研究》2020年第2期。

高峰"的重要性。他首先指出,"典型化"就是要求文艺家以高于生活的标准来提炼生活,"创造出具有鲜明个性化和高度概括力的艺术形象"①。在此基础上,他又强调,文艺创作的典型化"首先表现为典型人物的创造",而典型人物的创造则必须既要突出人物的个性化描写,尤其是要避免那种脱离生活真实而凭空虚构的"恶劣的个性化",又要"强化人物性格的概括性、丰富性和深刻性",尤其要注意在生活积累的基础上进行提炼概括,以创造活生生的典型人物。此外,创造典型人物还要避免"写实主义"的不良倾向,要有审美理想。②

与刘涵之、赖大仁不同,陈雪虎虽从形式入手,但却更辩证,对"文艺高峰"的内在规定性进行了探讨。他首先对接受美学、文本理论、博尔赫斯的经典论进行反思,指出这些理论对"文艺高峰"的理解皆有失偏颇,因为它们都忽视了文本的内在规定性,即"作品的内在特性和它的艺术概括同生活的运动及其发展趋势的相互关系,是同现实生活、同艺术家进行创作的那个时代以及以后各个时代的现实和精神体验的相互关系"③。"高峰"之作所以产生,在于它们扎根于这种关系,故能"从根本上直抵生活和人心,一直不断地以其独到的深刻内容,刺激着、警醒着、搅扰着、提振着人们对现实生活这些和那些方面及问题的感知、理解、思考和求索,直至当代而影响不绝"④。

---

① 赖大仁:《追求典型化创造 攀登文艺创作高峰》,《文艺报》2017年10月9日。
② 参见赖大仁《追求典型化创造 攀登文艺创作高峰》,《文艺报》2017年10月9日。
③ [俄]赫拉普钦科:《赫拉普钦科文学论文集》,张捷、刘逢祺译,人民文学出版社1997年版,第218页。转引自陈雪虎《"传世的秘密"解析:试探文艺高峰的内在规定性》,《当代文坛》2019年第5期。
④ 陈雪虎:《"传世的秘密"解析:试探文艺高峰的内在规定性》,《当代文坛》2019年第5期。

亮点二：典型示范有针对

除了从理论维度分析"文艺高峰"生成的必要条件外，一些研究者还选取中外文艺史上的"高峰"时代，对其时"文艺高峰"形成原因进行概括、提炼，为当下创作"高峰"之作提供借鉴。其中最值得重视的是《人民日报》文艺评论版"高峰之鉴"栏目组织的5篇文章。而其中最有启示的，当属葛晓音的《唐代文学高峰的启示》。

在葛晓音看来，唐代文学繁荣的原因很多，"有些时代条件是难以复制的"，但这里边"也有文人们的自觉努力，其中有些因素仍然值得当代文艺工作者思考"。[①] 她认为唐代"文学高峰"值得今人借鉴的主要有三点：一是唐代文人"为时代而创作的使命感是文学高峰形成的前提"。唐代经历了由盛而衰的变化，有治乱两种不同的时世，但这两种时世文学都取得了极高成就，至关重要的原因，"是文人们在不同时代条件下都能将个人和国家命运联系在一起，具有为时代而创作的强烈责任感"[②]。二是"文学高峰的形成与文学风气和文学形式大力变革有关"。具体来说，在诗歌方面，"汉魏六朝诗以其开创性成就为唐诗奠定基础"，但"由于齐梁陈隋时期诗风愈趋浮靡，唐朝为吸取前朝覆亡的教训，从开国之初就将政治革新和文风革新联系在一起"，且这一努力前后贯穿，"从初唐到盛唐，诗歌经历过三次重要革新。其主要方向是提倡诗歌文质兼备，核心内涵是发扬比兴寄托的风雅传统，肃清浮华绮丽的文风"。[③] 正是经由这样的努力，"建安气骨在开元中为诗人们广泛接受"，而"政治气象的更新又促使诗人

---

① 葛晓音：《唐代文学高峰的启示》，《人民日报》2017年11月10日。
② 葛晓音：《唐代文学高峰的启示》，《人民日报》2017年11月10日。
③ 葛晓音：《唐代文学高峰的启示》，《人民日报》2017年11月10日。

们把共同的时代感受反映到诗里,并意识到他们渴望及时建功立业的人生理想正是建安气骨和时代精神的契合点"①,以建安气骨为核心的"盛唐气象"就是这样形成的。在散文方面,由于历史演变的原因,到南朝时,"散文只能在少数历史地理著作中保留一点自己的地盘",唐代"骈文更加盛行,又大多用来歌功颂德、粉饰太平,变得越来越空洞浮夸"。②"安史之乱"后,唐王朝由极盛转为极衰。"不少文人认为国家动乱的根本原因是儒家思想的衰落,儒学衰微又和浮靡文风的流行有关",所以一些文人起来反对"俪偶章句",提倡恢复上古时代的淳朴文风。韩愈和柳宗元更是自觉地担当起创造新体散文的历史使命,创造出新散文。概言之,"唐代诗歌和散文高峰的出现与文人们革新文风和文体的自觉努力密切相关。当不良的风气和形式影响到文学健康发展时,总有一些有识之士出来力挽颓风。经过几代人前后相继,最后才会出现既有清醒的理论认识,又有创新能力和过人才华的大家,总结前人得失,推动文学变革,使之登上新的高峰"③。三是"唐代诗人善于提炼具有普遍性的人情,表现人生共同感受,使之达到接近生活哲理的高度,因而在百代之下犹能引起最广泛的共鸣",即"人类的社会生活、阶级属性、时代环境虽然千变万化,但是总有一些共通的至少是本民族共有的情感体验",而唐代诗人极擅把握这种共同的情感经验,并将其凝萃为诗语,无论谈人论世,还是吟咏山水,"历千百年之久仍能触动人心,又如才脱笔砚一般新鲜"。④葛晓音的分析极其深刻、到位,谈的虽然是唐代的艺术问题,但却非常有现实意义。

---

① 葛晓音:《唐代文学高峰的启示》,《人民日报》2017 年 11 月 10 日。
② 葛晓音:《唐代文学高峰的启示》,《人民日报》2017 年 11 月 10 日。
③ 葛晓音:《唐代文学高峰的启示》,《人民日报》2017 年 11 月 10 日。
④ 葛晓音:《唐代文学高峰的启示》,《人民日报》2017 年 11 月 10 日。

程正民的《十九世纪俄罗斯文学高峰的启示》也颇有启发价值。俄罗斯文学群星璀璨，大师辈出，是世界文学宇宙中颇为壮美的星河，而且俄罗斯文学与中国现代文学有着极其密切的关系，对其"高峰"形成之因进行探究，必然会对我们当下创造"文艺高峰"有所补益。在程正民看来，俄罗斯文学之所以在19世纪形成"高峰"，一个原因是俄罗斯文学家、艺术家"始终与时代和人民血肉相连"，19世纪的俄罗斯，人民受沙皇专政压迫，没有任何民主自由可言，于是文学成为人民表达思想感情的唯一场所，文学艺术家成为人民代言人，"从普希金到托尔斯泰，俄罗斯作家不怕一切形式压迫，他们在作品中深刻揭露和批判专制社会黑暗，对被侮辱被损害的下层人民寄予深切同情，不仅尖锐体现'谁之罪'问题，而且苦苦探索'怎么办'的出路"。[1]由此，俄罗斯文学真正成为时代前进的号角和人民的良心。其次，19世纪俄罗斯文学始终"坚持历史进步立场，表现人道主义精神"，且尤其可贵的是，他们将"进步的历史立场"与"人道主义精神"完美地结合在一起，"正是这种社会理想和人道理想的融合、社会批判精神和人文精神的融合，才使得俄罗斯文学在世界文学中独放异彩，并且具有永久艺术魅力"。[2]再者，俄罗斯文学始终扎根俄罗斯文化传统、民族文化精神，这才使其形成了"为人生"的方向和"销魂而广漠的哀愁"的基调。俄罗斯文学的这些特点，都值得我们深思。

除了这个专题中的文章，鲁太光讨论巴尔扎克的论文也有值得参考之处。与上述文章主要讨论某个时段或某个国家的"文艺高峰"不同，鲁太光专门讨论19世纪法国批判现实主义大师巴尔扎克的创作经验，切入口

---

[1] 程正民：《十九世纪俄罗斯文学高峰的启示》，《人民日报》2017年12月12日。
[2] 程正民：《十九世纪俄罗斯文学高峰的启示》，《人民日报》2017年12月12日。

更小，讨论更细致，其总结出来的可借鉴之处也更具体。作者首先从一个问题——马克思、恩格斯为什么喜欢巴尔扎克——出发，经过对巴尔扎克和马克思、恩格斯相关言论的比对，指出"巴尔扎克虽不可能像马克思、恩格斯那样通过科学、严谨的政治经济学分析，以百科全书式的全面、辩证，揭示出资本的秘密，但他却通过自己天才的感受力抓住了这个秘密，并用自己的如椽之笔写了下来。因此，我们可以说巴尔扎克是马克思、恩格斯的'同道'——他们都是资本主义的社会记录者、精神分析师"[①]。正是出于这个原因，马克思、恩格斯对巴尔扎克高度肯定，也可以说他们之间"惺惺相惜"。但这只是马克思、恩格斯喜欢巴尔扎克的原因之一，另一个原因是巴尔扎克"用自己的作品为所处的时代赋予了一种梦幻般的色彩，即他用梦幻的形式为我们再现了19世纪法国社会、资本社会的本质"。更具体地说，是巴尔扎克为其时的资本主义社会找到了一副"动物"的面孔，把这个社会、这个时代的丰富性、戏剧性完美地揭示出来。正是这两点使巴尔扎克成为欧洲19世纪批判现实主义的"高峰"，并得到马克思、恩格斯的青睐。作者进而总结指出："抓住时代的本质，并为其找到最为合适的形式，这就是巴尔扎克给予我们的启示。"[②]

[①] 鲁太光：《马克思、恩格斯为什么喜欢巴尔扎克——关于"文艺高峰"问题的思考》，载中国艺术研究院科研管理处编《文艺创作"高峰"问题研讨集》，文化艺术出版社2019年版，第11—12页。

[②] 鲁太光：《马克思、恩格斯为什么喜欢巴尔扎克——关于"文艺高峰"问题的思考》，载中国艺术研究院科研管理处编《文艺创作"高峰"问题研讨集》，文化艺术出版社2019年版，第16页。

亮点三：历史分析有见地

"文艺高峰"是历史地形成的，且其形成过程并非均衡运动，而是如波浪般起起伏伏，有时孤峰独立，有时群峰并起，有时平平无奇，有时还布满了低谷乃至深渊，因而选取一定的历史时段，追踪其间的文艺发展轨迹，特别是"高峰"与"低谷"交替的印迹，进而分析其原因，必然会为我们创造中国特色社会主义新时代的"文艺高峰"提供极其有益的启示和借鉴。在这方面，摩罗的研究就很有代表性。

在《"高峰"与"深渊"：中国百年文艺的生与死——以小说为例》中，摩罗以小说为例，总结百余年来中国文学、文艺发展的经验教训，探究"文艺高峰"迟迟未见的原因。他首先分析了西方现代小说诞生的社会文化背景，指出"西方现代小说，是与中世纪及其以前盛行于世的民族史诗、英雄传奇、宗教劝谕故事等虚构文学作品相对举的文体现象。现代小说关注世俗的现实生活，关注平凡人们的命运、奋斗历程、心理诉求及其生活状态"，因而等同于伊恩·瓦特的"现实主义"概念。[1] 这一社会文化背景赋予西方现代小说以一种"文学精神"——充当社会生活和日常生活的反映者、记录者并进而成为百科全书，"这种文学精神反过来赋予现代小说一种新的特质：那就是最大限度地参与到社会思潮和文化思潮之中，以期对人类生活产生历史性的影响"[2]。

正是这一特质，吸引了近代以来的中国精英知识分子，使他们将现代

---

[1] 摩罗：《"高峰"与"深渊"：中国百年文艺的生与死——以小说为例》，载中国艺术研究院科研管理处编《文艺创作"高峰"问题研讨集》，文化艺术出版社 2019 年版，第 72 页。

[2] 摩罗：《"高峰"与"深渊"：中国百年文艺的生与死——以小说为例》，载中国艺术研究院科研管理处编《文艺创作"高峰"问题研讨集》，文化艺术出版社 2019 年版，第 72—73 页。

小说作为启蒙社会、改良人生的文化利器，迫切地引用进来、使用起来。但是由于学习时的心态过于迫切，使他们忽视了西方现代小说的世俗底色，即西方现代小说在其发展中并未割断与市民社会的联系，而我们的现代小说则是现代精英的思想武器，可谓"精英小说"，"从它诞生起就一直具有脱离民间社会、脱离社会底层人群的倾向"，而且"由于其过于强烈的启蒙冲动，甚至与底层人群的文化生活和精神生活形成了某种对立关系（启蒙与被启蒙）。由文化精英对民间社会进行思想启蒙和灵魂改造，一直是现代小说中甚为活跃的主题"。[①] 这一定位，带来了一个直接后果，那就是尽管这些精英知识分子也同情底层，但"这些同情不足以促使他们去理解底层人民的文化信念、审美趣味、生活习性、情感期待，所以，他们的整体倾向是把底层人民定义为无知、自私、狭隘、愚昧、奴性、麻木、低级趣味的负面人物"[②]。极而言之，早期中国现代小说从西方现代小说中移植了世俗关怀和社会风貌的命题，但却将他们天上人间的广阔性和丰富性、上天入地的辽阔思维和伟大气魄不自觉地抛弃掉了，这必然影响其生命力。

随着中国革命的发展，中国现代小说迎来了一个伟大转机，"就像五四时期的小说有意抵制中国古典小说的影响一样，共产党人在革命运动中发展起来的小说，也有意抵制五四小说贬低劳动人民之思想倾向之影响，而放大了它用以进行政治组织和社会动员的功能设置"[③]。换言之，中

[①] 摩罗：《"高峰"与"深渊"：中国百年文艺的生与死——以小说为例》，载中国艺术研究院科研管理处编《文艺创作"高峰"问题研讨集》，文化艺术出版社 2019 年版，第 74 页。

[②] 摩罗：《"高峰"与"深渊"：中国百年文艺的生与死——以小说为例》，载中国艺术研究院科研管理处编《文艺创作"高峰"问题研讨集》，文化艺术出版社 2019 年版，第 75 页。

[③] 摩罗：《"高峰"与"深渊"：中国百年文艺的生与死——以小说为例》，载中国艺术研究院科研管理处编《文艺创作"高峰"问题研讨集》，文化艺术出版社 2019 年版，第 77 页。

国革命不仅在实践中将被颠倒了的历史颠倒过来，使人民成为历史的主人，而且在文学艺术上也将被颠倒了的历史颠倒过来，使人民成为文学艺术的主角，这"给中国文学注入了崭新的灵魂和气质，中国现代小说因此产生了脱胎换骨的变化"①。其最直观的表现，就是与"五四"以来的"精英小说"中充斥着大量麻木无知的庸众不同，这一时期的中国现代小说中出现了许多敢爱敢恨、敢想敢干的平民英雄，与"五四"以来的"精英小说"气氛往往沉重压抑不同，这一时期的中国现代小说朝气蓬勃，新人耳目。之所以如此，是因为创作主体发生了变化，"五四"时期的创作主体没有思想能力理解中国革命的性质和使命，没有思想能力理解人民的力量和诉求，而中国革命实践及在这一过程中锤炼出来的思想文化，则赋予一代作家人民立场和人民文学观，"使得作家终于能够发现底层劳动人民的革命立场和热情，能够发现底层劳动人民掌握自己命运的内在渴望和创造历史的伟大力量"，因而愿意用自己的文字或其他艺术手段"表现人民群众改变自己命运、改造社会现实的历史实践和精神风貌"。②而且经由无数文艺家的努力，形成了一个伟大的文艺传统——"人民文艺"。更加可喜的是，伴随着"人民文艺"的诞生，很快就迎来了其"高峰"时代，产生了《黄河大合唱》《白毛女》《小二黑结婚》《太阳照在桑干河上》《东方红》《创业史》《三里湾》《山乡巨变》等大量杰作，其光彩辉耀人间。

然而，在社会主义建设后期，由于对人民文艺观的错误理解，使其陷入机械化、公式化的困境，甚至将文艺争鸣错误地变成人身批判，极大地

---

① 摩罗：《"高峰"与"深渊"：中国百年文艺的生与死——以小说为例》，载中国艺术研究院科研管理处编《文艺创作"高峰"问题研讨集》，文化艺术出版社2019年版，第77页。
② 摩罗：《"高峰"与"深渊"：中国百年文艺的生与死——以小说为例》，载中国艺术研究院科研管理处编《文艺创作"高峰"问题研讨集》，文化艺术出版社2019年版，第79—80页。

扼制了文艺生产力，因而新时期之后，许多作家纷纷逃离人民文艺的立场，尤其是20世纪80年代中期之后，随着反思文学、先锋文学的流行，不仅人民文艺传统被边缘化，而且一些文艺家"直接继承了五四新文化运动的片面批判中国历史和中国人民的传统，对清末以来殖民主义者所加给中国的诬陷性描述和歧视性批判，照单全收，用比五四一代更为细致的文学笔触，对他们想象中的中国社会的黑暗、中国文化的丑陋、中国国民的愚昧，进行了淋漓尽致的展现和愤恨交加的批判"①。这对新时期历史虚无主义和逆向种族主义思潮形成起到了推波助澜作用，由于这些小说忽视人民立场，沉迷个人世界，故可命名为"个人小说"。

在摩罗看来，百年来，从"精英小说"到"人民文艺"，再到"个人小说"，中国文学完成了一个周期。百年来小说创作的起伏，是政治文化生态颠簸动荡之历史的体现：清末以降，中华遭遇前所未有的大敌和危机，虽左冲右突，但困顿重重，未得突破。因长期失败，精英群体陷入恐惧慌乱，甚至迷失了方向，看不见民族生活深处的光。虽然中国共产党带领中国人民扭转了近代以来沉沦的走向，积极探索中国道路、中国方向，并产生了历史上绝无仅有的"人民文艺"，但由于社会主义建设遭遇挫折，一些文化精英又心慌意乱，迷失自我。因此要想创造新时代的"文艺高峰"，"当务之急是恢复民族自信，进行切实的文化建设和精神建设"②，重建文艺与人民的血肉联系。

虽然具体判断有所不同，但刘佳帅的研究与摩罗有异曲同工之处，他

---

① 摩罗：《"高峰"与"深渊"：中国百年文艺的生与死——以小说为例》，载中国艺术研究院科研管理处编《文艺创作"高峰"问题研讨集》，文化艺术出版社2019年版，第83页。
② 摩罗：《"高峰"与"深渊"：中国百年文艺的生与死——以小说为例》，载中国艺术研究院科研管理处编《文艺创作"高峰"问题研讨集》，文化艺术出版社2019年版，第87页。

把已处于完成时态的 20 世纪中国艺术分为四个时段，并对不同时期"高峰"产生的时代背景和艺术理念进行了归纳：在 20 世纪前期，中国的颓败让国人面临着艰难困境，既要批判中国传统文化中的痼疾，又希望带领大众奋发图强。正是在这两难困境中，一批艺术先锋进行探索，产生出了一批具有"高峰"意义的艺术家及作品，"徐悲鸿和林风眠显然是其中当之无愧的代表"，他们"共同秉持着'美育救国'的思想，在不同的创作方向上殊途同归地呈现了中国画现代变革的多种可能性，树立了 20 世纪初期中国艺术的高峰"。① 延安时期，为呼应"艺术大众化"和"大众化艺术"的主题，"由一批充分发挥艺术社会功用价值的艺术家的共同创作"，构成了一座"高峰"群像。新中国成立后，在社会主义建设及运动中，艺术家充分发挥艺术的社会功能，展示了在"为人生而艺术"的道路上达到的"高峰"地位，共同塑造出新中国典型的人民形象，成功地建构了新型的国家形象。20 世纪后期，在"解放思想、实事求是"的号召下，艺术家们以新视角感受时代精神，个性意识空前高涨、审美意识空前发达，出现了一些以"描绘日常生活的'真'"为旨归的"高峰"之作，而且影响至今。②

基于这一梳理，刘佳帅提醒我们，面对当下新的历史境遇（全球化）、新的生活方式（视觉文化），传统的话语体系已然不再适用，"今天的全球艺术交流语境以及新型的生活情境，使得'东方'与'西方'、'传统'与'现代'等二元区分被消解，从而彰显出人类命运共同体的新形态"，因而中国艺术家的艺术表达，要"更加凸显出与全球艺术生态之间的关系，并

---

① 刘佳帅：《20 世纪以来中国美术高峰的演变脉络与再塑依据》，《美术》2019 年第 2 期。
② 刘佳帅：《20 世纪以来中国美术高峰的演变脉络与再塑依据》，《美术》2019 年第 2 期。

需要在内外之间审视艺术的表达效果"。①

亮点四：结合现实有针对

在梳理相关资料时，我们为结合当下语境分析"文艺高峰"问题的论文匮乏而苦恼，毕竟"文艺高峰"是针对当前文艺现状而提出的一个理论命题，缺乏对当代语境的分析，无论如何都是一大缺憾。但唐宏峰的《新机制、新媒介与当代性——对当代条件下文艺高峰建设的思考》，在一定程度上缓解了我们的焦虑。她开宗明义地指出："思考当代中国文艺高峰建设，需要充分考虑文艺体制/场域的当代性新特点。"而"与传统的文艺创作格局相比，市场和经济的因素对当代文艺生产有着更大的作用和影响。当代文艺创作无法单纯作为与商业无关的纯粹精神创造，而是与版税、票房、拍卖价格等多种经济利益有着密切关系。因此，这样作为产业的文学艺术，就不是单纯的艺术创造，而是一个复杂的产业系统，要依赖多种力量的综合，形成一个在国民经济中能够发挥重要作用的行业"。②当代文艺产业系统的复杂多变，不仅是一种外部规约，而且已渗透进文艺创作内部，使文艺创作的诸多要素、环节发生了"质变"。唐宏峰指出，有两个突出的现象需要重视：一是"创作主体的多样性"，即与传统的创作主体是文艺家个人不同，"当代的文艺主体构成已不单纯是少数专业天

---

① 刘佳帅：《20 世纪以来中国美术高峰的演变脉络与再塑依据》，《美术》2019 年第 2 期。
② 唐宏峰：《新机制、新媒介与当代性——对当代条件下文艺高峰建设的思考》，《文艺争鸣》2018 年第 6 期。

才，而是数量更多、范围更广、成分更多样"。① 二是"创作主体的多重性"，即"文艺作品具有非单一的多重作者，创作被分解为多重作者的分工合作，复合的作者给当代文艺带来一种生产性、工匠性和物质性"。② 也就是说，当代艺术家族有了更多的"综合艺术成员"。比如影视艺术创作就需要包括导演、制片人、编剧、摄影、美术、录音、演员、服化道等在内的庞大团队。因此，创造新时代"文艺高峰"就必须考虑这一主体构成特点，"在努力培育大师天才之外，还要注意引导更多样类型的创作群体的提升，鼓励、扶持与认可多种创作群体，将建设文艺高峰与社会整体创作力量相结合，改善当代中国文艺的整体水平"。③

唐宏峰还提醒我们注意媒介新变问题。她指出，"快速更新的各种互联网媒介带来自媒体、媒介融合、多屏互动、全媒体等各种新媒介环境"，这已经成为当代文艺生产的主导媒介环境。"文艺生产从创作、传播到接受的全链条都受到新媒介的巨大影响，这要求对当代文艺发展的思考必须充分考虑新媒介的作用。"更重要的是，互联网颠覆了传统意义上的艺术生产，"网络时代艺术生产的本质不仅在于艺术作品的更广泛发布，更在于生产与展示和传播的同一"。在这里，"生产—传播—消费被压缩为同一过程，具体的时空关系也被超越"。④ 此外，媒介变迁给文艺批评的影响

---

① 唐宏峰：《新机制、新媒介与当代性——对当代条件下文艺高峰建设的思考》，《文艺争鸣》2018年第6期。
② 唐宏峰：《新机制、新媒介与当代性——对当代条件下文艺高峰建设的思考》，《文艺争鸣》2018年第6期。
③ 唐宏峰：《新机制、新媒介与当代性——对当代条件下文艺高峰建设的思考》，《文艺争鸣》2018年第6期。
④ 唐宏峰：《新机制、新媒介与当代性——对当代条件下文艺高峰建设的思考》，《文艺争鸣》2018年第6期。

也非常巨大,"文艺批评呈现全媒体整合、全民性参与的新态势,其标准和风格也日趋多元"①。整体而言,媒介新变对所有的文艺形式、对全面的文艺生态发生影响。因此新时代的"文艺高峰"建设必须直面纷繁芜杂的媒介现实,而非仍然依靠传统经典杰作的标准和思路,排除媒介的大众化与市场化等。

最后,她还借用近年来许多西方理论家讨论的"当代化"问题,号召广大文艺家"以高度的敏感和深刻的体认来书写当代现实"②。为了做到这一点,艺术家需要具有"总体性"视野,不仅要把握住艺术与现实间的表层联系,而且更要揭示表象背后具有深度的本质和规律,而后,经过艺术家心灵的融化,在生动具体的形象和故事中加以表现。

亮点五:"中华民族新史诗"有破题

我们上文已经提到过,研究"中华民族新史诗"的论文比较少,但由于"文艺高峰"研究本身就内含着这一问题,加之相关文章也探讨了"中华民族新史诗"的主要问题,因而可以说这一研究已经破题。

李松睿从对史诗概念的探讨出发来展开讨论。在他看来,关于史诗的诸多论述,当以黑格尔在《美学》中的分析最具代表性,即史诗"须用一件动作(情节)的过程为对象,而这一动作在它的情境和广泛的联系上,须使人认识到它是一个与一个民族和一个时代的本身完整的世界

---

① 唐宏峰:《新机制、新媒介与当代性——对当代条件下文艺高峰建设的思考》,《文艺争鸣》2018年第6期。
② 唐宏峰:《新机制、新媒介与当代性——对当代条件下文艺高峰建设的思考》,《文艺争鸣》2018年第6期。

密切相关的意义深远的事迹。所以一种民族精神的全部世界观和客观存在，经过由它本身所对象化成的具体形象，即实际发生的事迹，就形成了正式史诗的内容和形式"①。在谈到诗人与其作品的关系时，黑格尔指出史诗作者的"自我和全民族的精神信仰整体以及客观现实情况，以及所用的想象方式，所做的事及其结果"达到一种和谐统一的状态。概言之，黑格尔认为在史诗所讲述的情节背后，"蕴含着一个民族对于其所生活的时代和环境的全部理解。而史诗作者从事的工作，就是与民族、时代及其所生活的世界融为一体，达到一种完美统一的状态。在这样的写作状态下，诗人创造的就是史诗"。②但卢卡奇等理论家在对史诗理论进行分析时指出，古希腊人的生活世界相对较小，他们的生活内容也相对简单，史诗作者能够圆满地把握这一世界，并完美地予以呈现，但现代生活范围急剧扩大，生活节奏日益加快，生活内容纷繁复杂，人与世界很难再保持和谐统一的状态，也就是说，进入现代社会，生活的总体性无可挽回地失落了，史诗成为一种难以企及的文体。但这并非意味着放弃史诗性追求，在卢卡奇看来，随着史诗的落幕，其功能由长篇小说取而代之——长篇小说即现代生活的史诗。现代作家固然已无法像古希腊诗人那样，完美地把握、再现世界的总体性，但他们将波澜壮阔的生活纳入文本的努力，使其作品可能具有史诗品格，而且可能比史诗更丰富多彩、震撼人心。

不过，在变化纷繁的当代社会书写史诗，必然面对某种悖论式的情境：一方面，我们身处的社会越来越复杂，使得文艺家很难在总体上把

---

① [德]黑格尔：《美学》（第三卷下册），朱光潜译，商务印书馆1981年版，第107页。
② 李松睿：《新时代呼唤着中华民族的新史诗——习近平文艺思想学习心得》，《民族文学研究》2018年第2期。

握；另一方面，文艺家既然无法获得总体性，就只能勉力在追求总体性的长旅上跋涉。在这个意义上，可以说每位真正的现实主义作家都是"悲剧英雄"，他们不得不在历史巨变中写出民族的自我意识，勉力把握自身所处的时代，因而史诗称号是对他们的作品最好的褒奖。

实际上，现代文艺史上，也有不少作家、艺术家完成了这一使命。其实只要回顾1949年以来的中国当代文艺史，就可以明白史诗对于民族对于国家的重要性。"中华人民共和国成立之后，中华民族的命运无疑进入了一个新的历史阶段。这样的历史时刻正呼唤着文学对中华民族的命运进行书写，思考中国社会前进的道路与方向。而那些前辈作家也回应了他们的使命，努力谱写出了新的史诗，涌现出一大批社会主义现实主义的杰作"，其中的代表作当属柳青的长篇小说《创业史》。然而进入新时期之后，由于文艺思想随着社会转折而转换，"中国当代作家乐于承认生活的不可知性，不承认存在所谓历史发展的必然方向"，在复杂神秘的生活面前，中国有太多的作家"放弃了寻找规律和总体性的可能"，放弃了书写中华民族史诗的艺术理想。① 从这个层面看，"中华民族新史诗"是一个具有战略重要性的命题。

李云雷就是在这个层面上思考这一命题的，他认为"今天我们抒写中华民族新史诗，不仅要努力在中国文学的脉络中勇攀高峰，而且要有雄心将当代中国人的生活、情感与精神，凝结为具有世界意义的经典之作"②。因此，抒写"中华民族新史诗"要具备三个条件：首先，要具备新的历史眼光，即将生活重新"相对化"的反思眼光与能力，因为"我们只有在

---

① 参见李松睿《新时代呼唤着中华民族的新史诗——习近平文艺思想学习心得》，《民族文学研究》2018年第2期。
② 李云雷：《作家有责任抒写中华民族新史诗》，《学习时报》2017年5月19日。

历史脉络的细致把握中,才能够更深刻地感知和把握到'现实'"①。其次,要具备新的社会意识,即创作者要突破"自我"的藩篱,"关注他人,关注时代,关注世界,尤其要关注社会底层的生活与内心"②。再次,要具备新的世界视野,即随着中国不断进步、发展,我们"需要重建面对世界的心态,重构新的世界图景"③。

孙书文从现实主义文艺理论出发,探讨书写中华民族新史诗的必要条件。他认为首要任务是保持文艺与时代间的张力关系,只有这样,"文艺想象、艺术探索才能得以展开,文艺才会有'艺术性'"④。与此同时,要书写"中华民族新史诗",必须坚持人民美学方向。他特意引用习近平总书记"人民不是抽象的符号,而是一个一个具体的人,有血有肉,有情感,有爱恨,有梦想,也有内心的冲突和挣扎"的论述,认为这一论述对人民的界定更宽广,体现出了新时代的建设性特点,我们关于"人民美学"的思考,必须立足于这一"人民"范畴。最后,文艺家要书写"中华民族新史诗"还必须发扬现实主义精神,敢于用朴实的方式反映生活,强力介入现实、"跳入生活",与生活"肉搏""化合",对生活进行典型化创造,彰扬真善美,贬斥假恶丑。结合当下文艺环境来看,这些分析无疑是到位的,有极强的现实意义。

---

① 李云雷:《作家有责任抒写中华民族新史诗》,《学习时报》2017 年 5 月 19 日。
② 李云雷:《作家有责任抒写中华民族新史诗》,《学习时报》2017 年 5 月 19 日。
③ 李云雷:《作家有责任抒写中华民族新史诗》,《学习时报》2017 年 5 月 19 日。
④ 孙书文:《从史诗般的新时代到"中华民族新史诗"——兼论当代现实主义文艺理论中的三个问题》,《山东社会科学》2018 年第 8 期。

遗憾与不足

尽管取得不少成绩，但毋庸讳言，研究中还存在一些遗憾与不足。

首先，文学研究多，其他研究少。实际上，我们看到的成果大都是文学研究。我们这本选集共收集了 19 篇论文，只有唐宏峰的《新机制、新媒介与当代性——对当代条件下文艺高峰建设的思考》、黄天骥的《明清戏曲高峰的启示——从汤显祖"意趣神色"论谈起》、刘佳帅的《20 世纪以来中国美术高峰的演变脉络与再塑依据》这 3 篇分别讨论了新媒体艺术、戏曲、美术领域的问题，其他各篇都是以文学为中心展开论述的，即使涉及其他艺术形式，也是一笔带过。这并非我们选稿有偏好，只选文学研究论文，而是研究状况的实际反映。客观地说以文学为中心展开讨论，可以理解。这一则是因为我们有久远的文学传统，文学在较长的历史时期发挥了重要作用，充当着我们的"公共文本"，二则是因为文学研究方面的人才相对较多，三则是文学研究具有一定的普适性，可以为其他艺术门类提供借鉴。但如果考虑到如今文学相对边缘、影响式微的现实，而影视艺术特别是新媒体艺术崛起，影响与日俱增，有可能或者已经成为当下的"公共文本"这一现实，考虑到音乐、美术、书法、戏曲等艺术形式更具民族特色，在国际交流中更易凸显中国本色，考虑到话剧等舞台艺术形式更具综合性，更适合今日文化需求等因素，这种研究中的偏颇，就不能不说是一个不大不小的遗憾了。

其次，理论分析多，创作自述少。无疑，这两个命题的主要研究者、阐发者当然是学者、是文艺理论家，因为这是他们的本职工作。但无论是"文艺高峰"，还是"中华民族新史诗"，都是实践性很强的理论命题，或者说对于如何创作"高峰"之作，如何书写"中华民族新史诗"，创作者如鱼饮水，冷暖自知，因此他们的思考或许更具启示价值，也更具有操作性。因此这一维度的缺失，也令人遗憾。

再次，谈历史现象多，谈当下问题少。在讨论这两个命题时，研究者要么从理论出发，要么从文艺史上寻找借鉴，而很少结合当下的文艺实践展开分析，无论如何这都是一个不足。因为创造"文艺高峰"和书写"中华民族新史诗"，都是现实针对性极强的命题，甚至可以说之所以提出这两个命题，就是为了解决当前文艺领域中存在的诸如缺乏优秀文艺作品、审美标准混乱等根本性问题。而且缺乏对文艺现实的分析，容易导致研究出现无的放矢，流于空泛等弊病。所以结合当下文艺实践展开讨论，应是下一步研究的一个突破口。

最后，有组织的研究质量相对较高，自发性研究质量相对较差。我们在收集资料时发现，质量较高的成果大多是课题或集体研究成果，比较突出的有：第一是中国艺术研究院组织各艺术门类学者于2019年3月6日召开"文艺高峰问题座谈会"，"从不同角度、不同专业，总结古今中外文艺发展史的经验，剖析当下文艺发展的状态，提出意见和建议"[①]。而后又组织这些学者深入研究，细化思路，撰写专题论文，并编辑出版《文艺创作"高峰"问题研讨集》，共收录13篇论文。此次我们从这个"研讨集"中选录了李修建、摩罗、鲁太光的3篇论文。第二是《人民日报》文艺版开设的"高峰之鉴"栏目，邀请国内知名学者撰写总结不同朝代、不同国家关于"文艺高峰"经验的5篇文章，自2017年11月10日至12月15日连续推出。在高校研究成果中，

---

① 韩子勇：《"高原"与"高峰"》，载中国艺术研究院科研管理处编《文艺创作"高峰"问题研讨集》"代序"，文化艺术出版社2019年版，第1页。

最引人注目的是王一川担任首席专家的国家社科基金艺术学重大课题"文艺发展史与文艺高峰研究",这一课题组发表了多篇质量较高的论文,除了王一川的《中外文艺高峰观及其当代启示》外,陈雪虎、刘涵之、李洋、唐宏峰的论文也都是这个课题组的成果。与这些集体研究成果相比,个体研究只能说差强人意,本次选入的文章应该说是其中质量较高,较有价值的。

上述问题说明,这两个命题还需持续研究,尤其需要自觉研究。

目　录

理论分析

003　"传世的秘密"解析：试探文艺高峰的内在规定性　陈雪虎

020　论文艺高峰的生态学和动力学　李修建

038　形式演变视野中的文艺高峰　刘涵之

055　追求典型化创造　攀登文艺创作高峰　赖大仁

062　时代精神与文艺高峰
　　　——哲学对艺术经典的三种建构　李　洋

075　坚守艺术理想，筑就文艺高峰　马建辉

081　新机制、新媒介与当代性
　　　——对当代条件下文艺高峰建设的思考　唐宏峰

典型示范

103　唐代文学高峰的启示　葛晓音

111　宋代文艺高峰的启示　莫砺锋

120　明清戏曲高峰的启示
　　　——从汤显祖"意趣神色"论谈起　　黄天骥

128　十九世纪俄罗斯文学高峰的启示　　程正民

134　十九世纪法国文学高峰的启示　　郭宏安

140　"高峰"与"深渊"：中国百年文艺的生与死
　　　——以小说为例　　摩罗

159　马克思、恩格斯为什么喜欢巴尔扎克
　　　——关于文艺"高峰"问题的思考　　鲁太光

179　20世纪以来中国美术高峰的演变脉络与再塑依据　　刘佳帅

193　中外文艺高峰观及其当代启示　　王一川

中华民族新史诗

227　作家有责任抒写中华民族新史诗　　李云雷

232　新时代呼唤着中华民族的新史诗
　　　——习近平总书记文艺工作重要论述学习心得　　李松睿

241　从史诗般的新时代到"中华民族新史诗"
　　　——兼论当代现实主义文艺理论中的三个问题　　孙书文

258　**编后记**

理论分析

"传世的秘密"解析：
试探文艺高峰的内在规定性

陈雪虎

同代人之间乃至各代人之间，赏鉴同一文艺家的作品，极力推崇某一文艺大家及其传世之作的现象，历来是作家、理论家和文艺史家思考和研究的重要问题之一。这个问题其实追究的是文艺作品在空间上的影响力和历时性上的生命力：文艺作品是如何突破有限的在地范围和特定时间的当代世界，乃至超越特定范围内的现实利益、道德理念或文化传统，而传诸久远、影响深广，成为后人瞩目的传世高峰的？这个问题通常被称为文艺作品"传世的秘密"，值得深入探讨。从日渐社会化的当代世界而言，文艺高峰的生成往往是由多方面的社会要素所塑造和孕育。[①] 这里则主要尝试从文艺活动诸多现象的角度，理论地追究文艺作品在当时的影响和历代传世的秘密这一问题，借以探讨文艺高峰的内在规定性。

[①] 比如学者王一川认为，总体来看艺术史尤其是近现代艺术史，绝大多数被公认的艺术高峰主要是"由立峰者、造峰者、测峰者、观峰者、护峰者等基本要素及其高峰成熟度构成的艺术高峰场的合力作用的结果"。参见王一川《论艺术高峰场》，《民族艺术研究》2019年第2期。

一、读者说了算？

不同时代的人们对不同时代作品进行欣赏和批评，此间形成的不同状况固然可由各时代状况及社会心理之间的非同一性或变化来解释，但是突破时空，隔着不同地域和不同时代，而一起赏鉴同一作家的作品，重视之，推崇之，甚至引为知己的现象，该如何解释呢？

在近现代社会，不少学者提出"读者的创造性"的解释。比如，作品的意义很大程度上由它的接受者赋予，读者纳入意义，而这种意义往往为作者原本所未能顾及。在很大程度上，接受美学和读者反应批评就是强调读者再创造作品乃至创造历史的这一方面。最完美的作品，莫过于任何人都可以在作品中加入他自己想起或想要的东西，因为作品本身不是实体，它并不保留最初被作者所赋予的那种意义。毋宁说，作品往往更多是某种可由作者和读者共同创造的，由读者和作者一起去填充意义的"空洞"之物。读者在理解作品的方面，确实具有相当大的能动性。

读者与作者的"共同创作"，这当然是个比喻。在这个方向上，另一可能的解释是情境主义。不同时代不同地域而共同被赞赏和推崇，最可能的原因是不同的读者处于不同的情境，作品被赋予了不同的解释和意义。赋予文学作品以某种意义的环境，是在接受作品时出现的，作品被带入了不同的情境，不同的读者把各自的情境带进了阅读之中。是这个变化不定的情境创作出作品，而不是读者重新得到或提取了作品。当代读者及后世读者都是不同的，其情境也是千变万化的，所以作品最终不得不承载不同情境中的不同读者基于自身情境和能动性所赋予的意义。

读者说了算，这一解释可以从不同角度和立足点上去推演论证，其共同趋向就是把文学作品主要看成发挥能动性和创造性以进行自我表现的空间和领域。但是，如果强调作品的生命力取决于文艺接受的这种消费的话，那势必会出现一个问题：为什么一些作品经得住时间的考验，在历代引发读者的兴趣，而另一些作品在声浪巨大热潮一时之后，却很快被人遗忘呢？一个经典的例证是，为什么莎士比亚的戏剧至今还有强大生命力，而与莎士比亚同时代的不少戏剧家的作品在当时也热潮一时，可后来却不再吸引读者，其审美意义被后人忽略，而只被极少数的学院研究所保存？

所以传世的秘密不能单方面地归诸读者的创造。现代社会以来，不少学院化的研究，固然有其保存和整理文化遗产的功用，但它在很大程度上体现的是现代社会的合理化和体制化。此间体制化的负面效果，亦如韦伯和哈贝马斯等人所言，时常在于各领域的自行其是和不接地气，而与整体性社会变迁和民众生活形成某种隔绝。不少由学院生产出来的"创造性"解释，往往也沦落成"为创新而创新"的解释。从文化传承的基本生态而言，没有现实性的解读，所谓的"创造性"也容易没有生命力，最后走向枯萎和死亡。

这样看，作品的生命力由读者（完全）赋予的说法，仅得其偏。更合理的解释应该是，文学作品的传世及其在历史上的存在不仅取决于不同读者和各代读者对它的态度，还取决于作品本身的内在特性及其自然发挥的影响和功能。

二、文本层面、图式和具体化？

读者不能说了算。由此，眼光聚焦到文学作品的文本上：同一文学作品，为何会引发其社会审美功能的非同一性现象呢？正是在这种凝视中，20世纪波兰现象学文论家英加登的文本层面、图式和具体化的理论，被引入解释，影响巨大。

在英加登看来，作品文本本身是由异质的但互相联系的要素构成的，认识也是由不同的但密切联系的过程构成的；它必然是在时间过程中发生的，因为作品只能在时间过程中呈现给我们。这样就意味着，文学作品的接受应当包括作品在历时性展开过程的连续性，也包括作品在许多同时出现的不同质的成分及其整体性。而这后一方面，主要就是指文学文本层面。文学文本的各成分经常是在同一个结合体中呈现出来的，从类型的角度看，可以分成四种成分或层面：（1）这种或那种语言的构成物，首先是词的发音（sound-stratum）；（2）词的意义或高一级语言单位的意义（units of meaning），首先是句子的意义；（3）作品里所讲的东西，即作品中或者它的某一部分所描写的对象，常常是某种多重图式化方面（schematized aspects）；（4）这种或那种观相，从中可以看到描写的相应的对象，亦即所谓再现的客体（represented objects）。① 艺术作品正是这样的多层面的结合体，这些看来也正是艺术作品的审美意义的多重性和多变性的根源所在。

与英加登多层面论相联系的是其文学作品"具体化"的思想。在英加登看来，作家往往力图使自己的作品具有直观性，但却往往在很多方面没有做到，而且也不可能做到，因为直观性要求对所描写的人物和现象本身所具有的大量的不同的特点加以呈现，而作家实际上无法再现多种多样的

---

① 这种同时性的各层面分析并不是英加登的最终目的，他其实也要求探讨将不同层面整合起来成为有机整体的方式。他认为实现这些依靠的是"形而上的质"（metaphysical qualities），即诸如崇高、悲剧性、恐怖、震惊、玄奥、丑恶、神圣和悲悯之类的东西，它们常常显现为一种弥漫于该情境中的人与物之上的"气氛"（atmosphere）并以其光芒穿透并照亮其中所有的东西，正是它们有可能使文本进一步成为"伟大的文学"。参见 Roman Ingarden, *The Literary Work of Art*, George G. Grabowicz trans., Northwestern University Press, 1973, p.30, pp.290-291.

个性特点和特征的全部总和。由此产生英加登所谓的描写对象的"不完全的确定性",这种不确定性必然使文学作品具有图式化的性质。而在另一方面,作品能在读者接受它的过程中具体化,这意味着,虽然作品本身只是某种骨架的、图式化的东西,但许多方面却可以为读者所补充或填补,在某种情况下,甚至被改变或歪曲。作品只有以这种新的、更完备、更具体的面貌,连同给它补充进去的东西一起,才变成审美接受和享受的对象。

英加登的层面、图式和具体化的观点,在现象学意义(更准确地说是语法系统、形式统一体和审美符号的意义)上,支撑了作品本身多孔复层、后人多角度激活所以各得其偏的理解,这个理解看来解释了作品得以传世的原因。但在事实上,英加登的说法,比如文学审美对象必须在诸阶段的延续中构成,许多审美对象必须结合起来以便构成整体的总体价值,再比如同一部作品有多少读者和多少读法就有多少新的作品具体化的构型的说法,是值得反思的。[①] 指望通过承认作品所具有的各个不同的层面或图式本身来揭示其生命和生命之外的复杂世界的秘密,不免有些简单。强调多侧面的同时性,意味着面面俱到,意味着要求作品再现或呈现无限具体性的现实,而这显然不符合特定历史情境中的个人或群体的阅读和欣赏的实际。这是一方面。而在另一方面,这种形式化的现象学也并未形成对作品接受的历史过程的真正把握。因为就具体性而言,历史和现实是重点论的,文艺作品的审美功能和社会作用总是那些在人的精神生活中起着重要作用的维度和层面,人们对作品的意义的追寻和把握也总是对这些起着

---

① [波]罗曼·英加登:《对文学的艺术作品的认识》,陈燕谷、晓未译,中国文联出版公司1988年版,第414页。

重要作用的维度和层面的概括与决断。而起着重要作用的维度和层面，显然不会只是这些现象和符号的层面、图式或容器。这样的审美对象及其审美功能，似乎还是过于封闭在文学研究的实验室里，其对文艺高峰传世的社会文化内涵的理解不免单薄。

三、经典和传统的加持？

如果说，读者的创造和审美共通感理论更多是先验假设，作为对文学作品审美功能非同一性和人们对同一作品的追崇的解释，不免单纯、简单和透明，而层面、图式和容器的现象学理解又太近于实验室里的纯净、形式和理性，那么，特定民族文化传统"人同此心、心同此理"的人性设计以及相应经典自然形成的理解，则成为不少对文艺传世高峰的理解。在这些人看来，传世高峰及其光辉不过是经典宝石的流光溢彩，是传统红线的命定联系。也就是说，所谓"传世的秘密"其实是由于经典和传统的加持作用。

这些人往往采用博尔赫斯从阅读的角度对"经典"的定义："经典是一个民族或几个民族长期以来决定阅读的书籍，是世世代代的人出于不同的理由，以先期的热情和神秘的忠诚阅读的书。"[1]这样，经典似乎就是传世的原因，经典成为传世高峰。另外，传统按其原意，就是在历史长河中承传而来的线索和链条。传统并不是已死的尸骸，在许多人看来，传统意味着一根自古不绝的内在红线以及一个"同时共存的秩序"，传统序列中

---

[1] ［阿根廷］豪·路·博尔赫斯：《博尔赫斯文集》，王永年等译，海南国际新闻出版中心1996年版，第7页。

的主要文本至今都共存在人们的思想和感觉之中。艾略特的名文《传统与个人才能》就强调创作者必须要在模仿传统和彰显个性之间小心翼翼地保持平衡。①这种理解强调,传统是人们无法摆脱的东西,并且有了它的庇荫和加持,文学作品可以在绵延的时间之流中仍然发挥其影响力。

不过,传统和经典其实也是人造的。经典同样也是一个被建构的过程,并且此中加入了太多的社会和权力的因素,以致人们往往生气勃勃地追问:"谁来决定?谁有权力决定?又如何决定?"所谓"决定"的过程,事实上往往"既是普通读者的历史性作用日渐淡出的过程,也是学院中人和文学研究者的专业阅读与阐释得到制度性保护的过程"。这可不仅仅限于"文学正典","尤其是20世纪现代主义的兴起,更为专业研究者提供了阐释的优先性与权威性。因为普通大众离开专家的阐释环节,想读懂《芬尼根的守灵夜》或者《荒原》这类现代主义经典是相当困难的"。②在这里,文化主义的造作和现代分工自限的不自然,是显而易见的。也可以说一切经典在树立权威、享受殊荣、建立尊卑等级,甚至将其他所谓"非经典"作品黜落的过程中,必然充满了激烈而非温和的审美震荡。此间的历史性、社会性和权力因素,是人们在感受经典的美学魅力时必须要加以省察的方面,这种省察当然也会涉及欣赏者自身常常无法意识到的审美惯习及其形构机理。传统也是如此,事实上是作为一种人为建构出来的机制和构造,它不仅具有筛选、示范、鉴别等功能,而且本身即是容纳或遏制、承袭与变异之辩证结构。在传统与经典生成过程中,布满了布鲁姆所要克服的"影响的焦虑"和心理激荡,更有大量的文学机构、制度、社团

① [英]托斯·艾略特:《艾略特文学论文集》,李赋宁译注,百花洲文艺出版社1994年版,第2—3页。
② 参见吴晓东《梦中的彩笔:中国现代文学漫读》,北京大学出版社2018年版,第142—143页。

和各类工作者人群等中介，甚至直接的权力环节起着重要的作用。也就是说经典和传统，其实意味着某种造作的非自然性。在当代世界，人们对经典和传统的吁求，在相当程度上其实也是局限于现代分工领域而力求保守文化的体现。

这样看高峰传世，其原因就不能单方面简单地归结于经典和传统的加持作用。因为视高峰为经典和传统的加持，在相当程度上是基于文化保守的倒果为因。就实际情形而言，传统对传世经典和文艺高峰的传播和影响有一定的助力，但这种助力仍然只是起到某种制度性的放大效应。也就是说虽然有文化熏染和传统裹挟的功能，但这种影响并不能深入到文艺接受活动的毛细血管及其与生活的真正关联的深处，真正起到"润物细无声"的决定性的影响和作用。从另一方面而言，文化和传统在造作的方面，往往意味着对生活和现实基底及其物质面的忽略，因为经典诉求往往意味着对"外在性"的看重。所谓"外在性"，就是读者往往把自己看作在大历史中生活并与之休戚攸关之人，并且在广阔的文化生活前景中去理解自己。

就当代的现实面而言，在同时代，匆忙把某个作品划入经典显然要冒风险，谁配得上"经典作家"的称号，并不是由作家的同时代人，而注定是要由后代人去裁定。传世作品之所以被时人乃至后人视为高峰，其根本原因不在于历史过程中的经典化，虽然经典化在历史洪流中也是一个过程，固然也有后世人为的因素乃至强大力量刻意塑造的情况，但从根本上讲，自然的经典化乃是文学发挥现实的影响，与民众建立真正的联系，并受到民众的自然传颂的结果，而不是倒过来，即作品一旦符合某种标准和规则，或者在风潮中进入到桂冠诗人名单或销售排行榜之中，作品就能在经典的序列中存留并得到历史的认可。

因此，经典其实根本不是某种化石。真正的经典和传世高峰的历史生命，实际上是通过它们与社会意识、文化思潮乃至相应意识形态的互动关系，或者说不断的再连接、再评估、再推重的过程，而得到延续的。在这个过程中，每个时代都会按照自己的方式重新推重一批属于最近的过去的作品，而经典序列总是处于永无止境的变化和运动中，此中的传世高峰一次次地得到基于新的背景的丰富化和再生长，它们作品所包蕴的含义构成得以生长，继续充实，甚至会展开越来越新的含义因子。[①] 当然，在这个过程中，也会出现对早先创作出来的作品的意涵进行追认性的发掘和重新解读，由此也带来经典作家序列的重新排布。这个方面的例子是南北朝时代并未得到最高品级的陶渊明作品，在唐宋以降的时代里终于得到士林文人才子的更高称引和推崇。正是在新的理解和阐释的过程中，陶渊明及其作品由此上升为更为经典的序列。

经典与传统其实是强调某种自过去而来的稳定的关系和秩序。但在使某种关系和秩序彰显，而特定作品流传的同时，往往会造成相应作品自身意义的损失。一者是在新的时代里因其造成的对新生文化的压制性，而受到新兴力量的漠视、歪曲、诋毁或掏空，这种现象在各种先锋派的反叛行动中屡见不鲜。另一者则是权势和利益往往奉为正则和典律，造成绝对化和终极化，甚至将之僵化、教条化，这种死气沉沉必然使之失去与现实生活之间的真正关联。文化传统岂可使传世高峰僵硬同化？经典与传统岂可与由古而今各自的时代生活土壤自相分离？

---

① 参见［苏联］巴赫金《答〈新世界〉编辑部问》，晓河译，载《巴赫金全集》第四卷，河北教育出版社1998年版，第366—371页。

四、与现实生活的联系、应和及其回响

文艺高峰传世的秘密，应当从作品在历史过程中真正长期发生的社会审美作用方面来揭示。也就是说，文艺高峰作为当代视角，其本柢应当取决于历史流变与作品的存在方式及其功能的关系。或者说，此间起决定作用的是诸多作品本身的因素与历史流变中的因素之间的相互关系。这两大方面包含着无数的变量，但这应该是传世秘密之所在，值得细细分析。

首先应当考虑和弄清的是文艺作品作为艺术结构的各个成分的积极作用，以及这些成分在作品系统中的相互联系。这应该是文艺作品成为传世高峰的内在规定性的方面之一。比如，文艺高峰之作往往呈现出各种不同的——常常是不同类的生活过程。在这些文艺作品所展开的文艺活动中，世界的多样性、人的复杂性以及文学作为接通世界和他人的关联的媒介性，得到充分的展现。这样看，"世界那么大，我要去看看"这样的俗语为什么引发自然的激动？就是因为此间展现出人们要求突破界限，不拘泥于在地性的、对跨界生活的渴望，或者想要找到外表不同的现象之间的联系（异中之同），以及发现相同或相近的现象之间的差别（同中之异）的愿望。而传世高峰往往正是这样那样地处理、包含、分析和综合了这方面的生活内容。果若如此这般地处理、包含、分析和综合，不仅从史诗到小说这样长度的巨著，甚至一首小诗，都可能成为传世高峰。一句话概括就是，基于生活地启悟着人生之异与同，往往是文艺作品从一般平凡生活跃向传世高峰的基底性可能。

再比如，传世高峰往往以艺术冲突的样式，高度集中、高度巧妙地表现了在相当程度上彼此对立的生活因素和精神因素，从而以特殊的、往往是极其间接的形式反映出现实生活矛盾的冲突。在中外著名的悲（喜）剧

作品中，在诸多具有艺术魅力的小说或散文中，往往呈现出现有平衡和静止的破坏、慢慢形成的冲突或突然的爆发，以及这些冲突和运动对主人公的命运的影响。基于现实生活的人事纠纷、性格冲突，以及作者通过作品而与读者展开的关于某些重大生活现象或问题认识的争论，往往成为文艺作品处理的核心主题。从古典时代到现代社会，文学往往正是这样，透过这些艺术形象、艺术冲突、典型形象和风格化的意象与意境，以及意蕴复杂多义的象征或寓言，将千千万万人的人生，连同生活的无尽涌流，直接地联系在一起。文学作品的艺术结构的各个成分，包括形象和冲突的复杂多变的相互关系，风格或体裁在艺术构成力和结构网络中的影响，形象所包蕴的"类"特性和个人特点的结合，以及贯穿于作品中的基调及其他诸多声调之间的协调，这些成分的结合使艺术作品出现自身的艺术结构，从而具有自身质的规定性和情绪的感染力。正是艺术作品中的这些活跃的成分以及此间与生活联系的深广度，使得作为统一体的艺术作品的含义常常突破作者的构思，而成为人类智慧的结晶和社会的财富。由此，文艺作品不断地和许多社会过程与精神生活现象发生接触和碰撞，文艺作品的命运，尤其是艺术品的功能和作用，已不再取决于作者的意志了。

不妨举杜甫诗作《江南逢李龟年》为例。其诗云："岐王宅里寻常见，崔九堂前几度闻。正是江南好风景，落花时节又逢君。"美国汉学家宇文所安在长达5页的解析后总结道："往昔的幽灵被这首诗用词句召唤出来了，而这些词句用得看上去使劲要对这些幽灵一无所知；装得越像，幽灵的力量就越大……"[1]一首小诗的艺术结构，其内部的积极成分被诗人有

---

[1] ［美］宇文所安：《追忆：中国古典文学中的往事再现》，郑学勤译，生活·读书·新知三联书店2004年版，第8—9页。

意无意地用到极致,而其审美结构和艺术功能,就这样成为召唤出现实生活感的灵媒或幽灵,触发人们不尽的情思,由此诗作也被千百年来的读者们一再赏读和吟唱。宇文所安看到了中国古典诗歌传统的独异性,"如果说,在西方传统里,人们的注意力集中在意义和真实上,那么,在中国传统中,与它们大致相等的,是往事所起的作用和拥有的力量……中国古典诗歌始终对往事这个更为广阔的世界敞开怀抱:这个世界为诗歌提供养料,作为报答,已经物故的过去像幽灵似的通过艺术回到眼前"①。不过与其说是这首诗托庇于传统,毋宁说恰恰是文艺作品自身的内在质素和审美特性,同时也是文艺作品与社会生活的紧密联系和互动,使这种追忆的传统被进一步放大,而艺术与生活联系的深广度也使作品成为诗性国度的文化结晶。因此,追忆传统之无尽绵延不过是传世高峰带来的回响。

这样说,对文艺作品的传播和影响起着决定作用的,应该是作品的实际品质和特性。在这里,作品对世界的深入把握和艺术概括位于首位,成为文艺高峰影响和传世的内在规定性的方面。然而,不同时代和不同文化的阅读者、接受者和消费者对艺术作品的品质和特性的认识,往往又是不同的。那么对艺术作品的理解、认可,以及取舍和抑扬的一般性(因而也较为客观)标准是什么呢?这又涉及文学作品结构与社会审美功能的互动性方面。

其次应当考虑文学作品结构与社会审美功能的互动性方面,更要以复杂性思维来处理,把历史流变的维度加进来进行综合的考虑。这是文艺高峰的内在品质和特性得以展现,从而回应现实生活和历史变化的方面。在

---

① [美] 宇文所安:《追忆:中国古典文学中的往事再现》,郑学勤译,生活·读书·新知三联书店2004年版,第23页。

这方面，值得重视的是俄国文论家赫拉普钦科所坚持的："显然，这样的标准是作品的内在特性和它的艺术概括同生活的运动及其发展趋势的相互关系，是同现实生活、同艺术家进行创作的那个时代以及以后各个时代的现实和精神体验的相互关系。"[①]这个从苏联时代而来的标准尽管显得相对"老派"，却有相当强劲的概括性。它强调文艺作品能否发挥真正影响并成为传世高峰，端在于视其与现实生活的联系的程度与应和的状况。在这个标准里面，与其强调对艺术作品的理解和解释的唯一正解性，毋宁说更强调与浑厚现实生活相联系的广泛性和各种理解的相对贴切性，同时也考虑到了各种解释在历史流变中的相对弹性、变动不居和不断显隐的方面。

在这方面，赫拉普钦科给出的历史经验和例证是："我们现在对于拉斯蒂涅、恰茨基和安娜·卡列尼娜的形象以及其他许多形象，不仅是通过产生他们的那个时代所决定的具体特点来认识的，而且也是通过由于他们同另一时代的运动发生密切联系而表现出来的新特点来认识的。个别的、局部的东西逐渐淡化，让位于人的长期存在的心理特性，让位于全人类的因素。"[②]这些案例具有说服力。一方面，它坚持时代的精神需求和审美意识作为关联并决定作品生命力的基础性。重要的文艺作品会在问世的时候就引发艺术接受不同精神需求之间的冲突，乃至对生活问题的不同理解和争议，有时候分歧之大恰恰引发不同层次审美趣味从自身不同角度对作品的关注和推重。同时在另一方面，这一标准也并不否认在广阔的历史远景上来理解和分析文艺作品的"生活"的必要性。艺术作品在其社会存在的

---

① ［俄］赫拉普钦科：《赫拉普钦科文学论文集》，张捷、刘逢祺译，人民文学出版社1997年版，第218页。
② ［俄］赫拉普钦科：《赫拉普钦科文学论文集》，张捷、刘逢祺译，人民文学出版社1997年版，第219页。

过程中，不但在不断地丧失某些东西，而且也在不断落落大方地展示出自己的丰富内容。文艺高峰传世往往显示出艺术作品本身所具有的内在的能量和艺术概括的积极潜力，尽管这些在创作者本身主观意图中并不具有清晰的意识。

莎士比亚剧作《威尼斯商人》是这方面的典型。该剧从出现直到18世纪中叶，一直被作为喜剧处理，主人公夏洛克主要也是被喜剧性地揭露，但却在18世纪开始逐渐变成了悲剧主人公，后来在19世纪初夏洛克在舞台上又开始具有浪漫主义主人公的性格，更后来这个人物又有许多别的演法。此中显示出作品与时代性思想审美风尚的互动与应和。文艺高峰的这种与时代的联系与应和及其历史变迁，并不是无端无由的主观随意，艺术作品本身就其内在结构来说就非常复杂，伟大剧作家所刻画的性格中，"伟大和卑鄙常常是结合在一起的"，剧作"情况的主要部分是喜剧。但是在这喜剧中也出现了忧郁和悲伤的调子……剧中存在着两股艺术力量——浪漫主义力量和现实主义力量，它们时刻相互挤压着"。[1] 人类社会的发展和精神世界的丰富，使得传世高峰作为大艺术家的艺术遗产的多维性、多义性越发得到揭示。

最后应当考虑的是文学作品审美功能多义性、流变性及其限度的问题。文学作品的流传，意味着伟大作品总能同它的接受者在不断的历史流变中重新建立起调谐，不是寻找作品互相重叠的各个层面，而是重新调谐以发现蕴含在作品里的丰富的形象性内容，如同收音机经过不断"调谐"而找到那个本来所具有的"波段"。这种调谐所带来的新的理解和解

---

[1] [俄]赫拉普钦科：《赫拉普钦科文学论文集》，张捷、刘逢祺译，人民文学出版社1997年版，第221页。

释"并不源于对作品下意识观照的纯主观性,也不源于作品本来的未完成性,而源于作品同不断的发展的社会,同人的创造性活动以及人的感情和愿望之间的联系的内在的深度和广度"①。比如在西方乃至中国,对堂吉诃德的接受史,表明不同的理解是与社会思想和社会思潮的一定派别有机地联系着的,并且不完全是偶然的。②再比如,在苏俄对时间较短但充满复杂冲突的契诃夫作品的接受经过,以及在当代中国近70年来文化界对赵树理和柳青的研究的消长变化,以及知识界情感态度和思想意识的数度调整,都体现出杰出艺术创作与不同社会集团、不同时代的审美意识的相互影响的非单一性。③这样看,不能过分强调文艺作品的超稳定性,应当开放地看待文学作品的艺术结构及其审美功能,不能执着于艺术作品总是得到同时代人最充分的理解,而要更充分地理解传世之作在历史流变中被多元理解、合理变化的状况。重要的艺术作品在历史长河中,总是在不断地丧失某种东西,也在不断地落落大方地展示出自己的丰富内容。

在另一方面,文学作品结构与社会审美功能的互动性及其流变并不必然意味着文艺作品丧失其独特性。不管艺术的接受发生如何的变化,《罗密欧与朱丽叶》永远都不会与《麦克白》《费加罗的婚礼》等其他优秀剧作相似,正如《阿Q正传》《孔乙己》在功能上永远都与《故乡》《铸剑》乃至《雷雨》《北京人》不同。伟大而重要的传世作品仍保持着自己质的规定性。那么该如何看待"作品的那种被认为是审美地掌握世界的不可动

---

① [俄] 赫拉普钦科:《赫拉普钦科文学论文集》,张捷、刘逢祺译,人民文学出版社1997年版,第225页。
② 参见钱理群《丰富的痛苦:堂吉诃德与哈姆雷特的东移》,北京大学出版社2007年版。
③ 参见 [俄] 谢·尼·戈鲁勃夫等编《同时代人回忆契诃夫》,倪亮等译,广西师范大学出版社2016年版;童道明译注《阅读契诃夫》,上海三联书店2008年版;洪子诚《文学史中的柳青和赵树理(1949—1970)》,《文艺争鸣》2018年第1期。

摇的法则的内在统一性和完整性"呢？赫拉普钦科认为，正是这种统一性和完整性构成作品的各个成分的艺术上合理的对比关系和相互作用，是文艺作品的影响力和生命力之所在。因此不能绝对地看待这种完整性，因为相对的完整性正是各种不同类的而且常常是互相矛盾的因素的统一，"只是因为这一点它就具有不小的变动性，并且能在读者接受时以不同的投影和形式出现"。作品和历史两方面的复杂性，使得研究者必须要有勇气面对自己不能完全证定这种内在统一性和完整性的事实。不过赫拉普钦科展望对性质不同的文学作品的功能的正确理解，使得有可能揭示出作品结构的特性，同样深刻分析在广泛的社会历史远景和审美远景上加以考察的艺术结构本身，也可以更全面地说明结构功能的复杂性和易变性，"但是这种相互关系绝不是不言自明的，要揭示它并不那么容易，只有经过认真的、有明确目的的研究，它才会显露出来"[①]。

五、结语：传世的秘密在于直抵生活和人心

"传世的秘密"其实在于文艺作品以深沉内容和多重维度，而时刻建构起其与各时代民众基于生活的联通和互动的现实性。由此概括而言，文艺高峰是基于当代对过去或远方传世之作的追认，但这并不意味着单由读者赋予意义，也不是单由学院分析和解释所决定，更不是经典或传统所庇荫加持下的光环流溢。文艺高峰有其内在规定性，此间最重要的是文艺作品见证并参与人生、生活、世界和历史的纠缠和扭结，而高峰得以传世也

---

① ［俄］赫拉普钦科：《赫拉普钦科文学论文集》，张捷、刘逢祺译，人民文学出版社1997年版，第226、227页。

正在于它们从根本上直抵生活和人心，一直不断地以其独到的深刻内容刺激着、警醒着、搅扰着、提振着人们对现实生活这些和那些方面及问题的感知、理解、思考和求索，直至当代而影响不绝。此即所谓艺术的"震撼"或"挠着痒处"。

高峰"传世的秘密"极其复杂、精微、深刻，系统研究起来极有难度，但对传世高峰的阅读却常常给人极大的愉悦、收获和满足。比如，为什么阅读帕斯捷尔纳克的《日瓦戈医生》和《人与事》总令人感觉到复杂和精微、深刻和愉悦、收获和满足的同时存在呢？不仅仅是从中可以感受到归趋内心的平静以及基于生活的对别样人生的尊重和包容，见证到个体的沉思与孤独的求索，理解其开放和限度，更是可以理解到面对现实的勇气，感受历史的具体深广，领悟历史进程和现实生活之间具有的"一种深刻的纠缠和扭结"[1]。传世高峰就是这样，一方面不断地以自身精微的艺术结构和丰富不尽的审美功能散发出诱人的魅力，另一方面又基于现实的生活、广阔的社会和流变的历史与当代的和后来的欣赏者建立起现实的联系，从而发挥着多种多样的深广的影响，也在历史流变中展现出源源不绝的生命力。

（原载《当代文坛》2019 年第 5 期）

---

[1] 参见吴晓东《废墟的忧伤：西方现代文学漫读》，北京大学出版社 2018 年版，第 165 页。

论文艺高峰的生态学和动力学

李修建

自从习近平总书记在文艺工作座谈会上指出我国目前的文艺创作存在"有'高原'缺'高峰'"的现象以来，文艺高峰问题成为理论界关注的一个话题，或做文件解读，或呼应总书记的提议、阐释总书记的观点，或提出文艺高峰出现的前提和条件，或总结中外文艺高峰的经验。不过还有一些理论问题有待澄清，尚需挖掘，本文试做探讨。

一、什么样的文艺，怎样算高峰？

在学界，"文艺"二字即使不是最为复杂也是较为复杂的一个概念，因为它的内涵与外延随时而变，有很大的动态性和流变性。学术意义上的文艺学、艺术学和美学，三者之间往往缠绕不清。简单说，可以将文艺视为文学和艺术之和。在中国历史上，举凡诗、词、赋、古文、小说，乃至戏曲，都被归为文学。至于书法、绘画、建筑、雕塑、音乐、舞蹈、戏剧，以及19世纪以后出现的摄影、电影、电视，都在艺术之列。在今天，随着电子技术的发展，又出现了新媒体艺术、数码艺术、智能艺术等新的艺术形式。

我们说一时代有一时代之文艺,《诗经》、楚辞、汉赋、唐诗、宋词、元曲、明清小说,这是我们所熟知的最为经典的表述。有意思的是,这些文体,全都是文学。直至19世纪"西学东渐",由梁启超等人发起"小说界革命",提出"今日欲改良群治,必自小说界革命始,欲新民,必自新小说始"的口号,借助以报纸杂志为核心的媒介,小说发挥了巨大的社会批判和社会动员功能,成为文学的核心力量。在左翼文艺、延安文艺、"十七年"文艺以及20世纪80年代文艺中,小说一直占据中心位置,出现了一大批产生了重要影响、发挥过巨大作用的作家作品,小说在今天仍有重要作用。20世纪80年代以来,电影、电视、美术的作用日益凸显,审美变得更为多元。今天的文艺格局,是多元并峙的。电影、电视、流行音乐、相声等大众艺术和部分民间艺术,以及各种光怪陆离的民间表演,借助在线视频、直播平台等网络媒体,成为广大人民群众关注的中心。

如果借助"审美中心"(aesthetic locus)[①]这样一个概念,显然,在中国古代,文人阶层的审美中心基本是诗、书、画、琴、棋,活动空间集中于私家园林、庭院和书斋,宋代以后文化下移,瓦子勾栏等娱乐场所成为市民阶层关注的审美空间。就民间而言,节庆仪式、庙会等民俗活动是审美中心所在。

有的学者根据经济发展状况,将社会分成三个阶段,并对每个阶段的审美中心做了说明。第一阶段是贫苦期,文学最受重视,因其是一种廉价的传播形式,靠人生经验产生共鸣。由文学衍生出来的戏剧和话剧也受欢

---

① [美]雅克·马凯:《审美经验:一位人类学家眼中的视觉艺术》,吕捷译,商务印书馆2016年版。

迎。第二阶段是小康期，视觉艺术特别是绘画成为主要表现形式。绘画传达美感的经验，可以直接提高精神生活的质量。第三阶段是富庶期，人们的精神生活着重于寻求娱乐性的满足，并且因拥有一定的财产为自己筑梦，所以最主要的艺术形式为生活艺术，也就是应用艺术。①

这种观点从传播学的角度，谈到文学在贫苦阶段的重要性，实际情况确是如此。不过，在第二阶段和第三阶段，只提美术和生活艺术，没有考虑影视和网络文艺的地位，却与现实不符，难免偏颇。目前，我们已经解决温饱问题，处于向全面建成小康社会富庶期迈进的阶段，时代的确在呼唤着更能契合当下生活的艺术形式。上面所提出的富庶期的生活艺术和应用艺术，很有启发意义。至于这种艺术形式到底怎样，因为技术飞速发展，社会急剧变迁，一时难以定论，但人民群众多元化的需求以及文艺多元并存的状态，无疑将成为常态。创作出真正满足人民生活需要和审美需要的艺术作品，成为摆在文艺工作者面前的崇高使命。

接下来的问题是怎样算高峰？

毋庸讳言，文艺高峰是相较而言、比较产生的，就像一片地形，因为有低地、丘陵、山谷、高原，才会衬托出高峰。因此某一文艺类型之所以能出现高峰，必然经过了一定的历史发展，众多艺术家投身其间，创作出众多的作品，依据业界认定的艺术标准，鉴别出艺术高峰。如中国古代绘画，自上古起始，尤其是魏晋以后，画家渐多，画种渐繁，至唐代蔚成大观，唐代张彦远著《历代名画记》，录历代画家371人，并对其分品定级，厘出上中下三品，其中顾恺之、陆探微、张僧繇、吴道子四人，被视为上品盛流，亦即高峰式的人物。这点得到画史公认。再如宋元文人画兴盛，

---

① 参见汉宝德《汉宝德谈美》，上海文艺出版社2013年版，第32—33页。

画家甚夥，名家亦多，元代山水画家独标四家（黄公望、王蒙、倪瓒、吴镇，一说赵孟頫、吴镇、黄公望、王蒙），无疑此四人乃是元代画坛公认的高峰。

如何评判高峰？地形学上的高峰一望即知，有明确的科学数据可以表征。文艺高峰的判断远非如此容易。这是由于文艺高峰的评价标准并不明晰，具有一定的主观性，并且随着时空之不同而出现变化。魏晋时期的顾恺之以人物画出名，同时代的谢安评他的画"有苍生来所无"，可谓顶点。南齐谢赫却对他很有些不屑，说他"迹不逮意，声过其实"，只将他列入第三品。陈朝姚最，又为顾恺之鸣不平，指责谢赫有失公允，重将顾恺之捧上神坛："至如长康之美，擅高往策，矫然独步，终始无双。有若神明，非庸识之所能效；如负日月，岂末学之所能窥。"及至张彦远诸人，基本认同姚最的观点，顾恺之的高峰地位方得确立。再如唐宋画坛，有"神逸之争"，朱景玄著《唐朝名画录》，独标神品，黄休复的《益州名画录》，则以逸品为上，不同的标准背后，体现的是两种审美趣味的差异。

再如现代文学史上，有"鲁郭茅巴老曹"六家之说，六人的经典地位，经过多年文学史的书写而确立。不过有的学者依据不同的评判标准，得出的结论与这一排名有所差异，他们大多标举作品的审美价值，如推崇沈从文、老舍、张爱玲等人的创作。[①] 这显示了艺术评价标准的多元性，这在艺术批评史上，亦属正常现象。

既然文艺高峰的标准并不固定，是否意味着没有标准？当然不是。实际上，习近平总书记多次谈到文艺高峰的标准问题。总书记在文艺工作座谈会上指出，"我国作家艺术家应该成为时代风气的先觉者、先行者、先

---

① 参见夏志清《中国现代小说史》，浙江人民出版社2016年版。

倡者，通过更多有筋骨、有道德、有温度的文艺作品，书写和记录人民的伟大实践、时代的进步要求，彰显信仰之美、崇高之美"，"努力创作生产更多传播当代中国价值观念、体现中华文化精神、反映中国人审美追求，思想性、艺术性、观赏性有机统一的优秀作品"，"精品之所以'精'，就在于其思想精深、艺术精湛、制作精良"。"要把提高作品的精神高度、文化内涵、艺术价值作为追求，让目光再广大一些、再深远一些，向着人类最先进的方面注目，向着人类精神世界的最深处探寻，同时直面当下中国人民的生存现实，创造出丰富多样的中国故事、中国形象、中国旋律，为世界贡献特殊的声响和色彩、展现特殊的诗情和意境。"上面的几段论述，从艺术作品的形式、内容、思想等诸多方面提出了要求，可以视为文艺高峰的标准。对照之下，当前任何可以视为高峰的艺术作品，都应该符合上述标准。

当然，"三有""三性"和"三精"，是对所有艺术作品提出的原则和要求，具有高度的概括性，具体到每一种特定的艺术门类，又会有自身的评判标准，需要做出具体的分析。

二、文艺高峰的接受性和建构性

从接受美学的角度来看，文艺高峰不是一蹴而就的，它有一个历史的生成、接受和建构的过程。在中外文艺史上，不乏这样的案例，有的作家或作品在其生前默默无闻，离世若干年后，忽然受到关注，接受者越来越多，随着层累效应价值越来越大，变成了经典。

比如《庄子》一书，不仅是一部思想经典，亦是一部文学大著。然而在战国时期，《庄子》不过是诸子之一，地位并不显明。秦汉时期，初以法家与黄老之术治国，继而儒家取得垄断地位，《庄子》显得寂寂无闻，绝少有人关注，庄学研究者将秦汉时期称为"潜行的《庄子》"[1]，及至魏晋时期，以"竹林七贤"为首的名士热衷读《庄子》谈玄，《庄子》大受重视，向秀、郭象、支遁等人纷纷注解《庄子》，使其大行于世，《庄子》的经典地位至此方才确立。

陶渊明也经历了一个经典化的过程。陶渊明在生前，虽诗酒风流，却是个边缘人物，不为世所重，专门记载名士言行的《世说新语》，对他不置一词。钟嵘的《诗品》，遍评前代诗人，以"词采华茂"与"骨气高奇"的时代审美意识为标准，仅将陶渊明列为中品。刘勰的《文心雕龙》，博涉历代作家与诗人，对陶渊明却未提只字。唐代文人对于陶渊明虽然多有征引，却只是热衷于他的滤酒、采菊、不为五斗米折腰等逸闻趣事，作为典故用于诗歌之中。所以钱锺书先生提到"渊明在六代三唐，正以知希为贵"[2]。只是到了宋代，以苏轼为代表的文人推崇平淡自然的趣味和境界，陶渊明才备受尊崇起来，成了代表中国文人生活理想和中国文化精神的人物之一。

还有一些艺术家在生前备享尊荣，被视为一时无两的高峰人物，然而在其去世若干年后，他们所倡导的文体和语言已不为人所重，作品中呈现的审美趣味也已遭人遗弃，最终成了寂寂无闻。

如六朝以萧纲、萧绎、陈后主、徐陵等人为代表的宫体诗，专以描摹宫闱生活为对象，风格绮艳，盛行一时。梁元帝萧绎文才冠世，受到时人推许，其兄萧纲将他与曹植相提并论，在《与湘东王书》中提道："文章

---

[1] 熊铁基、刘固盛、刘韶军：《中国庄学史》，福建人民出版社 2009 年版。
[2] 钱锺书：《谈艺录》，商务印书馆 2016 年版，第 217 页。

未坠，必有英绝，领袖之者，非弟而谁？每欲论之，无可与语；思吾子建，一共商榷。"陈后主、徐陵诸人亦有诗才，然专作轻艳之诗，靡丽颓丧，固然煊赫一时，终究坠入歧途。正如台静农所论："然而歌诗专美容色，文士成为狎客，文学成为帮闲助兴之事，使文学本身丧失其价值，此所以风格颓靡，流为淫放而不能振拔……此种既不关于人民生计，又不关于政制得失之作，但见其夸张浮泛、雍容歌颂，至于抒情写志，则两无所属。"①

再如明初仁宗和宣宗年间，杨士奇、杨荣和杨溥"三杨"秉政，天下清平，三人名扬天下。他们以馆阁重臣，倡导承平盛世诗风，史称"台阁体"。"三杨"文风盛行一时，称雄几十年，却因一味歌颂太平，千篇一律，缺少性情，丧失了文学的根本，"他们的集子中充斥的官样文章和应制、酬唱之作以及墓志铭，流溢着对圣上恩泽的颂扬，闪烁着耀眼炫目的光彩，却只不过是阳光下的一堆鳞片"②，终究湮没无闻。

当然，同样有一些艺术家，在其生前即被公推为大家，其作品被视为经典力作，如"二王"的书法、李白的诗歌、米开朗琪罗的雕塑、达·芬奇的绘画等。

由此观之，对待文艺高峰，需要拓宽历史的视野，拉开一定的距离，充分考虑到它的历史生成性和建构性，以及其与时代精神、社会功用、审美意识、文化使命等因素之间的关联。

---

① 台静农：《中国文学史》（上），上海古籍出版社 2012 年版，第 242—243 页。
② 徐朔方、孙秋克：《明代文学史》，浙江大学出版社 2009 年版，第 195 页。

三、文艺高峰的生态学

古今中外的文艺高峰，历历可数。文艺高峰的出现，是多种因素合力作用的结果，所谓的名家名作，总是处于一定的生态之中。法国学者丹纳认为艺术作品的产生有赖于一定的环境，他所说的环境主要指风俗习惯与时代精神。当然，这二者构成文艺生态的两大要素，但绝非全部。王一川指出筑就文艺高峰需要几类人才：文艺立峰人，即创作文艺高峰作品的少数顶尖艺术家；文艺造峰人，即为文艺立峰人提供社会物质与精神条件保障的人们，包括普通人和为文艺立峰人提供精神资源和思想启迪的哲学家、思想家等；文艺测峰人，即运用研究手段和批评的方式去测量和评价文艺高峰的文艺理论家、文艺批评家和文艺史家；文艺观峰人，即千千万万具备优良艺术素养、懂得并善于鉴赏真正文艺高峰的大量公众；文艺护峰人，即善于守护或维护文艺高峰的各级各类文艺管理者。[①] 这五类人才，同样是文艺高峰生态学中的重要因素。这些观点对我们研究文艺高峰的生态学都颇具启发，在此我们选取文艺高峰的若干个案，探讨它们所产生的生态因素，并思考对于当下可能具有的启示。

以六朝艺术而论，六朝是中国文艺史上的一个高峰期，宗白华先生对此有过精彩的总结："汉末魏晋六朝是中国政治上最混乱、社会上最痛苦的时代，然而却是精神史上极自由、极解放、最富于智慧、最浓于热情的一个时代。因此也就是最富有艺术精神的一个时代。王羲之父子的字，顾恺之和陆探微的画，戴逵和戴颙的雕塑，嵇康的《广陵散》（琴曲），曹

---

① 参见王一川《立峰人、造峰人、测峰人、观峰人、护峰人——筑就文艺高峰的主体力量》，《光明日报》2017年3月8日。

植、阮籍、陶潜、谢灵运、鲍照、谢朓的诗，郦道元、杨衒之的写景文，云冈、龙门壮伟的造像，洛阳和南朝的闳丽的寺院，无不是光芒万丈，前无古人，奠定了后代文学艺术的根基与趋向。"① 魏晋艺术为何会出现如此光辉灿烂的景象？

举其大端，或有几个主要原因。第一，从社会结构来看，世族乃社会主体，当时的文人绝大多数出身世族。世族的绵延，文化是最主要的因素，所以普遍重视子弟教育。六朝时期，文学艺术成为士人文化体系的重要组成部分，因此整个世族阶层普遍重视文学艺术，造成了义艺人才辈出的局面。比如，琅邪王氏，个个都是书法家，王氏七代，人人都有文集面世。陈郡谢氏更是文学世族，书法亦很出名。世族之间形成比较浓郁的审美竞争的氛围，推动了文艺的发展。第二，从经济因素来看，世族都有庄园，保障了他们有宽裕的经济条件从事文化活动，更多追求审美性和艺术性。第三，从思想意识来看，玄学成为主流思潮，促成了士人群体的自觉和个体的解放。玄学标举超越，专任自然，极具审美色彩和艺术精神，成为六朝士人最为推崇的价值观念。六朝士人身体力行，他们栖止园林，呼朋引伴，清谈宴饮，诗文书画，忘情琴棋，崇尚隐逸，最能彰显这一人生观。

德国艺术史家温克尔曼探讨过古希腊艺术繁荣的原因，在他看来，"希腊人在艺术中取得优越性的原因和基础，应部分地归结为气候的影响，部分地归结为国家的体制和管理以及由此产生的思维方式，而希腊人对艺术家的尊重以及他们在日常生活中广泛地传播和使用艺术品，也同样是重

---

① 宗白华：《美学散步》，上海人民出版社 1981 年版，第 177 页。

要的原因"①。温克尔曼指出的因素比较全面,其中,气候的影响是外因,国家体制,希腊人的思维方式、对待艺术的态度是内因。他尤其注重国家制度的影响,"从希腊的国家体制和管理这个意义上说,艺术之所以优越的最重要的原因是有自由"②。

　　意大利文艺复兴时期的艺术之所以兴盛,学者们多有探讨,或有以下数端。第一,从政治体制上看,中世纪的封建贵族和骑士阶层、遍布欧洲的教会及其统一的文化衰落了,取而代之的是带有国家和城市地方意识的市民阶层,是各自为政的小邦君主,是各不相同的各国语言。作为区分因素的民族和种族特征更加引人关注,文艺复兴就像是让意大利民族精神有别于欧洲文化整体的一种特殊形式。③第二,从经济和社会因素上看,意大利在经济和社会发展方面领先于西部邻国;这里是经济复兴的发源地,是十字军东征的补给和运输保障中心;这里产生了与中世纪的行会理想对立的自由竞争观念,出现了第一批欧洲银行家;这里的城市市民阶级比欧洲其他地方的市民阶级更早获得解放;这里的乡村贵族不仅很早就入城定居,而且彻底适应了金钱贵族的生活方式;还有,这里的古代文化遗迹随处可见,希腊罗马传统在这里也从未彻底消失。④第三,从艺术市场来看,大家族、行会、新兴市民阶层越来越成为艺术消费的主体,"有关教会作品的制作订单来自教会本身的越来越少,相反,更多来自大的行会或精神互助会或者私人赞助。事实上,是那些新近富起来的市民,而不是牧师,来选择那些出色的艺术家,并与之讨论作品的细节,比如是画一个屋顶还

---

① [德] 温克尔曼:《希腊人的艺术》,邵大箴译,广西师范大学出版社 2001 年版,第 108 页。
② [德] 温克尔曼:《希腊人的艺术》,邵大箴译,广西师范大学出版社 2001 年版,第 109 页。
③ 参见 [匈] 阿诺尔德·豪泽尔《艺术社会史》,黄燎宇译,商务印书馆 2015 年版,第 156 页。
④ 参见 [匈] 阿诺尔德·豪泽尔《艺术社会史》,黄燎宇译,商务印书馆 2015 年版,第 158 页。

是整座教堂"①。第四，艺术家地位的提升。14世纪，艺术家逐渐摆脱匠人身份，他们对于透视画法、解剖学、光学等新知识皆需通晓，艺术家开始在自己的作品上盖章。到了15世纪，艺术家的社会地位发生了显著变化，公众对艺术家的尊崇也在无限制地增加。天才的观念获得强调，豪泽尔指出，文艺复兴时期文艺观的根本创新在于发现了天才概念，在于认识到艺术品是一个自负的天才创造的作品，而这个天才是超越传统、教条、规则，甚至超越作品本身，是他赋予作品法则……天才是上帝的馈赠，是天生的、不可重复的创造力，天才可以而且必须遵循自身的、独一无二的法则，天才的艺术家可以有个性，可以自行其是，等等，这些思想都是文艺复兴时期的社会产物。②

以上所述几个历史时期，尽管社会文化背景有巨大差异，但也体现出某种共通性，比如社会精英或市民阶层对于文学艺术的重视，艺术家具有充分的文化素养等。由此我们至少可以得出几点规律。一是营造良好的社会和文化氛围与相对宽松自由的创作环境，使文艺工作者能够全身心投入创作，而较少功利目的。二是注重艺术家整体文化素养的提升。艺术之间本是相通的，是嵌入于整个文化体系之中的。古代的艺术家实际上是全才式的人物，经史子集，琴棋书画，无不通晓，唯有如此，才能创作出具有相当思想性和艺术性的作品。今天的艺术教育多是专科教育，并且以技法为主。这样的体制培养出来的人才，所具有的文化体系是不健全的，文化素养是不达标的。作品徒具形式，难有深刻的内涵，要出精品，已是很难。因此在今后的教育体制中，需要注重艺术家人文素养的培育。三是培

---

① [英]彼得·沃森：《人类思想史》，姜倩译，中央编译出版社2011年版，第116页。
② 参见[匈]阿诺尔德·豪泽尔《艺术社会史》，黄燎宇译，商务印书馆2015年版，第189页。

育艺术家群体。伟大的艺术家不是孤立出现的，在他的周围，常有一个"集团"，一个"学派"，一个艺术家聚落，志同道合的同人集聚在一起，相互切磋砥砺，形成良好的艺术创作氛围和艺术雅集氛围，更能促成艺术精品的出现。四是提升民众的文化素养和审美品位，使其能够接受、欣赏相对高雅的文学艺术，尊重相关领域的艺术家。近来，有一篇文章总结了中国人审美上存在的十个问题——丑形象、土味家居、"奇葩"建筑、非人街道、塑料设计、网红脸、伪古风、广告有毒、抖式快感、文化雾霾，并将我们的社会称为"低美感社会"，认为许多中国人患上了"审美匮乏症"①。这个现象的确值得全社会尤其是教育部门反省，通过适当有效的审美教育，提升全民的审美修养。

当今时代，社会文化语境发生巨大变迁，我们处于一个多元而异常复杂的时代，这个时代是以往未曾有过的。这是一个全球互联互通的时代，现代文明占据主导的时代，同时也是传统文化与本土资源大受重视的时代。中华民族的伟大复兴离不开文学艺术的复兴，而当代的艺术生产面对的是一个资本和市场占据主导地位的时代，流量、票房、点击率、上座率、市场价格等，成为人们关注的重心，如何在这样一种氛围中创造文艺高峰，高度智慧地利用市场而不为市场所左右，是摆在我们面前的一道难题。

四、文艺高峰的动力学

文艺高峰的出现，说到底要归结于艺术家的创作。文艺高峰的生态学

---

① 詹腾宇、李㟲淼：《中国审美十大病》，《新周刊》2019年第536期。

强调的是文艺创作的外部环境，文艺高峰的动力学则集中于艺术家本人。古今中外的伟大艺术家之所以能够创作出伟大作品，离不开一定的动力机制。归结起来，以下几点或许值得关注。

第一，艺术家必有超出一己私利的宏大抱负、高远理想和形上追求。

中国传统文化以儒家为主干，自孔子开始，就为儒家贯注了一种"志于道"的理想人格，"要求它的每一个分子——'士'都能超越他自己个体的和群体的利害得失，而发展对整个社会的深厚关怀。这是一种近乎宗教信仰的精神"[①]。儒家所求之道，乃"修身、齐家、治国、平天下"，使天下百姓安居乐业。真正"志于道"的人，不以恶衣恶食为耻，不以富贵功名为念。历代士人秉持儒家理念，"言为士则，行为世范，登车揽辔，有澄清天下之志"者，在在多有。儒家注重文艺"成教化，助人伦"的功用，历代之诗文、元代之戏曲、明清之小说，无不强调此一特点。道家是中国文化的另一主干，道家追求自然超逸的人格，更是鄙弃功名利禄和外在的物质享受。中国艺术精神深受道家影响，文人画、古琴等文人艺术，都以淡远高逸的境界为最高追求。明人吕坤提道："诗词文赋都要有个忧君爱国之意，济人利物之心，春风舞雩之趣，达天见性之精。"既讲社会责任，又讲个人性情，显出儒道两家之影响。

近现代以来，无数仁人志士以马克思主义为指引，为了中国人民的解放事业前赴后继，文艺工作者在其间发挥了重要作用。尤其是1942年毛泽东在延安文艺座谈会上，指出了革命文艺的正确发展方向，解决了"文艺是为什么人"的这一根本问题和原则问题，提出了文艺为工农兵服务的方针。在此后，文艺工作者抛弃个人私利，创作了一大批精品力作，如赵

---

① 余英时：《士与中国文化》，上海人民出版社2003年版，第25页。

树理的《小二黑结婚》《李有才板话》，丁玲的《太阳照在桑干河上》，周立波的《暴风骤雨》，李季的《王贵与李香香》，贺敬之、丁毅的《白毛女》，孙犁的《荷花淀》等，这些作家无不以民族和国家为念，才能创作出如此高质量的作品。在今天看来，这些作品无疑构成了文艺高峰。

第二，艺术家必有对于人类精神等终极问题的追问和思索。

中国古代有"发愤著书""不平则鸣"的传统。司马迁在《报任安书》中的一段话常被征引："古者富贵而名磨灭，不可胜记，唯倜傥非常之人称焉。盖文王拘而演《周易》。仲尼厄而作《春秋》。屈原放逐，乃赋《离骚》。左丘失明，厥有《国语》。孙子膑脚，《兵法》修列。不韦迁蜀，世传《吕览》。韩非囚秦，《说难》《孤愤》。《诗》三百篇，大抵贤圣发愤之所为作也。此人皆意有所郁结，不得通其道，故述往事，思来者。"后世杜甫又有"文章憎命达"，欧阳修有"诗穷而后工"之说。曹雪芹在家道沦落，"满径蓬蒿老不华，举家食粥酒常赊"的艰难困苦之中，著书黄叶村中，"披阅十载，增删五次"，终成巨著《红楼梦》。类似的例子还能举出很多。当人生经历大波折，处于困厄之际，或许更能对人之为人的终极问题进行深沉的思索，发而为文艺作品，更能体现出博大深邃的境界。

当然，这并不意味着所有文艺经典都是艺术家在悲惨的境地中创作的。实际上，我们同样能够举出不少反例，顺境中的艺术家亦能够创作出传世之作。关键在于作品能否体现出思想性，是否对于人类终极命题有着深沉的关切。就像王国维所说的"古今之成大事业大学问者"所必经的三种境界，艺术家必然对于社会人生等大命题有真切深刻的感受与思索，"所见者真，所知者深"，方能创作出杰出的作品。

第三，艺术家必受个人才情和创作欲望的驱使。

毋庸置疑，文艺高峰的筑就有赖于伟大艺术家的创作，而伟大的艺家是有独特的天赋和才情的。虽说天才的观念是文艺复兴以来的发明,在之前艺术家被视为工匠,更多强调其技术层面。实际上先哲对这一问题早就有所思索,柏拉图强调神授之灵感;孔子就知识的获得方式,提出了"生而知之""学而知之""困而知之"的说法,他本人被尊为"天纵之圣"。真正伟大的艺术家,是有独特的才情的。

艺术天才或天赋,可以理解为独特的感知力、审美力,以及运用特定的艺术手段的呈现力。丹纳有类似的观念,在他看来,"艺术家在事物前面必须有独特的感觉:事物的特征给他一个刺激,使他得到一个强烈的特殊的印象。换句话说:一个生而有才的人的感觉力,至少是某一类的感受力,必然又迅速又细致。他凭着清醒而可靠的感觉,自然而然能辨别和抓住种种细微的层次和关系"[1]。这样的能力,一是先天的禀赋,二是有赖后天的努力。在六朝书法理论中有一对范畴:天然和功夫。如梁朝庾肩吾评论张芝、钟繇和王羲之三人的书法:"张工夫第一,天然次之,衣帛先书,称为草圣;钟天然第一,工夫次之,妙尽许昌之碑,穷极邺下之牍;王工夫不及张,天然过之。天然不及钟,工夫过之。"(庾肩吾《书品论》)"天然"一方面指书法作品呈现出的审美风貌,如唐代张怀瓘评王羲之的书法:"笔迹遒润,独擅一家之美,天质自然,丰神盖代。"[2]亦可指书家的天分或天赋,北齐颜之推论及自己的学书经历时说:"吾幼承门业,加性爱重,所见法书亦多,而玩习功夫颇至,遂不能佳者,良由无分故也。"[3]颜之推学书,家学、法帖、兴趣与努力全都具备,而不能成为名家者是

---

[1] [法]丹纳:《艺术哲学》,傅雷译,江苏凤凰文艺出版社2018年版,第21页。
[2] (唐)张怀瓘:《书议》,载上海书画出版社编《历代书法论文选》,上海书画出版社1979年版,第145页。
[3] 王利器:《颜氏家训集解(增补本)》卷七《杂艺第十九》,中华书局1993年版,第567页。

因"无分",这个"分"即是书法天赋。中国绘画最讲"气韵",明人董其昌说:"气韵不可学,此生而知之,自有天授,然亦有学得处。读万卷书,行万里路,胸中脱去尘浊,自然丘壑内营,立成鄄鄂,随手写出,皆为山水传神矣。"在董其昌看来,气韵虽为天成,经过后天努力,亦可获取。"读万卷书,行万里路",便是"工夫",只有工夫到了,艺术才会精熟。

艺术家之情,是对于自然、社会、人生、艺术所投入的深厚情感。一切优秀的艺术作品都离不开艺术家的这种情感,离不开他们对于自然、生命、民族、国家、历史的诚挚热爱。他必是一个真诚而富有良知和深情的人,唯有如此,才能为艺术作品灌注伟大的生命力。就像张定璜笔下的鲁迅:"鲁迅先生是一个艺术家,是一个有良心的;那就是说,忠于他的表现的,忠于他自己的艺术家。无论什么时候什么地方,他决不忘记他对于他自己的诚实。"[①] 正因为怀着对内心的真诚,对家国的热爱,鲁迅先生才弃医从文,创作出对于国民影响甚巨的作品。民间艺术的从业者同样需要这样的热爱,正如日本民艺学家柳宗悦所言:"真正的匠人,总是带着感情和热度面对工作的。他们的热情并非投注在靠着工作而带来的金钱名利等外物上,而是投注在自己的工作本身,用心爱着自己做出的每一件物品,否则,他们就无法做到对自己的工作保持永恒的专注。因此,对于工作的热爱,乃专注的根本。"[②] 这一观点适用于任何艺术,甚或任何工作。

第四,艺术家必受良好的批评氛围的促动。

对于艺术创作来说,外界的刺激是多面的,个人的遭际,家国的变革,人生的感喟……都是常见的因素,良好的批判氛围同样是必要的。

[①] 张定璜:《鲁迅先生》,载台静农主编《关于鲁迅及其著作》,海燕出版社 2015 年版,第 23 页。
[②] [日]柳宗悦:《热爱点什么,才能与世界相爱》,马超译,百花洲文艺出版社 2017 年版,第 12 页。

上面提及，六朝时期之所以名家辈出，一个重要的因素就是人物品藻之风促成了艺术批评，士人之间相互品题，形成审美竞争。王羲之的书法博采众长，终成高峰，其实在他年轻之时，有多人能和他匹敌，如庾翼。王僧虔在《论书》中记载："庾征西翼书，少时与右军齐名。右军后进，庾犹不忿。在荆州与都下书云：'小儿辈乃贱家鸡，爱野鹜，皆学逸少书。须吾还，当比之。'"庾翼看到王羲之的书法之后，马上自叹不如。

在当代艺术界，尤其是文学、绘画、影视等领域，艺术批评更是非常重要的。良好的艺术批评能够客观评判艺术的成就，指摘艺术的不足，促进艺术的进步。相反，不良的批评只会阻碍艺术的前进。很不幸的是，目前的艺术批评实在不能让人满意，如有的学者指出："有的文艺批评家把喜剧演员赵本山与世界喜剧艺术大师卓别林相提并论，认为赵本山和英国的卓别林是东、西方两株葳蕤的文化大树。有的文学批评家热情赞美贾平凹的长篇小说《秦腔》，认为《秦腔》在美学上已经超过了《红楼梦》。有的文学批评家高度赞扬作家阎连科的长篇小说《受活》，认为《受活》丝毫不逊色于《百年孤独》。"[①]这样的一些声音毫无客观性，甚至违背了基本的常识，但很多却是由有身份有影响的文艺批评家发出的，不能不说是极不正常的现象，对于文艺创作有害而无益，只会阻碍文艺高峰的生成。

除了上述动力，再如经济、社会地位、个人感情、宗教信仰等都构成文艺高峰的动力学。对于这些变量，我们很难一一列举，并像自然科学研究那样创建数学模型或公式，但这样的研究无疑能够加深我们对文艺高峰何以生成的理解，为我们当下构建文艺高峰提供参考和借鉴。

概而言之，文艺高峰的生成不是一蹴而就的，它有自身的生态、规律

---

① 熊元义：《期盼文艺"高峰"的出现》，《中国艺术报》2015年3月27日。

和机制。文艺高峰的出现是一个历史的接受和建构的过程。看待文艺高峰需要历时性和共时性的多重视野，既要有历史的眼光，亦要有审美的、文化的等多元标准。我们一方面要在物质条件、国家制度、思想资源等方面提供良好的生态保障，另一方面又要在价值观念、精神追求、社会氛围等方面提供足够的动力机制，唯其如此，才有可能出现文艺高峰。

（原载《艺术评论》2019年第6期）

形式演变视野中的文艺高峰

刘涵之

艺术形式是艺术品的符号呈现方式，任何艺术品首先都是通过形式触动人们的感官，令其"兴起"，从而引发人们借助它去探讨艺术的奇妙世界。"艺术作品要存在，必须是有形的。"[①] 我们无法想象离开形式表达的艺术终究会怎样。事实上，艺术的主题、内容只有转化为形式，成为具体可感的艺术样式，人们对艺术的领悟与接受才有可能。一幅画作之所以为一幅画作，一尊雕塑之所以为一尊雕塑，一首诗歌之所以为一首诗歌，它们的价值何在？人们在开展艺术活动时首先便面临着对艺术品与非艺术品的区分，对艺术品的具体种类、样式的区分，对精妙的艺术与粗俗的艺术的区分。而做出这一甄别、判断的基础乃在于形式标准，正是通过形式的确认，人们不仅表现出对艺术的认知能力，而且表现出对艺术的欣赏和理解能力，从而利于艺术活动的常态开展。

作为文艺发展史的特殊现象的文艺高峰显然也存在着这样的形式标准。中外文艺发展史上若干时段的文艺高峰无不证明形式标准和尺度的辩

---

① ［法］福西永：《形式的生命》，陈平译，北京大学出版社 2011 年版，第 39 页。

证关系。即是说，文艺高峰的标准和尺度需要恢复到历史总体性和具体性的关系面得到理解。没有形式的不断变化和创新，便没有艺术发展，更没有文艺高峰的筑就。比如，在中国文学史上，韵文文体形式的发展就先后呈现过楚骚、汉赋、六朝骈文、唐诗、宋词、元曲的格局，造成了一代有一代的文学、一代有一代的文体形式盛出的景观。又比如艺术形式的革新还通过由俗到雅的文体转换这一环节为文艺发展输入新鲜的血液：《诗经》"国风"采自民间，后在汉代被尊为儒家经典，格调逐渐雅致化；南朝民歌被引进梁陈宫廷，促成宫体诗的产生；词在唐代本是民间通俗曲子词，经宋代文人加以改进从而登上大雅之堂；戏曲本起源于市井勾栏，有元一代蔚为大观，至明清形成高峰……

一、形式变迁与文艺高峰

在论述"美的定义"的历史渊源和具有标志性的文艺现象时，美学家鲍桑葵指出："在古代人中间，美的基本理论是和节奏、对称、各部分的和谐等观念分不开的，一句话，是和多样性的统一这一总公式分不开的。至于近代人，我们觉得他们比较注重意蕴、表现力和生命力的表露。一般来说，这就是说，他们比较注重特征（the characteristic）。"[①] 自艺术的诞生期开始，艺术品的实用目的决定了艺术的存在价值，形式因素显然不完全构成艺术品和非艺术品的区分标准，但随着人们审美意识的深化、对艺术创作认识的加深，基于对理性力量确证的形式之美常常成为艺术创作和美学理论的关切点，这从古希腊建筑、雕塑、悲剧等文艺杰作崇尚比例、和

---

① ［英］鲍桑葵：《美学史》，张今译，商务印书馆1985年版，第9页。

谐、秩序感、规律性和宁静之美可以看出，同时从毕达哥拉斯学派的"宇宙谐音"说、苏格拉底的"合式"说、柏拉图的"理式"说和亚里士多德的"形式质料"说可以看出。至古罗马时期，有关建筑物外貌布置、比例等形式的思考已经非常成熟，如神庙、剧场一类经典性公共建筑柱廊的设计等，当时罗马宫廷的御用建筑师和工程师维特鲁威所著的《建筑十书》就因从形式方面立论并总结建筑艺术成就而成为该领域的经典之作。在中世纪，神学美学也宣称美的要素取决于完整、和谐，取决于光和色彩的鲜明等，其时占主流的哥特式建筑对比例和几何结构的突出，宗教题材绘画对整体之美和因静观而致生的超感官的美的突出就是明证。文艺复兴繁盛期意大利著名画家达·芬奇将人体解剖学和透视学用于绘画，更注重艺术创作物体空间布局、运动、形态和内部构造关系等方面，更注重知觉对形式的把握和形式在知觉中的反映，他在讨论诗画之别时就指出绘画的美妙在于和谐、整体地"模仿"自然："绘画替最高贵的感官——眼睛服务。从绘画中产生了协调的比例，犹如各个声部都齐唱，可以产生和谐的比例，使听觉大为愉快，使听众如醉如痴；但绘画中天使般脸庞的协调之美，效果却更为巨大，因为这样的匀称产生了一种和谐，同时射进眼帘，如同音乐入耳一般迅速。"[①] 17世纪在荷兰兴起了以伦勃朗为代表的风景画画派，这个画派将普通人的生活置入画面，农民、牲口、工场、客店、街道无不成为绘画的表现对象，逼真地还原出荷兰的社会风俗和精神风貌，而其艺术形式则在挖掘和谐之美，以至于著名的艺术哲学家丹纳如此评论道："这些作品中透露出一片宁静安乐的和谐，令人心旷神怡；艺

---

① [意]列奥纳多·达·芬奇：《芬奇论绘画》，戴勉编译，人民美术出版社1979年版，第23—24页。

术家像他的人物一样精神平衡；你觉得他的图画中的生活非常舒服，自在。"①18世纪的英国著名画家荷加斯在其享有盛誉的《美的分析》一书中则论证了艺术形式的六大原则：适应、多样、统一、单纯、复杂、尺寸。荷加斯认为这几大原则"都参与美的创造，互相补充，有时互相制约"。荷加斯以绘画领域的线条、色彩、构图、面部、姿态、动作等方面的处理为例详细分析了美术创作形式因素的本质和各种不同组合方式，在他看来形式因素的组合与艺术品的总体意图相适应。如果不合意图不合目的，也就失去了美；反之，如果没有美的形式的呈现也就谈不上艺术品的总体意图。整体而言，荷加斯结合自身创作经验总结艺术形式创作原则并没有超出"多样性的统一"这一核心观念，用荷加斯自己的话来说，他的兴趣在于"究竟是什么促使我们认为某些东西的形式是美的，另一些形式是丑的，某些东西的形式是有吸引力的，另一些东西的形式是没有吸引力的"②。不仅在美术领域，古典时期的表演艺术领域也有对艺术形式"多样性的统一"的思考和实践，法国宫廷戏剧家、理论家布瓦洛和戏剧大师高乃依、莫里哀就是代表。对于布瓦洛来说，诗歌的创作需要借鉴古希腊人的法则，既要合理又要合适，从而"处处能把善和真与趣味融成一片"③，从而实现美、真和艺术快感的三者同一。对于高乃依、莫里哀来说，戏剧创作合乎"三一律"规则是不二选择，时间的一致、地点的一致和情节的一致能保证戏剧在形式上紧凑严密、完整统一和平稳妥当。据说1624—1642年间曾任法国首相的黎塞留还亲自操刀悲剧《米拉姆》的写作和演出。《米拉姆》一剧仅用一堂布景，五幕戏分别选择不同的灯光来标明时

---

① [法]丹纳：《艺术哲学》，傅雷译，人民文学出版社1983年版，第233页。
② [美]威廉·荷加斯：《美的分析》，杨成寅译，广西师范大学出版社2005年版，第1—10页。
③ [法]布瓦洛：《诗的艺术（增补本）》，范希衡译，人民文学出版社2010年版，第62页。

间，第一幕戏发生在日落时分，第二幕为月夜时分，第三幕是太阳初升之时，第四幕则在正午，第五幕则为傍晚，"在一昼夜里发生在一个地方的一件事，规整的内容产生了规整的布景"①，完全吻合亚里士多德《诗学》对悲剧时间、地点、情节一致性的规定。西方艺术发展史表明，无论在"古代人中间"美的定义内涵体现对"多样性的统一"原则的倾斜，还是中世纪到新古典主义艺术体现出对这一原则的偏至，因而"比较注重特征""多样性的统一"这一形式美学观念实际扎根于艺术实践和文艺杰作的创作中，重和谐、重秩序感的审美意识贯穿了自古典时期至18世纪的艺术创作、艺术理论发展过程，带有很强的理性色彩。

与西方重和谐、重秩序感的形式美学类似，中国艺术形式美学的智慧主要集中在对"文"的作用、功能的突出上。文与纹相通，意指文身，源于对身体的修饰，它带有很强的原始宗教色彩，后又用于战争图腾、宴会以及成年礼仪中。文的主要特点表现在两个方面。一为修饰性。饰，单一不行，错彩成画，寓成于和。二为规定性。规定性意味着饰最终服务于礼制的规定性，结果伦理承担为其本义。②孔子在《论语》"雍也"篇里将古代关于文的思想表述为："质胜文则野，文胜质则史。文质彬彬，然后君子。"就人的学"文"而言，孔子把礼乐修养视为文的主要内容，质则当作人的固有品质，孔子因之强调君子之学对两者关系的制衡；就艺术创作而言，孔子提出的"文质彬彬"标准大体反映了政教礼乐之文（包括制诗、制乐之类的艺术创作）需要考虑到形式因素的本来面目，是对文的创作经验教训的总结。孔子还以文为标准来肯定尧舜和西周，称尧舜"焕

---

① 余秋雨：《世界戏剧学》，长江文艺出版社2013年版，第169页。
② 此处借鉴张法《中西美学与文化精神》第七章"文与形式及其深入：中西审美对象结构理论"观点。参见张法《中西美学与文化精神》，北京大学出版社1994年版，第162—164页。

乎！其有文章"，称西周"郁郁乎文哉"。①从先秦对包括礼乐之制的文的实践来看，如《左传》记载的季札观乐、臧僖伯谏观鱼等典型事例，无不注重文艺风格的表现形式和文物昭德的伦理功能，所以章太炎在《国故论衡》总结孔子的这一做法时，会认为"孔子称尧、舜，'焕乎！其有文章'，盖君臣朝廷尊卑贵贱之序，车舆衣服宫室饮食嫁娶丧祭之分，谓之文；八风从律，百度得数，谓之章。文章者，礼乐之殊称矣"②。在孔子的启发和影响下，中国艺术对文的考究和对文所蕴含的质的考究便成为中国形式美学的主要特色，文、质关系的平衡可谓一以贯之，其中尤以作为中国文学最高成就的韵文、格律诗为甚。刘勰的《文心雕龙·情采》提出过"文附质""质待文"的观点，并以此为标准检讨历代诗文创作实绩。李白则在《古风五十九·其一》中高呼"文质相炳焕，众星罗秋旻"的艺术理想，并身体力行。朱熹从他的理学视角出发，认为道和文有着决定和被决定的关系，申明"道者文之根本，文者道之枝叶。惟其根本道，所以发之于文皆道也"。李渔基于自己的戏剧创作经验，以为戏剧传奇有三美："曰情，曰文，曰有裨风教。情事不奇不传。文词不警拔不传。情文俱备不轨乎正道……亦终不传……三美俱擅，词家之能事毕矣。"而思想家王夫之在《尚书引义》中则通过文与质之间关系的辩证，文与象之间关系的比照，将这一形式美学阐发得更为系统，带有总结的意义：

> 物生而形形焉，形者质也。形生而象象焉，象者文也。形则必成象矣，象者象其形矣。在天成象而或未有形，在地成形而无有无象。

---

① 于民主编：《中国美学史资料选编》，复旦大学出版社2008年版，第18—19页。
② 章太炎撰：《国故论衡》，上海古籍出版社2003年版，第49页。

视之则形也，察之则象也，所以质以视章，而文由察著。

……

辞之善者，集文以成质。辞之失也，吝于质而萎于文。集文以成质，则天下以达质，而礼、乐、刑、政之用以章。文萎而质不昭，则天下莫劝于其文，而礼、乐、刑、政之施如啖枯木、扣败鼓，而莫为之兴。盖离于质者非文，而离于文者无质也。惟质则体有可循，惟文则体有可著。惟质则要足以持，惟文则要足以该。故文质彬彬，而体要立矣。[①]

在中国艺术史上，"文质彬彬"作为艺术的形式标准一经提出便得到连续持久的贯彻，这和儒家主张情感内敛、含蓄的中庸美学取得了一致，决定了艺术史中和之美形式表达的总体风貌和形式、意蕴并重的艺术主潮，当然也决定了中国文艺高峰的"儒雅风流"的整体姿态和标准。朱自清在《文学的标准和尺度》一文中认为："我们说标准有两个意思。一是不自觉的，一是自觉的。不自觉的是我们接受的传统的种种标准……自觉的是我们修正了的传统的种种标准。"并且称"不自觉的种种标准为标准""种种自觉的标准为尺度"。朱自清考察中国文学史的传统，得出结论：即便整体上，"儒雅风流"是标准，但这个标准在不同时代因为文学发展有着许多变化就有了新的尺度，因为尺度伸缩的长短不同、疏密不同，因而不同时代的文学呈现出各自的特色。文艺发展史表明，文艺史一方面内蕴某种一致性的审美特质，一方面这样的特质又具体化为分殊的审

---

① 于民主编：《中国美学史资料选编》，复旦大学出版社 2008 年版，第 162、217、302、426、427、459、460 页。

美崇尚。如果说前者意味着有关民族性的某些总体性的文艺实践，那么后者则说明文艺实践是贯彻到具体的、差异明显的包括时代精神、艺术创作、艺术表达在内的文艺现象之中的——从历史主义的角度去看，这便是连续性和相对性的统一，中国文艺高峰的形式离不开"文质彬彬"的标准，但也因为具体实践的差异而赋予"文质彬彬"在不同时期不同的形式意蕴："一代有一代之文学（艺）。"其实也可以说一代有一代之文学（艺）形式。

二、文艺高峰的形式理论举隅

近现代艺术形式相对古典时期来说获得了更大的发展，与其说古典时期艺术创作集中"多样性的统一"之于艺术形式表达的重要性，促进了艺术形式或模仿或反映世界自身的和谐性，不如说近现代艺术标举对这一和谐性的反动，进而引发艺术创作更注重提升形式的内蕴，从而解放了形式，甚至说这个时期艺术形式具有一定的独立性也不为过。德国著名哲学家康德以他独有的方式清晰地勾勒出形式之于审美判断的意义："在绘画中，雕刻中，乃至在一切造型艺术中，在建筑艺术、园林艺术中，就它们作为美的艺术而言，素描都是根本性的东西，在素描中，并不是那通过感觉而使人快乐的东西，而只是通过其形式而使人喜欢的东西，才构成了鉴赏的一切素质的基础。使轮廓生辉的颜色是属于魅力的；它们虽然能够使对象本身对于感觉生动起来，但却不能使之值得观赏和美；毋宁说，它们大部分是完全受到美的形式所要求的东西的限制的，并且甚至在魅力被容许的地方，它们也只有通过美的形式才变得高贵起来。"① 在康德看来，人们对美的事物的欣赏取决于其形式，在绘画领域主要集中于线条、轮廓等抽象外形。康德的形式主义美学突出审美判断的客观性，突出这种客观性的普遍适应性，突出审美判断通过诉诸理性而不是直接经由感性给出，因而他会将"魅力""感觉"和美对立起来，否定前者，肯定后者，肯定经过理性过滤的形式表达与美的表达。康德形式主义美学给予德国、英国的浪漫主义文艺极大的影响，浪漫主义运动时期的文艺巨子纷纷重视想象力、重视文艺形式的新奇性和异国情调的表达都与康德美学注重形式有关。

19世纪中后期，艺术对新标准的寻找又促发了现代主义运动的产生。现代主义艺术对艺术形式、艺术手段所产生的艺术效果和独立性的关注无与伦比。这里我们试结合抽象主义的开创人俄国著名画家瓦西里·康定斯基的绘画及其理论加以描述。康定斯基将绘画分为两类，一类是重物质的艺术，另一类是重精神的艺术。前者通过视觉的刺激来影响欣赏者，它是外在的；后者则诉诸欣赏者的心灵共鸣，它是内在的。康定斯基又认为艺术家的创作源于艺术家的内在心灵，对于艺术家来说"所有的手法都是神圣的，假如它们是内在必需的话。所有的手段都是荒谬的，如果它们不是出自内在必需的话"。所谓"内在必需"是指艺术的表达手段充分尊重心灵法则，结果艺术形式只能以艺术精神的内在需要为依据："最精确的比例、最精确的计算和砝码都不会用头脑计算和演绎衡测的方法得出正确的结果。这种比例不可能计算出来，也找不到那样的衡秤。比例和砝码不在画家身外，而在他的心里。它们可以称之为尺度的感情、艺术的节拍——

---

① [德] 康德：《判断力批判》，邓晓芒译，人民出版社2002年版，第61页。

这是画家天赋的物质；激情可以使他们升华到天才发明的高度。"康定斯基的画作极为注重点、线、面艺术元素在构图中的作用，以为三者作为艺术的基本要素可以得到"纯"科学式的把握，而这种把握动力在于"无目的或超目的的知识渴望"[1]。康定斯基的画作通常有色彩和构图的并置，但几何构图在画面中的地位更为突出，点、线、面的连缀使得画面充满动态，这一动态又颇能折射精神的自由，其作品《几个圆形，323号》《黄·红·蓝》就是这方面的佳例。前者选择以几何圆点为构图的支配力量，后者非规则几何图聚、散结合，突出的都是颜色对比中的点、线、面动态呈现，从而充分表现了画家内心的灵动之感。

20世纪上半期，对艺术的形式从理论的高度做出全面总结的主要有俄国形式主义、英美新批评、结构主义等文艺思潮流派。在被标举为形式主义宣言书的《艺术作为手法》（1917）一文当中，形式主义者的代表人物维克多·什克洛夫斯基反对从形象思维、形象因素着手研究艺术时便顺手指出了艺术研究的真正对象：

> 各种诗歌流的全部活动不过是积累和发现新的手法，以便安排和设计语言材料，而且安排形象远远超过创造形象。形象都是现成的东西，而且人们在诗歌里回忆起的形象，比用来进行思维的形象要多得多。
>
> 形象思维无论如何也不是联系所有艺术科学的纽带，甚至也不是联系文学艺术各个学科的纽带，形象的变化并不是诗歌发展的本质。

---

[1] ［俄］康定斯基：《艺术中的精神》，李政文等译，云南人民出版社1999年版，第48、49、123页。

既然不承认形象是诗（艺术）的本质，那么只有从诗歌（艺术）创作的本质属性"积累和发现新的手法""安排和设计语言材料"着手了。为了清晰地阐明这一新手法并检验其效果，什克洛夫斯基将艺术对形象的"回忆"表述为"为了恢复对生活的感觉，为了感觉到事物，为了使石头成为石头"。艺术创作类似于"为了使石头成为石头"，这表明"艺术的目的是提供作为视觉而不是作为识别的事物的感觉；艺术的手法就是使事物奇特化的手法，是使形式变得模糊、增加感觉的困难和时间的手法，因为艺术中的感觉行为本身就是目的，应该延长；艺术是一种体验事物的制作的方法，而制作成功的东西对艺术来说是无关重要的"。"奇特化"（亦翻译为"陌生化"）造成的陌生、间离效果显然目的在于"增加感觉的困难和时间"，延长审美感受，这显示了形式主义从鉴赏心理的满足方面考虑艺术审美属性的独特视野。什克洛夫斯基以列夫·托尔斯泰的小说创作为例，认为其小说的"奇特化"手法主要表现在"他不直接呼事物的名称，而是描绘事物，仿佛他第一次见到这种事物一样；他对待每一事件都仿佛是第一次发生的事件"[1]。在1921年写就的《短篇小说和长篇小说的结构》一文当中，他仍以托尔斯泰为例，指出"奇特化"手法"另有一种不同的表现方法，就是在一个图景的细节上耽搁许久，并加以强调，这样便产生常见的比例的变形"[2]。托尔斯泰小说的奇特化表现效果证实了"增加感觉的困难和时间"在形象塑造方面的创举，它不但有助于展现小说细节刻画的逼真性，而且有助于推动情节布局的创新，从而确证形式新变之于艺术

---

[1] ［俄］维·什克洛夫斯基:《艺术作为手法》，载［法］茨维坦·托多罗夫编选《俄苏形式主义文论选》，蔡鸿滨译，中国社会科学出版社1989年版，第60—66页。
[2] ［俄］维·什克洛夫斯基:《短篇小说和长篇小说的结构》，载［法］茨维坦·托多罗夫编选《俄苏形式主义文论选》，蔡鸿滨译，中国社会科学出版社1989年版，第159页。

效果的意义，而托尔斯泰作为俄国文学的高峰也能在这里得到理解。

三、文艺高峰的形式意蕴与文艺范例

英国著名艺术理论家克莱夫·贝尔曾说过："欣赏艺术品，我们不需要带有什么别的，只需要带有形式感、色彩感和三度空间感的知识。"[①] 贝尔虽然着重探讨人们对绘画作品的欣赏条件，但他指出"形式感"之于艺术欣赏（当然也包括艺术创作）的基础地位，的确是肯定了形式因素在艺术活动中的首要性。艺术形式总是指向艺术品本身，创作新的艺术便是创作新的艺术形式，反之亦然。形式因素的确立意味着艺术的确立，艺术形式原本就是艺术品的存有方式，在很大程度上，它对艺术起到规范、整饬的作用，艺术并非一个随便是什么和随便做什么的自由王国。换句话来说，无节制的形式和不完美的形式意味着艺术创作的非完美，因此对形式的考究是艺术创作和艺术欣赏的关键环节。比如，康德的《判断力批判》就以艺术形式的合目的性标准划分艺术类型的等级序列为：诗的艺术→音的艺术→造型艺术。再比如，叔本华的《作为意志和表象的世界》就在康德的基础上以意志的客观化为标准将艺术类型进一步等级化：建筑艺术→花园艺术→雕塑→绘画→诗歌→悲剧。

就具体的艺术品来说，它内在的组合、部分和部分之间的关系、部分和整体之间的关系构成艺术的样式，即艺术形式。艺术形式是艺术品的形式，离开形式也就没有艺术特征可言、没有感性整体可言，因而艺术的特征在于形式，形式是艺术品的存在方式，"由于形式使对象成形并赋予对

[①] [英]克莱夫·贝尔：《艺术》，周金环、马钟元译，中国文联出版公司 1984 年版，第 17 页。

象以一种存在,因而完全可以说形式既是意义又是本质。它是体现在外观中的理念,并赋予外观以某些永久性"①。艺术品不同于一般自然物质在于它是艺术家创作的产物,艺术美不同于自然美在于它是通过艺术家的创作呈现出来的美,因而艺术品是人工之物,艺术美是人工之物的美。艺术家作用于自然物质也就是为一般物质赋予形式、赋予形式之美。艺术天才为艺术立法,往往是为艺术形式立法。艺术家的创作始于形式又终于形式,他必须围绕着素材、对象运用有力的手段去突出某种形式、建构某种形式,以便让欣赏者通过对形式的体验来理解形式的功能。

形式永远是活着的。托尔斯泰就把形式传达看作情感体验效果的标志,他这样认为:"艺术起源于一个人为了把自己所体验的情感传达给别人,就重新唤起自己心中这份情感,并用某种外在的标志表达出来。"托尔斯泰以受狼惊吓的男孩讲述自己经历为例来论述这种"外在的标志"的内在构成,"一个遇见狼而受过惊吓的小男孩,在讲述这件事情时,为了使别人也感受着他所体验的情感,于是在描写他自己遭遇到狼之前的情况、所处的环境、森林、自己的无忧无虑,随后描述狼的样子、狼的举动以及他与狼之间的距离,等等。所有这一切——如果男孩子在讲述时再次感受他所体验过的情感,感染着听众,让他们也体验到讲述者所体验过的一切——这就是艺术"②。显然,小男孩讲述自己遇狼经历的故事感染效果取决于他所描述的故事的布局,在故事内核中,小男孩遇狼的即时状况被安排进受狼惊吓的环节,这涉及故事如何叙述、以何种方式及结构层次叙

---

① [法]米·杜夫海纳:《审美经验现象学》(上册),韩树站译,文化艺术出版社1996年版,第266页。
② [俄]列夫·托尔斯泰:《艺术论》,张昕畅、刘岩、赵雪予译,中国人民大学出版社2010年版,第40页。

述等形式要素，小男孩不仅仅是在向他的听众讲述自己遇狼的经历，他需要考虑到自己如何唤起听众体验到他所体验过的一切，他的描述意图决定他的故事的感染力度。

对于形式的讲究，在一些执着于新方法、新手段的实践的天才艺术家那里可能走得更远，以至于不难想象：愈是艺术杰作愈是讲究艺术形式的突破，愈是艺术形式取得伟大突破愈是艺术杰作。试以印象主义绘画宗师凡·高的《夕阳和播种者》为例。就像凡·高许多具有标志性特征的风景画一样，"播种者"的画面内容很简单：已经翻耕的土地呈现蓝褐色，一直蔓延到地平线；播种者迈开士兵式矫健的步伐，昂首前行，他的身后是一片火红的麦地，上空一轮夕阳低悬天空，光芒耀眼。正如有的论者指出的，"凡·高的画，看很多细部，会发现颜色与笔触纠缠成一片如火焰的颤动，这种形式，不再是客观的形式思考，已经是凡·高内在主观形式的再现了"[1]。在画面的右上方，播种者迈开士兵式的雄阔步伐，从田野的这一端撒播开种子直到田野的尽头，他有可能只是一个尽义务的劳动者，有可能是一个负债者，有可能是一个家庭的承担者，他的当下状况模糊不清，人们只能从他矫健的身姿去辨明他是一个熟练的体力劳动者。人们从翻耕的土地，从落山的太阳还可以体会到播种者紧张繁忙的一天即将结束，尽管这个劳动场面不很壮观。而他身后的成片麦地约略构成这么一种景致：等待收割的麦子，翻耕的土地。这是一个播种到收获的过程的浓缩，播种承继着收获，收获承继着播种。这个今日的播种者在昨日可能是一个收割者、一个翻耕土地的人，若干日过后，他又可能是一个翻耕土地的人，一个收割者、播种者。他所有的劳动就这么日复一日、年复一年地

---

[1] 蒋勋：《艺术概论》，生活·读书·新知三联书店 2008 年版，第 100—101 页。

继续，他可能为土地歉收伤神，可能为病床上的妻子担忧，也可能为偿付不了债务犯愁，但所有的这一切都不曾阻碍他劳动的步伐。他是一个劳动者，在开始劳动的时候就被选择了劳动者的身份，仿佛亲近土地是天赋予他的权利，他不会去寻思这种身份确立得合不合理，他也不会去反抗什么，更不会去计较重复劳动带来的单调乏味。他仅仅为填饱肚皮而劳动，为治好妻子的病而劳动，为付清沉重的债务而劳动。他稳健的步伐表明他有信心解决好这一项项的困难，用劳动的双手创造一个休养生息的家园。只要他的劳动有所收获，他的汗水随着撒播的种子飘落在干涸的土地上，希望的种子就一定能生根、发芽，长成茂盛的庄稼。他如果看到一线生机尚在，他的步伐就会加快，而欢畅的歌声也就会从空旷的田野上空升腾。这种田园风光和劳作场面因为凡·高印象主义的浓墨重彩而层次分明，它虽不恬淡，但很质朴，它静幽却充满着刚健的力度，尤其是地平线上方太阳光芒的橘黄色与土地的蓝褐色对照强烈、交相辉映，几乎让人产生眩晕的感觉，给欣赏者心理极大的刺激。而刚翻耕过的土地是新鲜的，日落西山意味着新的一天即将来临，这两者相互承接，在主题蕴涵和形式表达方面又融合为一。土地上的播种者就是这个主题和形式的阐释者：他用自己的劳动和智慧氤氲了自然和人工的生长点。土地因孕育生命而伟大，他因点播生命而伟大。作为早期印象派的奠基者，凡·高的画作，如《向日葵》《鸢尾兰》《夕阳下的柳树》《星月夜》等，对颜色的强调和构型显示了他一贯的美学趣味，凡·高的星空、大地、静物无不着染上他个性化的风格，"在大地所拥有的各种各样的美中，凡·高只选择了一种：颜色。大自然那种总能使色彩对比得无懈可击的特性，色彩所拥有的无穷无尽的中间色，以及土地那种无时无刻不在变化，而又不论在什么季节，不论在什么纬度都同样美丽的色彩，总是使凡·高惊喜不已"①。可以说，凡·高画作给人造成的感染力正是取决于因颜色调配而生发的形式美，它让画家惊喜不已，也让每一个观赏者惊喜不已，正如贝尔推崇画家塞尚，称他为"发现形式这块新大陆的哥伦布"，塞尚"创造了形式，因为只有这样做他才能获得他生存的目的——即对形式意味感的表现"②，凡·高也是形式新大陆的发现者，他的画作同样是"对形式意味感的表现"。

当然，形式是相对艺术品的主题和内容而言的，说到艺术品的形式，很难不与内容相联系。艺术品因为内容的意义呈现而富有价值，因为形式的表达而定型。当我们说艺术形式是就艺术品的形式而言的，它意在突出艺术形式的独立性，而艺术品乃其内容与形式的统一，内容与形式辩证地内蕴于艺术品之中，故谈论艺术形式又需回到两者的关系方面。在艺术品中，内容的真实价值和意义对整体效果来说至关重要，它涉及形式表达的作用和目的，因而不存在为形式而形式的艺术创作，同时，形式的美学效果最终助益于内容和主题的呈现，因而不存在为主题（思想）而主题（思想）的艺术创作。"在美学和艺术理论中，谈到内容与形式问题，通常包括下列几个层次的含义：其一就任何一部具体艺术作品而言，其内容与形式都具有与别的作品不同的个性；其二就一类作品而言，即通常所说的艺术的种类和体裁，是指某些艺术作品就其在反映的对象、表现方式和传达手段等方面具有共同点，因而在这些艺术品之间不论内容与形式都存在着共性，而与其他类型相比，又具有特殊性；其三就一定历史时期内的艺术作品而言，或者在一种艺术类型内部，或者在几种艺术类型之间，存在着

---

① ［俄］康·帕乌斯托夫斯基：《金玫瑰》，戴骢译，上海译文出版社2004年版，第18页。
② ［英］克莱夫·贝尔：《艺术》，周金环、马钟元译，中国文联出版公司1984年版，第141、143页。

内容与形式相统一的风格的类似性或一致性。"① 有人将艺术形式与非艺术形式的区别认定为前者在很大程度上具有"可见的一致性"②，其实亦可从"个性"的形成、类型的特殊性、风格的一致性三个方面来理解，艺术品形式的"可见的一致性"并非什么神秘之物，需要就其服务对象而言，而这个对象自然也能将艺术品和非艺术品区别开来。艺术形式"可见的一致性"说明，艺术形式服务于艺术品的整体效果，不可将形式和内容割裂开来谈论。至于具体的艺术创作领域，如诗歌、音乐、绘画、舞蹈、雕塑、建筑等，因为素材、质料的差异可能形成不同艺术的内容和形式，即使同样的主题在不同的艺术种类中也存在不同的形式表达，比如，德国美学家莱辛在《拉奥孔》中指出的"拉奥孔"雕塑和维吉尔《埃涅阿斯纪》史诗对祭师拉奥孔的恐惧情形的不同刻画方式；比如，我国唐代敦煌"变文"和"俗讲"在处理佛经故事上的形式差别，它们的艺术史地位与其说来自神话传说、佛经教义，不如说来自形式的独创性和艺术表达的变革。艺术形式通过致力于整体效果的实现而获得相对的独立性，这样相对独立于主题和内容的形式要素获得自身的审美特质，艺术成就愈伟大，审美特质因此愈突出。这是我们选择从形式演变及其历程的角度探讨文艺高峰现象的原因。

（原载《民族艺术研究》2020 年第 2 期）

---

① 王朝闻主编：《美学概论》，人民出版社 2008 年版，第 199—200 页。
② ［美］F. 大卫·马丁、李·A. 雅各布斯：《艺术导论》，包慧怡、黄少婷译，上海社会科学院出版社 2011 年版，第 23—24 页。

追求典型化创造　攀登文艺创作高峰

赖大仁

一部现实主义文艺作品，如果不能创造出让人印象深刻的典型人物，或者所反映的生活事件不能获得深刻的典型意义，就很难达到应有的艺术高度。当代文艺创作应当按照习总书记重要讲话所指引的方向，以高于生活的标准提炼生活，不断追求典型化创造，努力攀登文艺创作高峰。

习近平总书记关于文艺工作的重要讲话，既指出了当前文艺创作存在着"有数量缺质量、有'高原'缺'高峰'的现象"，同时也指出了如何走出这种困境、实现文艺创作自我超越的努力方向。比如其中一个重要方面，就是倡导文艺创作的典型化创造，以高于生活的标准提炼生活，创作出生动感人的典型人物，从而达到应有的艺术高度。习总书记在全国文代会、作代会的讲话中说："典型人物所达到的高度，就是文艺作品的高度，也是时代的艺术高度。只有创作出典型人物，文艺作品才能有吸引力、感染力、生命力。"他还说："走入生活、贴近人民，是艺术创作的基本态度；以高于生活的标准来提炼生活，是艺术创作的基本能力。文艺工作者既要有这样的态度，也要有这样的能力。"也许可以说，习总书记讲话所强调的以高于生活的标准来提炼生活和创作典型人物的能力，就是文艺创作的典型化创造能力。如何提高对于文艺创作典型化问题的认识，并进而提高文艺创作的典型化创造能力，是一个值得我们重视和探讨的重要课题。

在人们的文艺观念中，通常是把典型化作为现实主义文艺创作规律来认识的。现实主义不像自然主义那样照搬生活真实，而是要求高于生活真实，达到典型化的高度。所谓典型化，就是要求文艺家以高于生活的标准来提炼生活，创造出具有鲜明个性和高度概括力的艺术形象。在过去现实主义占主导地位的历史时期，出现了一大批优秀的现实主义作家和作品，如鲁迅、茅盾、巴金、老舍、曹禺等作家的小说和戏剧，以及柳青的《创业史》等作品，创造了形态各异足以辉耀文学史的众多典型人物形象，标志着现实主义的典型化创造所达到的艺术高度。当然，在过去现实主义文艺的主导性发展过程中，确实也存在着某些值得认真反思的问题和教训。比如，过于强调现实主义的创作原则而否定和排斥其他的创作方法，造成文艺创作方法和风格的单一化；在现实主义创作中，对于典型化创造的理解也存在某些偏差。有的典型化理论将文学典型解释为个性与共性统一，同时又把"共性"解释为某一类人物的共同特征，比如从几十个乃至几百个同类人物身上，把他们最有代表性的特点和习惯等抽取出来，综合在一个人物身上进行典型化创造。这样的理解无论怎么说都是过于简单化了。于是，在改革开放后文艺创作的开放性和多样化的创新发展中，就出现了另一种极端化现象，这就是把现实主义及其典型化创作方法，当作过时、陈旧的和僵化的东西加以否定抛弃。文艺界许多人争相借鉴和模仿国外各种新潮时尚的创作方法，如新历史主义、魔幻主义，以及后现代各种新奇怪异的玄幻、穿越等。即使是一些被称为新写实主义的文艺创作，也是更多追求纪实性、零散化、碎片化的所谓还原生活的写作，而把典型化创作方法抛到了九霄云外。现在回过头来看，这些远离现实主义的种种创新探索，一方面拓宽了文艺创作的发展道路，获得了许多前所未有的文艺创作经验；但另一方面，也由于过度背弃了现实主义创作传统，使文艺创作陷入了某种误区，尽管各种创新探索的努力不少，却难以达到应有的艺术高度，这的确值得我们加以反思。

近一时期，文艺界出现了一种值得重视的积极变化，这就是现实主义创作精神的回归。比如，路遥的《平凡的世界》、陈忠实的《白鹿原》等作品，通过影视改编重新得到社会关注和读者观众的普遍欢迎，文艺理论和评论界也对这些作品重新认识和研究，并给予高度评价。由此而推及路遥、陈忠实所尊崇和学习的前辈作家柳青，他的现实主义力作《创业史》也引起了重新关注和认识评价。还有刘震云《我不是潘金莲》、周梅森《人民的名义》等一批作品，从小说畅销到改编为影视作品热播，都受到社会普遍好评，重新唤起了人们对于现实主义创作的热情，也引起了评论界对于现实主义问题的重新探讨。这是我国现实主义文艺经过了一段时间的低迷之后，显示出强劲回归的新趋向，这无疑是值得关注和研究的文艺现象。

从上述文艺现象及文艺作品来看，其共同特点就在于重视典型化创造，能够以高于生活的标准来提炼生活，从而创造出生动感人的典型形象，使作品充满丰富深刻的精神意蕴和思想力量。对这些作品的认识分析，可以让我们从中获得典型化创造的许多有益的启示。

按通常的看法，文艺创作的典型化，首先表现为典型人物的创造。然而究竟何为典型人物，或者说典型人物具有什么样的艺术特征？虽然过去的典型化理论已有比较明确的阐述，比如人物个性与共性的统一，或者说是鲜明个性化和高度概括力的统一等，但这些说法可能仍有一定的局限性，如果理解上产生偏差，很容易导致某些片面性。因此，从典型化的理论观念到创作实践，都还有待于进一步探索。

在笔者看来，典型人物的创造仍有必要在以下几个方面加强理论探讨与实践探索。

一是如何突出人物的个性化描写。典型人物要有鲜明独特的个性，这一点本来无须多论，因为人们早有普遍共识，而且理论上也有许多经典性表述。其中最经典的论述莫过于恩格斯的名言："每个人都是典型，同时又是一定的单个人，正如老黑格尔所说的，是一个'这个'，而且应当如此。"然而问题在于，怎样的个性化描写才是符合典型化要求的？恩格斯强调人物的个性化描写，主要是针对文艺创作中的抽象化和观念化、个性消融到原则中去的倾向，认为这样就没有现实主义的真实性和典型性可言。但这并不意味着，只要是与众不同、鲜明独特的个性化描写就一定是好的。对于那种脱离生活真实而凭空虚构的个性化描写，恩格斯称之为"恶劣的个性化"，视为一种纯粹低贱的自作聪明，是垂死的模仿文学的一个本质的标记。这里的关键问题在于，人物的个性是在生活实践中形成的，生活经历及其环境决定了人物性格的与众不同，文艺创作要从生活真实出发，从人物与环境的关系中准确地把握人物的个性特征，并通过典型化的艺术创造，使人物的这种个性特征得到更加鲜明独特的表现。如果没有对于人物及其生活实践的深刻理解，以及高度典型化的艺术创造能力，就不可能写出真正鲜活生动的人物形象，更难以创造出个性鲜明独特的典型人物。

二是如何强化人物性格的概括性、丰富性和深刻性。人物形象的典型性，很大程度上体现为高度的概括性，这一点同样不言而喻，理论界也早有普遍共识。但问题在于，这是一种什么意义上的高度概括，以及怎样才能做到高度概括？如前所说，过去的典型化理论把这种高度概括理解为人物的"共性"，即某一类人物的共同特征；而进行高度概括的方法就是"综合"，即把若干个同类人物身上最有代表性的特点抽取出来，综合在一个人物身上进行典型化创造。那么，这样综合起来求得的"共性"，差不多就成了某类人物性格特征的"公约数"。这种综合概括的方法如果处理得不好，恰恰容易造成人物形象创造的概念化和类型化。而所谓个性与共性统一，也很容易变成某种人物类型特征的个性化显现，成为一种进行了个性化包装的模式化典型。这种简单化综合概括创造出来的类型化或模式化典型，在以往的文艺创作中也并不少见，但这显然不是应有的典型人物创造。笔者以为，真正意义上的典型化创造，并非简单化的综合概括所能达到，而是更应当注重在深厚的生活积累的基础上进行提炼概括，并对源于生活的"这一个"人物的生活底蕴和性格内涵，以及人物性格的生成发展与生活环境之间的关系进行深度开掘。这样创造出来的人物，才既有高度的概括性（对生活内涵及某些本质方面的概括），也有人物性格的独特性和丰富性，以及思想意蕴的深刻性，这样才能真正成为典型环境中的典型人物。简单化综合概括创造的人物形象，就像是人工合成制作的蜡像，再怎么栩栩如生都是没有血肉生命的，而在生活积累的基础上进行提炼概括创造出来的典型人物，则如扎根在深厚土壤中生长起来的大树，是风姿独具并且充满蓬勃生命力的。

三是如何加强审美理想的烛照。过去的典型人物理论，着重强调个性与共性统一，而对表现审美理想方面则重视不够。笔者以为，文艺创作的典型化并不仅限于按照生活真实进行综合创造，以及通过个性表现共性，更重要的还在于要用深刻的思想洞察现实，用高于现实的审美理想烛照现实，才能创造出具有典型意义的人物形象。文艺作品创造的典型人物，无论正面人物、反面人物还是多面性的复杂人物，都不只在于刻画其鲜明独特的性格，更需要穿透人物的精神灵魂，在艺术审美理想的烛照下，把人物真假善恶美丑的本来面目及其复杂性深刻揭示出来，这样才真正具有典型意义。如在《平凡的世界》中，自尊好强不屈服于命运的农家子弟孙少平，脚踏实地又满怀理想的孙少安，敢爱敢恨正义凛然的田晓霞，用情专注善解人意的田润叶，心系乡土不计得失的田福军，懒惰自私圆滑世故的孙玉亭，精于官场潜规则的冯世宽等；在《人民的名义》中，满怀理想疾恶如仇的侯亮平，敢想敢为作风强悍的李达康，一身正气敢于担当的易学习，心系民众不计得失的陈岩石，儒雅伪善的高育良，出身寒微以屈求伸野心勃勃的祁同伟等，这些人物形象，不仅性格鲜明独特，让人印象深刻，而且的确抵达了人物的灵魂深处，揭示了人物精神信念的坚定或幻灭，应当说是融入了作者审美理想的典型化创造。有人说作品中一些具有英雄气质或理想化色彩的人物形象不真实，看来这是混淆了生活真实与艺术的典型化创造之间的关系。艺术形象不能仅仅用真实性来衡量，艺术的典型化创造本身，就是要求以高于生活的标准提炼生活，用审美理想之光烛照现实，典型人物具有某种特殊的精神气质或理想化色彩，应当是典型化创造的应有之义。习近平总书记在关于文艺工作的重要讲话中强调说，要以强烈的现实主义精神和浪漫主义情怀，观照人民的生活、命运、情感，表达人民的心愿、心情、心声。其精神实质，就包含着要求艺术真实性与审美理想有机统一。尤其是那些反映重大社会变革时期人民生活的文艺作品，所创造出来的典型人物，必定寄托着这一时代人民的审美理想。例如，20世纪五六十年代柳青《创业史》中的梁生宝，新时期初蒋子龙《乔厂长上任记》中的乔光朴，《平凡的世界》中的孙少平、孙少安、田晓霞、田福军等，都是一些闪耀着理想光辉的人物形象，体现了特定历史时期的改革开拓精神和人们的理想愿望，得到了文学界和社会的普遍赞誉。这不只是艺术真实性的力量，更是艺术典型化和理想化的力量。在中外文学史上的现实主义文学经典中，这类例子并不少见，正可以成为当今文艺典型化创造的有益借鉴。

当然，文艺创作的典型化并不仅限于人物塑造的典型化，也还包括其他方面的典型化，其基本原则也都彼此相通。例如，刘震云的小说及据其改编的电影《我不是潘金莲》，就主要是情节事件的典型化。对于一个小小的夫妻离婚家庭矛盾的纠纷，由于各级管理部门的责任缺失，以及相关责任人员的种种私心杂念，对群众的民生问题和利益诉求冷漠麻木，行政不作为或不会作为，本来很小的矛盾纠纷未能得到及时调节化解，乃至滚雪球般地酿成了法律事件、上访事件、政治事件，从小乡村小家庭闹到了北京的政治中心，一批官员因此而被追责。在这部作品中，未必哪个人物特别典型，而是通过这个比较特殊的生活事件，反映了现实生活中某些潜在的具有本质意义的东西，能够引起人们的深刻反思，因而具有突出的典型意义。类似的作品，如陆文夫的小说《围墙》、梁晓声的小说《讹诈》等，都具有这样一种典型意义及文学品质。

总之，如果一部现实主义文艺作品，不能创造出让人印象深刻的典型人物，或者所反映的生活事件不能获得深刻的典型意义，就很难达到应有的艺术高度。当代文艺创作应当按照习近平总书记重要讲话所指引的方向，以高于生活的标准提炼生活，不断追求典型化创造，努力攀登文艺创作高峰。

（原载《文艺报》2017年10月9日）

时代精神与文艺高峰

——哲学对艺术经典的三种建构

李 洋

　　王一川教授在对艺术高峰的专题研究中，把那些与艺术高峰的形成有关系的各种人，依照他们的职业、身份和发挥的不同作用，简洁地概括为五要素：立峰者（艺术家）、造峰者（思想家等）、测峰者（艺术研究者）、观峰者（读者与观众）和护峰者（艺术管理者等）。在这五要素中，"造峰者"指哲学家、美学家和思想家，他们不是直接研究艺术的研究者和批评家，他们与艺术创作没有那么密切的互动关系，他们也不是一般的观众，工作也与艺术管理没有关系。但在艺术高峰的形成中，这些思想家发挥着无法替代的作用。本文认为，我们可以通过哲学与艺术经典之间的关系，去理解"造峰者"与艺术高峰之间的关系。那么，从哪个角度才能更准确地分析哲学对艺术经典的影响呢？我们不得不提到黑格尔"时代精神"（zeitgeist）的概念。

一、艺术高峰与"时代精神"

黑格尔认为,哲学与文学艺术的经典作品都源于酝酿和生产这些思想、这些作品的"时代精神"。所谓"时代精神",就是"贯穿着所有文化部门的特定的本质或性格"[1],哲学、艺术和科学都是"时代精神"的表达。但是黑格尔强调,哲学在时代精神中格外特殊,"哲学是对时代精神的实质的思维,并将此实质作为它的对象"[2]。在时代精神中,哲学的形式与艺术、科学上的成就是共存共生的,但哲学不仅是"时代精神"的实质内容,也在外部把"时代精神"作为它思考的对象。因此,哲学通过"时代精神"与艺术经典发生关系,同时,哲学也与艺术经典共同构成了"时代精神"的表达。

法国哲学家吉尔·德勒兹(Gilles Deleuze)把思想与艺术的关系阐释为意识与文化的关系,他提出"文化馈赠给意识的显然是一种与遗忘力相对的新型能力:记忆。然而,我们在此关注的记忆不是痕迹的记忆。这一崭新的记忆不再是关于过去,而是有着面向未来的功能;不是感知性的记忆,而是意志的记忆;不是痕迹的记忆,而是言语的记忆"[3]。我们可以化用德勒兹这个精妙的分析,把哲学与艺术经典的关系归纳为三种形式。其一,哲学的时代精神体现为"意志",对艺术家和艺术经典发出召唤,推动经典作品的形成。其二,哲学的时代精神体现为"语言",即哲学本身可以进入艺术的语言本体,让思想与艺术共生,把哲学沉思转化为艺术作

---

[1] [德]黑格尔:《哲学史讲演录》第一卷,贺麟、王太庆译,商务印书馆2011年版,第61页。
[2] [德]黑格尔:《哲学史讲演录》第一卷,贺麟、王太庆译,商务印书馆2011年版,第67页。
[3] [法]吉尔·德勒兹:《尼采与哲学》,周颖、刘玉宇译,社会科学文献出版社2001年版,第198页。

品的形式或风格。其三，哲学的时代精神体现在来自"未来的功能"，即哲学基于精神和思想的诉求，不断返回历史、重塑记忆，去发现、确认经典作品的精神价值。我们结合具体事例对这三种关系展开分析。

二、时代意志召唤经典

首先，哲学对艺术经典发出召唤，历史上的艺术经典总是对特定时代精神的某种回应，艺术杰作之所以会成为"高峰"，是因为它们在思想的召唤中应运而生，应声而出。哲学家的思想成果为艺术经典的出现提供了"时代意志"。德勒兹在此处所说的"意志"（volonté），一方面包含了沃林格（Wilhelm Worringer）所说的艺术史心理学意义上的"艺术意志"（Kunstwollen），即那些决定了艺术风格发展的"最初契机"与"形式意志"（Formwillen）[①]；另一方面，还包含了对"时代精神"的整体认知，即海德格尔所说的"作为求意志的意志"[②]。哲学家把对世界的敏锐观察，凝汇在时代的问题中，哲学对知识状况的概括和对社会变迁的预见，为艺术创作开辟了新的领地，为即将发生的艺术创作指出了最有价值的方向，酝酿和召唤艺术杰作的出现。

在这个意义上，哲学就像"先知"，哲人们的思想启迪着艺术，让艺术家清晰感到时代变动的感召，灵敏地发现时代的问题，再通过他无与伦比的想象和才华去创作出经典作品。哲学表达的时代意志，对于艺术来说

---

① 这是沃林格对"艺术意志"的基本定义，他认为艺术意志决定了所有艺术作品的内在本质，林林总总的艺术形式是艺术意志这种先验存在的客观化表现。参见［德］沃林格《抽象与移情》，王才勇译，金城出版社 2010 年版，第 1 页。

② ［德］马丁·海德格尔：《林中路》，孙周兴译，上海译文出版社 1997 年版，第 284 页。

具有超个体性。丹纳（Hippolyte A. Taine）相信时代精神高于艺术家的个人才华。他做了个比喻，艺术家的个人才华就像种子，而时代精神就像自然气候，艺术家能否创作出经典的作品，依靠时代精神的哺育，他把时代精神对艺术的影响称为"选择"。"精神气候仿佛在各种才干中作着'选择'，只允许某几类才干发展而多多少少排斥别的。由于这个作用，你们才看到某些时代某些国家的艺术宗派，忽而发展理想的精神，忽而发展写实的精神，有时以素描为主，有时以色彩为主。时代的趋向始终占着统治地位。"① 通过这种"环境的选择"（choix du milieu），根据固有的标准让那些与时代精神相一致的作品成为经典，而遗忘或淘汰其他类型的作品。

在欧洲启蒙主义时期思想与艺术的关系中，就非常突出地体现了哲学与艺术经典之间这种关系。启蒙运动尽管最早发生在17世纪的英国，但却在法国发展成最有影响的思潮。伏尔泰、狄德罗、让·达朗贝尔（Jean d'Alembert）等启蒙思想家们开始对君权神授和"存在巨链"等专制思想提出了挑战，他们推崇理性，质疑上帝的存在，批判腐朽的宫廷文化。启蒙主义坚信人的力量，人的独立理性才是人类道德与知识的基础，他们相信理智的思考可以解释世上的所有现象。

这个时期的绘画正是蒙受了启蒙主义思想的感召。巴黎上流社会流行的沙龙经常邀请伏尔泰等思想家参加，这些思想家在艺术沙龙上的言行彻底改变了巴黎沙龙艺术的风格，开启了新古典主义风格。当时最著名的艺术沙龙主人蓬巴杜夫人（Madame de Pompadour）就资助了伏尔泰等人撰

---

① ［法］丹纳：《艺术哲学》，傅雷译，载傅敏编《傅雷译丹纳名作集》，河南人民出版社1998年版，第59页。

写了启蒙主义思想代表作《百科全书》(*Encyclopédie*)。《百科全书》这套启蒙主义精神的代表作就是哲学家与艺术家合作的结果，伏尔泰等启蒙主义思想家撰写了内容，而画家们绘制了插图。启蒙主义崇尚理性，推崇理性秩序和对科学的精确性、系统性的追求，这些观念都影响了18世纪中叶开始形成的新古典主义。因此，新古典主义就是启蒙运动的产物，这些艺术看上去是从希腊借鉴了单纯而典雅的形式，其实在精神上是受到了启蒙主义思想的感召。

狄德罗不仅是当时最活跃的思想家，也是剧作家，他对绘画也格外关注。作为启蒙思想家，他对当时法国沙龙绘画不屑一顾，经常撰文批评沙龙绘画上流行的洛可可风格。比如他对后来成为巴黎沙龙学院院长的弗朗索瓦·布歇（Francois Boucher）嗤之以鼻，但对关注市民生活的夏尔丹（Jean-Baptiste Chardin）、格勒兹（Jean-Baptiste Greuze）却格外推崇，认为这些绘画进行了对人性最为逼真的刻画。所以，法国18世纪的古典主义绘画与启蒙主义之间有着某种呼应关系，艺术家在绘画的风格、使命和美学追求上，与伏尔泰、狄德罗的社会理想和美学趣味不谋而合，成为时代精神的表达。荷兰艺术史学者曲培醇认为，"格勒兹的计划做的和狄德罗自己创作的一种新戏剧的尝试可以相提并论。这种市民剧侧重描绘当代中产阶级的生活和面临的问题。格勒兹实现了狄德罗的主张：一种处理当代现实、展现真实情感、树立美德典范的艺术"[1]。

然而，狄德罗作为思想家，对应运而生的古典主义风格也有质疑，他发现古典主义绘画过度依赖理性而脱离生活，学生们过于重视训练素描的

---

[1] ［荷］曲培醇（Petra ten-Doesschate Chu）：《十九世纪欧洲艺术史》，丁宁等译，北京大学出版社2014年版，第24页。

技巧，忽视了对巴黎市井真实生活中具体人物的观察。狄德罗在《论绘画》中明确提出，对社会和现实的关注不等于排斥人的情感表达，而生动的历史画甚至要好过那些静物画，这无疑是对古典主义的反思，进一步召唤艺术家们创作出超越娇柔的形式主义和写实理性，通过强烈的个人情感去反映社会现实。正是这样的主张奠定了随后发生在法国的浪漫主义绘画的基础，尤其是两部代表作——籍里柯（Théodore Géricault）的《梅杜萨之筏》（*Le Radeau de la Méduse*，1818）和德拉克洛瓦（Eugène Delacroix）的《自由引导人民》（*La Liberté guidant le peuple*，1830）。经过了启蒙主义和大革命的洗礼，浪漫主义画家不再过分强调笛卡尔所谓"我思故我在"的理性，转向直接表达人的情感所能释放的能量，"在浪漫主义对理性的反叛中，艺术家颂扬情感，视情感高于理性，激情要摆脱约束，自由冲破规范，个人超越集体，神秘事物是理性无法解释的，而主观感悟比客观更能认识事物的本质"[1]。因此，狄德罗先后两次对艺术创作产生了影响，这完全依赖于对时代精神的体悟和表达。

同样，在德国狂飙突进运动中，赫尔德（Johann Gottfried von Herder）对歌德也扮演了影响者的角色。赫尔德"是德国启蒙时代美学的具有革命性的人物，对于新古典主义来说，他们才是真正的掘墓人"[2]。赫尔德在青年时代非常博学，不到20岁就在教会学校担任教职，教授自然、数学、历史、法语和德语修辞学等课程，非常受学生欢迎，是当地知名的"理想主义教育家"[3]。赫尔德对当时流行的理性主义美学不满，撰写了《批评之

---

[1] [美]威廉·弗莱明、[美]玛丽·马里安：《艺术与观念》，宋协立译，北京大学出版社2008年版，第527页。
[2] 彭立勋、邱紫华、吴予敏：《西方美学史》第二卷，中国社会科学出版社2005年版，第619页。
[3] [德]卡岑巴赫：《赫尔德传》，任立译，商务印书馆1993年版，第17页。

林》与莱辛和克劳茨展开辩论。1764年,他辞去神职,开始启蒙主义运动的法国之旅,结交了狄德罗、达朗贝尔等思想家,并全面接受了启蒙思想。1770年,他在斯特拉斯堡结识了只有21岁的大学生歌德,赫尔德与歌德的相遇被誉为是狂飙突进中最重要的事件,"对德国文学史和思想史产生了极其重要的影响"[①]。其时,尽管赫尔德只有26岁,但他的世界观和美学观已经形成,思想更加坚定和成熟,赫尔德已经建立了自己的体系,也非常自信。他对歌德毫无保留,无所不谈,把他对启蒙主义的见解以及对法国艺术的失望都讲给了歌德听。歌德认为,"对我产生了极其重要结果的最重要的事件是和赫尔德的认识以及由此而产生的密切关系"[②]。尽管后来歌德与赫尔德不和而分道扬镳,但在歌德成长过程中,赫尔德的思想、学识和对艺术的判断,深深影响了他对文学和艺术的理解,进而使他完成了他最早的代表作《少年维特之烦恼》(1774),这也是德国狂飙突进的重要作品。

在历史上,狄德罗、赫尔德这样的思想家不在少数,他们的哲学思想准确把握住时代精神的变化,重塑了时代的内在观念和美学趣味,启迪着艺术家,与随后出现的艺术经典之间有着召唤与呼应的关系。

三、时代精神转化为艺术语言

历史上的许多经典作品都会以某种方式彰显时代精神,哈罗德·布鲁姆(Harold Bloom)把经典作品对艺术家的影响称为"影响的焦虑"。他不

[①] [德]卡岑巴赫:《赫尔德传》,任立译,商务印书馆1993年版,第41页。
[②] [德]卡岑巴赫:《赫尔德传》,任立译,商务印书馆1993年版,第41页。

像丹纳那样过分强调时代精神是哺育杰作的精神条件，他认为"个体的自我是理解审美价值的惟一方法和全部标准"①，我们强调时代精神，但不能忽视艺术家作为个体的独特性和创造力，不能否认艺术作品存在于自在的文本世界之中。"一部杰作是一个人心灵表达的精华。世上不存在非个人化的杰作。"②然而，时代精神不仅能从外部对经典的出现推波助澜，在艺术文本内部，哲学也可以产生影响。哲学家与艺术家在相同的"时代精神"中共同思考（我们可以想到"philosophy"这个词的原意就是"友谊"），他们的思想和文本完全可能彼此纠缠，相互生成，共同创作。杰出的哲学离不开完美而精确的语言，而艺术作品也可以表达哲学般严谨的推理和对生活的沉思。

米歇尔·福柯（Michel Foucault）与比利时画家勒内·马格利特（René Magritte）就表达了哲学与艺术经典之间的第二种关系。米歇尔·福柯在1966年出版的《词与物》（*Les mots et leschoses*）中，集中思考了与古典知识型密切相关的再现问题，而比利时超现实主义画家勒内·马格利特对这个话题也非常感兴趣。当福柯与马格利特思考相同的主题时，哲学就成为他绘画的语言。马格利特本人对哲学很感兴趣，他对黑格尔、海德格尔以及萨特思想都特别了解，而且他希望别人把他称为"哲学家"，只不过他是借助于绘画去思考哲学。1966年，马格利特被福柯在《词与物》中的思想深深地吸引，尤其在第一章还细致地分析了委拉斯凯兹的《宫娥》。马格利特始终关注图与文的关系，所以，在读过《词与物》之后，专门给福柯写了两封信，表达他对这本书的阅读感受。马格利特在1929年创作"烟

---

① [美]哈罗德·布鲁姆：《西方正典：伟大作家和不朽作品》，江宁康译，译林出版社2005年版，第16页。
② [法]夏尔·丹齐格：《什么是杰作》，揭小勇译，广西师范大学出版社2015年版，第54页。

斗系列"的第一个作品，名字就叫《影像的背叛》(*La Trahison des Images*，1929)，但这个系列的作品在后来就很少再继续创作。但是，时隔40年之后，当马格利特读过福柯的《词与物》后，又重新创作了"烟斗系列"的新作《双重神秘》(*Les Deux Mystères*，1966)，这幅画直接针对他自己在1929年创作的《影像的背叛》，他把《影像的背叛》重新画了一遍，但是把这幅画放在一个画架上，在画架外的空间左上角，他又画了一个漂浮着的巨大烟斗。这幅画最引人注意的地方就是它直接来自福柯哲学思想的启发。

1967年，马格利特逝世。福柯为了纪念这位画家，出版了《这不是一只烟斗》，他专门用两篇文章分析马格利特的这几幅画，同时也公开了马格利特给他的两封信。福柯在这本书中对《影像的背叛》展开了分析，这两篇文章虽然是对马格利特的纪念，福柯同时也在延续他与马格利特在共同问题上的继续对话，即对相似—再现体制的批判。

在传统绘画中，我们习惯性地认为画中的事物就是实在事物的表象，而画上的文字或者标题指向这幅画的意义。因此，图与词的关系就是一种再现和确认的关系。在福柯看来，这种关系来自主宰了15—20世纪的西方绘画的两个原则。"第一个原则就是确认造型再现与语言说明的分离（它强调相似性），人们通过相似性来观看，通过差异性来言说，结果两个体系既不能交叉也不能融合。"① 在画中，要么是图支配词，要么就是词支配着图，二者处在一种不平等的、有主次分别的秩序空间。第二个原则就是通过"确认"，建立相似与再现的关系。只要一个图与某物相似，人们就会习惯性地依照相似原则去寻找词语进行确认，图与

---

① [法]米歇尔·福柯：《这不是一只烟斗》，邢克超译，漓江出版社2012年版，第37页。

物是相似的，我们通过词完成这种确认。人们总是把图中的相似形象确认为物本身。在福柯看来，这正是围绕着相似和再现建立起来的古典知识型最形象的表达。而马格利特的绘画恰恰也把词与物、相似与确认的问题放置在一个矛盾的情境中，把福柯的思想变成了他绘画的语言本身。这真是一场哲学与绘画的精彩对话，哲学对艺术的作用并不是一种召唤，而是与绘画共同思考。而马格利特的绘画并不想表现什么，它的语言与内容就是哲学本身。

  思想家与艺术家的对话或许不一定像福柯与马格利特那样契合，尼采与瓦格纳就经历了从亲密的知己到美学上的仇敌的变化。这个思想史上著名的"瓦格纳事件"提供了理解哲学与艺术经典的另一种共生关系：哲学与艺术在强烈的张力中发展。哲学史和美学史已有太多关于这段往事的讨论，我们想强调的是，尼采与瓦格纳之所以成为挚友，因为他们都在叔本华的思想中获得了灵感。尼采在瓦格纳的音乐中感到了强烈的共鸣，这促使他写成了《悲剧的诞生》，而瓦格纳则创作了《尼伯龙根的指环》中的《齐格弗里德》(*Siegfried*)。然而，他们围绕德意志精神的复兴而燃起的友谊之火，因他们对音乐的不同理解而熄灭，尼采公开写书批判瓦格纳音乐沉溺于蛊惑大众，瓦格纳的音乐"意味着同一件事：在文明的没落中，在大众具有决定权的所有地方，本真变得多余，不利，受冷落"[①]。从精神上的知己到世俗中的敌人，瓦格纳的音乐都成为尼采哲学中最为生动的内容，而瓦格纳也在与尼采的决裂中创作了他晚期的杰作。

---

① [德]尼采：《瓦格纳事件/尼采反瓦格纳》，卫茂平译，华东师范大学出版社2007年版，第62页。

四、时代理性点燃历史记忆

哲学还能以回溯的方式，参与艺术作品的经典化和再经典化。哲学家对艺术作品的分析与专业的艺术史学家的区别在于：哲学的历史追溯伴随着更加坚定而充分的理性判断，以及更为深邃的超越性的思想价值。哲学用思想的光芒重新照亮历史，让那些静置在角落中的杰作重新焕发生命的光芒，在这个方面最为典型的就是海德格尔对荷尔德林的发现。

当海德格尔思考现代性的问题时，用"上帝的消失"描绘所谓的"世界黑暗的时代"，他认为在那个技术发达的时代里，精神反而是赤贫的，这个时代甚至"无法察觉上帝的缺席"，"甚至连自身的贫困也体会不到。这种无能为力便是时代最彻底的贫困"[1]。但是，这种悲观与哀叹让海德格尔的沉思照亮了一百多年前的德国诗人荷尔德林（当然还有里尔克），他在荷尔德林的诗中找到了精神归宿。"在贫困时代里作为诗人意味着：吟唱着去摸索远逝诸神之踪迹，因此诗人能在世界黑夜的时代里道说神圣。因此，用荷尔德林的话来说，世界黑夜就是神圣之夜。"[2]海德格尔在诗中刺探到语言与存在的关系，认为语言才是存在永恒的栖居之所，诗人证明了"只要语言在，他们就存在"，海德格尔在诗人身上发现了哲学无法找到的勇气与希望。荷尔德林的诗歌告诉我们，这个世界基于存在，它既没有"沉沦"，也不是"没落"，它就在存在之中。正是在这个视角下，海德格尔重新定义荷尔德林的非凡价值：

---

[1] ［德］马丁·海德格尔：《林中路》，孙周兴译，上海译文出版社1997年版，第274页。
[2] ［德］马丁·海德格尔：《林中路》，孙周兴译，上海译文出版社1997年版，第276页。

> 荷尔德林是贫困时代的诗人的先行者。因此之故，这个时代的任何诗人都超不过荷尔德林。但先行者并没有消失于未来，倒不如说，他处于未来而到达，而且，唯有在他的词语之到达中，未来才现身在场。①

海德格尔之所以给荷尔德林如此高的评价，是来自于他对技术统治的世界的沉思焕发出一种力量。荷尔德林生活的时代与海德格尔的时代已经完全不同，他们生活在不同的时代精神中。但是，对时代精神的洞察使得海德格尔在历史中重新发现了荷尔德林的价值，让哲学重新点燃了文学史沉寂的记忆，在20世纪让人们又重新聚焦于这位德国诗人。阿甘本承接海德格尔的讨论，在荷尔德林的诗歌中，进一步发现了"节奏"和"起源"是重新理解艺术本源结构的关键，"荷尔德林的这段话将艺术作品的根源性结构定义为'休止'和节奏，这样一来，作品的根源性结构就进入了一个跟人类在世界中的存在及其与真理和历史之间的关系息息相关的维度"②。

哲人们发起的艺术的再经典化，或许在思想史上的意义要大于艺术史，但是越来越多的哲学家选择回到历史中的某些艺术家那里，回到曾经被忽视和遗忘的作品中，让他们的时代理性释放出更大的光辉：莫里斯·梅洛-庞蒂对塞尚绘画中身体、目光和感觉的分析，德勒兹对卡夫卡小说中"少数语言"的抵抗策略的发现，阿多诺对勋伯格现代音乐中蕴含的辩证理性的阐述，德里达对凡·高名画《农妇的鞋》的再阐释……这

---

① ［德］马丁·海德格尔：《林中路》，孙周兴译，上海译文出版社1997年版，第327页。
② Giorgio Agamben, *The Man without Content*, Stanford University Press, 1994, p.101.

些思想家孜孜不倦地回到过去,在历史尘埃中回望和凝视那些经典作品,德勒兹所说的"未来的功能",就是说时代精神始终对重塑记忆和再造经典具有不可推卸的责任。

(原载《民族艺术研究》2019年第2期)

坚守艺术理想，筑就文艺高峰

马建辉

习近平总书记在中国文联十大、中国作协九大开幕式上的讲话中，殷切嘱托广大文艺工作者要坚守艺术理想，用高尚的文艺引领社会风尚。他指出，广大文艺工作者要做真善美的追求者和传播者，把崇高的价值、美好的情感融入自己的作品，引导人们向高尚的道德聚拢，不让廉价的笑声、无底线的娱乐、无节操的垃圾淹没我们的生活。习近平总书记在讲话中直面一定范围内艺术理想下滑和沦丧，给文艺创作和人们精神生活带来的巨大伤害，向文艺工作者发出了坚守艺术理想、筑就文艺高峰的剀切呼吁，言近旨远，鞭辟入里，发人深思。

古人说，诗是言志的，"诗者，志之所之也"。古人还说，诗是性情的表达，"诗者，吟咏性情也"。在我看来，这里的"志"和"性情"都是文艺家的艺术理想的体现。从一定意义上说，文艺家有什么样的艺术理想，就会有什么样的"志"与"性情"。申涵光曾说，"古人之诗，必有其原，则道焉耳。道者，立人之本，万事所从出，而诗其著焉。古之诗人，大抵禀清刚之德，有光明磊落之概，本诸忠孝，敷以和平，《三百篇》皆诗皆道也。若夫鄙夫俗士，日逐逐于荣利之场，伪托风雅，文其固陋，其诗必攫袭泛滥，生气暗然"。在这里，德性成了文艺的根本，伟大的艺术需要伟大的德性，而伟大的德性则本原于崇高而远大的艺术理想。

没有理想的生活，就像没有舵的船。同样，没有理想的文艺，也会失去正确的航向。艺术理想是文艺作品中的"钙"，失去理想，文艺作品同样会得"软骨病"，会形态萎靡、精神猥琐，在市场经济大潮中迷失方向，沉沦于世俗欲望的泥潭。马克思曾说，如果人只为自己劳动，他也许能成为有名的学者、绝顶聪明的人、出色的诗人，但他绝不可能成为真正的完人和伟人。确乎如此，如果文艺家只为自己而劳动，或许不会妨碍其创作的激情，如果努力，也会写出一些出色的作品。但这样的作品，永远不可能成为时代的文艺高峰，因为伟大作品，必是伟大人格的写照。正如习近平总书记指出的，伟大的文艺展现伟大的灵魂，伟大的文艺来自伟大的灵魂。为人们指引前行道路的作品，必然如同高远处悬挂着伟大理想的不熄灯塔。

1938年4月，毛泽东在延安给鲁迅艺术学院提出了"要造就有远大的理想、丰富的生活经验、良好的艺术技巧的一派艺术工作者"的目标。他说："中国近年来所以没有产生伟大的作品，自然有其客观的社会原因，但从作家方面说，也是因为能完全具备这三个条件的太少了。我们的许多作家有远大的理想，却没有丰富的生活经验，不少人还缺少良好的艺术技术。这三个条件，缺少任何一个便不能成为伟大的艺术家。"70余年后的今天，经济社会条件和历史时代境遇都发生了很大变化，然而成为伟大文艺家或创作出伟大作品的这三个条件依然不可或缺。不同的是，当今的文艺家们，大多不再缺少良好的艺术技巧，而是缺少远大的理想，缺少崇高的艺术理想。远大的理想是一种强烈而真挚的精神向往，它来自人们对于美好未来的坚定信念。优秀的文艺家必须具有一种憧憬"将来"的热情，因为"没有对将来的理想的追求，就不能鼓舞人们前进"。

对于文艺工作者来说，艺术理想应该包含三个基本的维度。其一，艺术理想的社会维度。习近平总书记深刻指出，"文运同国运相牵，文脉同国脉相连"。文艺创作是社会公共事业，优秀的文艺作品作为一种公共精神产品能发挥自身优势，有力地鼓舞、激励、凝聚读者探求真理，推动社会的进步和发展，产生积极的社会效益。因此，艺术理想里面必然蕴含着文艺家的社会理想。以文学为例，我国历史上的杰出作家作品，从《诗三百》到屈原，从陶渊明到杜子美，从《窦娥冤》到《红楼梦》，从龚自珍到鲁迅，在其艺术理想中，哪一个没有鲜明的政治理想或社会理想呢？正如《汤姆叔叔的小屋》之于黑奴解放，《国际歌》之于无产阶级革命，《钢铁是怎样炼成的》之于苏维埃政权，《黄河大合唱》之于爱国救亡，"十七年文学"之于新中国建设，可以说，艺术理想的崇高性就在于其社会维度，在于其境界高远的社会理想。

其二，艺术理想的人生维度。鲁迅先生认为，"美术可以辅翼道德"。这说的就是艺术理想的人生维度。因为在优秀的文艺家眼中，文艺创作是人的灵魂工程，是改良人生的利器，而道德感的确立则是这一工程的基石。鲁迅先生说，"美术之目的，虽与道德不尽符，然其力足以渊邃人之性情，崇高人之好尚"。"物质文明，日益曼衍，人情因亦日趣于肤浅；今以此优美而崇大之，则高洁之情独存，邪秽之念不作。"如果文艺理想失去了人生的维度，那么，文艺创作就会如同"探龙颔而遗骊珠"。所以，文艺家必须坚定人生理想，富贵不淫、贫贱不移、威武不屈，不为一时之利而动摇、不为一时之誉而急躁，敢于向炫富竞奢的浮夸说"不"，向低俗媚俗的炒作说"不"，向见利忘义的陋行说"不"。这是文艺创作实现艺术理想的重要维度，也是通往艺术理想的主体（即艺术家自身）要素建构。

其三，艺术理想的艺术维度。如果说艺术理想的社会维度侧重求真、人生维度侧重求善的话，那么，艺术理想的艺术维度就是侧重求美。求美，实际上就是呈现美，即能够把自然美、社会美、人生美艺术地呈现出来。从另一个角度看，艺术理想的艺术维度实际上也是在探求一种文艺创作的艺术效益。鲁迅先生很重视文艺自身的特征，他在《文艺与革命》一文中写道："我以为一切文艺固是宣传，而一切宣传却并非全是文艺，这正如一切花皆有色（我将白也算作色），而凡颜色未必都是花一样。革命之所以于口号，标语，布告，电报，教科书……之外，要用文艺者，就因为它是文艺。"文艺有其专属的特质和魅力，文艺家必须要实现现实生活、社会理想和人生诉求的艺术化，没有艺术化的过程，就没有文艺作为艺术的力量。习近平总书记指出："典型人物所达到的高度，就是文艺作品的高度，也是时代的艺术高度。只有创作出典型人物，文艺作品才能有吸引力、感染力、生命力。"这就是艺术理想的艺术维度，它实现的实际上就是优秀文艺作品所必然具备的艺术史意义。

有人说，一个人的理想越崇高，生活越纯洁。同样，一个文艺家的艺术理想越崇高，其创作也就越纯粹，就越能摆脱物质利益和世俗欲望的束缚和扭曲，在一种挣脱物化的解放中去进行自由的精神创造。从某种意义上说，理想决定着一个人精神生活的质地和方向。当前，在各种因素影响下，有的文艺家缺乏远大理想信念，艺术理想卑俗低下，个别人甚至唯市场逻辑马首是瞻，把崇高的精神性矮化成日常生活中庸俗的物质性，并以"还原人性"的名义解构远大理想的崇高性和超越性。有的作品只以展示文艺家个人所理解的生活与"人性"的"原生态"为能事，有的作品则为一些人膨胀的物欲和所谓的"人性的弱点"张目，这些作品中的艺术形象有的远离现实生活，有的又过于拘泥于现实生活，其共同特点是缺乏远大理想，无以照亮现实。经典作品必然含有隽永的美、永恒的情、浩荡的气。而发展眼光的缺失、深度思考的缺失、探索人类社会发展和艺术发展前景意识的缺失，就会导致作品久远流传的这些经典性元素的匮乏。

文艺工作者坚守艺术理想，做真善美的追求者和传播者，首先要做到德艺双馨。文艺家养德和修艺是分不开的。"德不优者不能怀远，才不大者不能博见。"文艺家要把崇德尚艺作为一生的功课，把为人、做事、从艺统一起来，加强思想积累、知识储备、艺术训练，提高学养、涵养、修养，努力追求真才学、好德行、高品位，自觉抵制不分是非、颠倒黑白的错误倾向，自觉摒弃低俗、庸俗、媚俗的低级趣味，自觉反对拜金主义、享乐主义、极端个人主义的腐朽思想。其次，文艺工作者还要有"板凳坐得十年冷"的艺术定力和"语不惊人死不休"的执着追求。实现艺术理想不能只停留在思想上，更要有踏实践履的努力。文艺创作是艰苦的创造性劳动，来不得半点虚假。那些叫得响、传得开、留得住的文艺精品，都是远离浮躁、不求功利得来的，都是呕心沥血铸就的。只有这样，文艺家才能拿出堪称文艺高峰的扛鼎之作、传世之作、不朽之作，成为先进文化的践行者、社会风尚的引领者，在为祖国、为人民立德立言中成就自我、实现价值。

这里，如果我们一直强调坚定远大理想、坚守艺术理想，强调形象的典型性和作品的经典性，强调攀登文艺高峰、筑就文艺高峰，会不会造成文艺家们的"眼高手低"呢？我想，这样确实会造成一些文艺家"眼高手低"的矛盾，但造成这一矛盾正是文艺创作和文艺发展所需要的，因为只有在这一矛盾的形成和逐步解决中，文艺家才能以"眼高"带动"手高"，从而达到艺术理想与艺术创作相契合。茅盾曾专门就作家、艺术家的"眼高手低"问题做过探讨，他认为，"眼高"是指作家或艺术家对作品的审美观念和批评标准是高的，即艺术理想是高的；"手低"则指作家或艺术家自己的创作能力低于他的审美观念和批评标准，也即低于他的艺术理想。他说，"一个作家或艺术家如果发生了眼高手低的矛盾，实在不是一件坏事；矛盾是促使这个作家或艺术家更进一步的动力"。因而，我们可以说，不怕"手低"，只怕"眼"不"高"。只有坚守"眼高"，坚守艺术理想，才能具有鼓舞自己不断提升创作能力、开掘艺术才华的不竭动力，才能克服各种曲折和困境朝向文艺的时代高峰不断攀登前进。

（原载《文艺报》2017年1月18日）

新机制、新媒介与当代性

——对当代条件下文艺高峰建设的思考

唐宏峰

在人类文学与艺术发展历史上,出现过诸多群体性、时代性的"文艺高峰",如中国先秦时期的诸子百家、唐代诗画乐舞全面繁荣与五四新文化运动在文学艺术和学术上取得的辉煌成就等,在西方则有文艺复兴"巨人"时代、启蒙运动在哲学和古典艺术上的成就和19世纪至20世纪的批判现实主义与现代主义思潮。这些璀璨作品集合而成的文艺高峰是人类文明的瑰宝。在当代中国语境中重提"文艺高峰",源于国家发出"筑就文艺高峰"的呼唤,期望广大文艺工作者"努力筑就中华民族伟大复兴时代的文艺高峰"[1]。显然,当代文艺高峰话语主要源自国家政治的文艺治理策略,与新时代中国经济和国际地位的提升、民族文化复兴的时代语境密切相关。但这一要求如何落实到具体的复杂多变的当代中国文艺生产场域,当代文艺如何生成高峰杰作,这些问题亟须创作界和学界的深入思考。

---

[1] 习近平:《在中国文联十大、中国作协九大开幕式上的讲话》,人民出版社2016年版,第22页。

在既有的"文艺高峰"话语中，无论是国家政策层面的表述，还是学者对历史上诸文艺高峰范例所进行的研究，主要都在传统的文艺创作经验基础上，总结出诸如相应的社会环境，主体的思想观念、天才能力，文艺资源的继承与创新等要素，期望当代文学艺术家秉持坚定的意志、锻造精神思想、锤炼艺术语言，创作出伟大作品。这些历史上的经验为当代中国文艺高峰建设提供了重要的借鉴，但同时也要看到当代文艺生产的特殊性，其在创作主体、艺术种类、产业系统、媒介环境和接受条件等诸多方面，都发展出与传统大为不同的机制，这意味着思考当代中国文艺高峰建设，需要充分考虑文艺体制/场域的当代性新特点。传统的审美自律观念下的天才式创造遭遇大众媒介与当代文化产业，在呼唤创作者坚定艺术的意志抵抗市场侵蚀的同时，也许更重要的是将大众传媒与文化产业视为文艺高峰的孕育土壤，而非将二者视为对立面。我们需要探索在当代文艺生产机制中产出精品杰作的途径。

一、文艺高峰建设面对当代文学艺术体制

在一系列关于文艺内容的讲话与文件中，国家号召广大文艺工作者努力攀登文艺高峰，这里的文艺工作者应该不只包括文学家和艺术家等文艺创作者，还包括了在文学艺术体制和场域中发挥重要功能、占据重要位置的诸多力量，如被分工瓦解的多重创作主体、行业组织、投资主体、各类新兴传播媒介、展演空间、市场运作、文艺评论等。人类文艺史发展到当下，文艺创作与生产早已不是并且越来越不是独立个体的冥思苦想，而是与日益重要的诸多力量发生关系，在协商、调配、抵抗、制衡之中构筑一部作品。当代中国文艺高峰建设，不同于既有的历史经验，需要面对新的

环境和新的挑战。

关于文学艺术生产的场域与体制问题，西方当代理论已有精细思考。从布迪厄（Pierre Bourdieu）到阿瑟·丹托（Arthur Danto）和乔治·迪基（George Dickie）等，都把文学和艺术看作在一个复杂的体制和场域中运作的系统，是艺术品赖以存在的生产、传播、消费、评价的完整的社会机制。这一观念将艺术品放置到一个动态的网络关系中，在这一场域内，不同的行动者（艺术家、艺术商、批评家、博物馆负责人等）携带着自己的文化资本进行权力争夺或合作，从而使艺术形成特定的面貌。布迪厄对这一建构艺术的体制结构所包括的各种要素有一个很好的概括：

> 艺术品价值的生产者不是艺术家，而是作为信仰的空间的生产场，信仰的空间通过生产对艺术家创造能力的信仰，来生产作为偶像的艺术品的价值。因为艺术品要作为有价值的象征物存在，只有被人熟悉或得到承认，也就是在社会意义上被有审美素养和能力的公众作为艺术品加以制度化，审美素养和能力对于了解和认可艺术品是必不可少的，作品科学不仅以作品的物质生产，而且以作品价值也就是对作品价值信仰的生产为目标。
>
> 作品科学不仅应考虑作品在物质方面的直接生产者（艺术家、作家，等等），还要考虑一整套因素和制度，后者通过生产对一般意义上的艺术品价值和艺术品之间差别价值的信仰，参加艺术品的生产，这个整体包括批评家、艺术史学家、出版商、画廊经理、商人、博物馆馆长、赞助人、收藏家、至尊地位的认可机构、学院、沙龙、评判委员会，等等。此外，还要考虑所有主管艺术的政治和行政机构（各种不同的部门，随时代而变化，如国家博物馆管理处、美术管理处，

等等),它们能对艺术市场发生影响:或通过不管有无经济利益(收购、补助金、奖金、助学金,等等)的至尊至圣地位的裁决,或通过调节措施(在纳税方面给赞助人或收藏家好处)。还不能忘记一些机构的成员,他们促进生产者(美术学校等)生产和消费者生产,通过负责消费者艺术趣味启蒙教育的教授和父母,帮助他们辨认艺术品,也就是艺术品的价值。[1]

在这里布迪厄强调的不是艺术品自身的生产,而是艺术品价值的生产。而价值是不能单靠物品本身实现的,一个作品有价值得需要别人来相信和认同,因此这种相信和认同才是真正的生产内容,就是布迪厄所说的对艺术的信仰。也就是说艺术品总是被人们接受为有着特殊价值和意义,而要实现这一点,就需要有批评家、美术馆、学院、艺术教育等各个机构和环节来发挥作用,构成一个场域,一个权力空间,艺术在其中获得神圣之名。在这个过程中,艺术家所能起到的作用是有限的,而是一套机构体制在发挥作用。

而当代中国文艺创作正处于这样一个日益复杂多变的体制与场域之中,形成一个与传统有着诸多不同的新的生产机制。与传统的文艺创作格局相比,市场和经济的因素对当代文艺生产有着更大的作用和影响。当代文艺创作无法单纯作为与商业无关的纯粹精神创造,而是与版税、票房、拍卖价格等多种经济利益有着密切关系。因此,这样作为产业的文学艺术,就不是单纯的艺术创造,而是一个复杂的产业系统,要依赖多种力量

---

[1] [法]皮埃尔·布迪厄:《艺术的法则:文学场的生成和结构》,刘晖译,中央编译出版社 2001 年版,第 276—277 页。

的综合，形成一个在国民经济中能够发挥重要作用的行业。例如，电影依赖完整的产业链，从投资方到制作公司，到导演、演员、摄影师等完成电影拍摄，再到宣发公司宣传、影院接受排片，最后是观众观看、评论家评论，而最终电影取得相应的票房。文学、戏剧、音乐等其他文艺领域也面临类似的产业系统。文艺创作不再单纯是个体性的精神活动，而是与诸多力量发生关系，包括国家管理机构、制片公司、唱片公司、国营/民营艺术院团、电视台、博物馆、画廊、出版社、售票平台、艺术网站、媒体、影院、剧院等。在这样复杂多变的产业系统中，艺术家受到各种支持或限制，戴着镣铐跳舞，艺术作品也具有艺术、技术和商品等多重属性。于是，当代文艺创作一方面为人民群众带来精神满足与文化享受，另一方面也可以带来巨大的经济产值，是国民经济的重要组成部分。因此，文艺高峰建设需要考虑到当下文艺生产机制的诸多问题，无法单纯地以过去较为单一的生产环境为条件来思考如何提升创作、培育大师，而是必须要在当下复杂的产业系统和生产机制中重新探寻文艺高峰的建设路径。

二、创作主体的多样性与多重性

文艺高峰建设首要在于对高峰杰作创作者的培育。艺术创作者是文艺活动的主体，人类文艺高峰史上的伟大作品诞生于伟大的文学家与艺术家之手，中西文艺理论史上有诸多关于"天才""巨人"等伟大文艺家的讨论。① 中国文艺史上，从王羲之、吴道子、李白、曹雪芹，到鲁迅、聂耳、齐白石等天才巨匠闪耀着耀眼的光辉。天才巨匠们有着超越性的创作意志，潜心于艺术，创作出崇高伟大的作品。这样一种古典天才式的创作主体在当代依然是最宝贵的存在，我们要努力培养大师巨匠，艺术家们要沉潜于创作，为世界贡献一流的当代中国艺术。

但另一方面，更要看到当代中国文艺创作主体呈现出多样性和多重性的鲜明特征。首先需要认识当代艺术创作主体构成的多样性新变。当代的文艺主体构成已不单纯是少数专业天才，而是数量更多、范围更广、成分更多样。艺术观念的转型、艺术教育的普及和各种新媒介的发展等条件，使得更多非专业、半专业的人有机会从事艺术创作。例如，当代艺术在观念和媒材上的拓展，使得艺术创作打破了学院训练的藩篱，原本并无机会和能力进行传统造型艺术创作的更多样的人群现在有可能成为当代艺术作者。再如，网络文学、网络艺术、网络电影和网剧等艺术形式，凭借互联网新媒介培育了更多更广泛的艺术创作者，他们在新媒介渠道中一展才华，积累经验，并有机会进入更高的创作领域，如当前中国电影中的新力量创作群体，在日益丰富的资源与媒介条件下，许多人并未遵循传统的学院教育与大制片公司的路径，而是小成本独立制作、网络平台传播，实现快速成长，进入主流院线。② 这些都说明当代艺术创作主体日益丰富多样。

在多样性之外，多重性更是当代文艺创作主体的突出特点。创作主体

---

① 如恩格斯用"巨人"一词讨论文艺复兴时期伟大艺术家。参见[德]恩格斯《自然辩证法·导言》，载《马克思恩格斯全集》第二十卷，人民出版社1974年版，第254页；康德则充分讨论了艺术天才的特性。参见[德]T.康德《判断力批判》上卷，宗白华译，商务印书馆1964年版，第152—164页。

② 参见饶曙光等《完善机制 科学发展 助推新力量》，《当代电影》2018年第1期；叶子《第三届"中国电影新力量论坛"部分代表发言摘要》，《当代电影》2018年第1期。

的多重性指文艺作品具有非单一的多重作者，创作被分解为多重作者的分工合作，复合的作者给当代文艺带来一种生产性、工匠性和物质性。首先，与古典文艺形式相比，当代艺术家族有了更多的综合艺术成员，如电影和电视。影视艺术创作包括导演、制片人、编剧、摄影、美术、录音、演员、服化道等庞大的制作团队，一部伟大电影的完成不仅需要一个天才的导演，还需要优秀的摄影和不拖后腿的表演等，每一个工种都要恰如其分地完成自己的工作。制约当代中国电影发展的因素之一正是电影工业中各种工业性、技术性人才的短缺。即使是传统的艺术形式，如戏剧、造型艺术和音乐舞蹈等表演艺术，也呈现出越来越强的多重性作者的特征。向来集编导表演舞美于一体的舞台艺术（戏剧、音乐、舞蹈等），在当代越来越多突出舞台要素、剧场要素，比如"剧本戏剧"向"剧场戏剧"的转变，舞台美术与设计对于当代戏剧的重要性在不断增加，经常形成固定的导演与舞美之间的合作，如林兆华和易立明、田沁鑫与罗江涛、孟京辉与张武等。①具有鲜明特性的舞美营造出极大的视觉张力，有力地参与了戏剧整体氛围的营造与情绪表达，当代戏剧作者的多重性远高于过去的戏剧形式。对于造型艺术来说，当代艺术在观念和媒材上与古典艺术相比产生了巨大的差异，观念艺术、装置艺术、综合媒材艺术等具有越来越强的制作性，许多作品都需要依靠艺术家之外的人工操作，而这并不是传统的多位作者间的合作关系，而是单一的艺术家的作品通常直接包含着众多他人劳动。当代艺术的形态已发生巨大变化，众多艺术以项目的形式进行，与生活同一，而非产出一件美术馆作品。②艺术作为生活实践，其创作主体

---

① 参见郭晨子《今日编剧》，《艺术评论》2014年第2期。
② 参见［德］鲍里斯·格洛伊斯《走向公众》，苏伟、李同良等译，金城出版社2012年版，第93页。

就不再是传统的高超精深的艺术家,而是多重的日常主体在生活实践中碰撞。如当代艺术家邱志杰持续经年的"南京长江大桥自杀现象干预计划",艺术家及其团队进行文献收集、对各类人群实施调查与访问,同时一系列创作计划平行展开,包括了档案、文字、绘画、摄影、录像、装置、行为等各种媒介。这一项目的第五次展览《齐物》(2014)使用竹子作为材料,在浙江安吉的竹编作坊中,艺术家与各种男女竹编匠人和老篾匠们共同工作,而在展览中,竹本身、竹编的半成品或未完成状态与竹编的各种造物并置在一起,打破所谓完整的作为结果和作品的艺术,将其开放,与不息的生活合流。这样作为项目和实践而非传统作品的当代艺术,自然生成一种新的展览体制,美术馆展览不再是优秀作品的简单陈列,而是有了更多的策划,依据某种学术和意识来选择、组织、展览和指向艺术。于是策展人的作用日益重要,当代展览体制(包括各种美术馆、艺术中心、策展人、批评家等)甚至使得策展大于创作,创作主体的多重性已是不争的事实。

因此,当代中国文艺高峰建设需要将这种不同于古典文艺形态的当代创作特性,纳入考虑的范围当中,单纯以古典作者精密幽深、藏之名山的情态绳之于当代文艺创作,并不会真正奏效。攀登新时代文艺高峰建设需要考虑多样性和多重性的主体构成特点,在努力培育大师天才之外,还要注意引导更多样类型的创作群体的提升,鼓励、扶持与认可多种创作群体,将建设文艺高峰与社会整体创作力量相结合,改善当代中国文艺的整体水平。杰作、崇高作品的出现建立在时代群体性的氛围之上,历史上,无论是唐代文艺的全面繁荣,还是欧洲文艺复兴的整体辉煌,都具有普遍群体性的基础。当代文艺高峰的出现,必然也要建立在整体文艺水平提升的基础之上。而多重性意味着当代文艺创作组成部分复杂,包含着多种成分、多样工作，当代文艺成果的完成需要有诸多生产性、技术性的内容，这与古典创作强调个性才华是有区别的。个人创造的神话，已经不能完全涵盖当代文艺创作，当艺术家在展厅内外进行竹编、大型装置、人类学调研时，艺术与生命和生活的关系需要重新丈量。技艺、手工、可复制性、熟练而准确、精良制作、工匠精神等，是影视、舞台、造型艺术等当代文艺创作的重要方面，佳作、杰作之崇高思想和高超艺术建立在此基础之上。我们所期待的当代中国文艺高峰，一方面仍是精绝高蹈的个人创造，而另一方面则会从新的多样与多重的创作主体中生发出来。

三、媒介的新变

随着互联网媒介的发展，媒介问题在当代日益突出，新媒介在切实改变人的生活，也剧烈地改变了当代文艺从创作、传播到接受的全面生态。

快速更新的各种互联网媒介带来自媒体、媒介融合、多屏互动、全媒体等各种新媒介环境，而这已成为当代文艺生产的主导媒介环境。文艺生产从创作、传播到接受的全链条都受到新媒介的巨大影响，这要求对当代文艺发展的思考必须充分考虑新媒介的作用。各类网络新媒介，包括诸多文学与艺术网站、视频网站、直播平台和微博、微信等移动社交媒介等，降低了文艺创作与传播的门槛，吸纳各类创作力量，培育各种新兴文艺创作群体，为当代文艺注入大量蓬勃的生命力；同时也拓展了文艺传播的渠道，带来了更广泛的艺术受众。新媒介催生了许多新的文艺类型，包括文学、影视、音乐、造型艺术等在内的网络文艺是当代中国文艺领域中的重要组成部分，而且越来越重要。网络文艺是以各类网络平台为首要传播媒介，并呈现出相应的媒介适应性与偏向的文艺形式，经过多年发展，已渐入正轨，尤其是网络文学与网络剧，已逐渐发展出稳定的形态与风格，品质逐步提升。

互联网颠覆了传统意义上的艺术生产，网络时代艺术生产的本质不仅在于艺术作品的更广泛发布，更在于生产与展示和传播的同一。互联网"颠覆了传统意义上的艺术生产。如今越来越多的艺术家将自己的创作过程、艺术品上传到网上，甚至利用互联网创作。当然，互联网的运用超越了艺术展示的时空概念，任何人都可以毫无选择地在不同的时间、地点观看艺术品，甚至艺术的生产过程"，互联网条件下，艺术创造就是传播，旧有的创作—展览—传播的流程成为一个动作。"互联网真正的问题不在于它是艺术分配以及展示的地方，而在于它是一个创造之地。"[1] 在传统的博物馆体制下，在博物馆的管理体制之下，艺术在某个地方（艺术家的工作室）生产，并在另一个地方（博物馆）展示。而现在，网络消除了艺术生产以及展示之间的差异，艺术生产的过程直接被暴露在网络上。各种艺术网站、社区、博物馆美术馆网站、视频网站与直播网站等，都有大量艺术展示，其中当然有大量艺术作品的各种角度的图像，更有各种行为艺术、装置艺术、艺术项目、艺术实践等正在进展的过程，网络对这一过程的同步再现，就是艺术本身。而这生产的同时就是展示和传播，观看随时随地发生，艺术生产不再是神秘之物，艺术欣赏也越发成为日常行为。在这里，生产—传播—消费被压缩为同一过程，具体的时空关系也被超越。

新媒介对于文艺评论的影响同样非常巨大。微博、微信等移动社交媒介作为自媒体，使得普通人拥有广泛传播信息的可能，带来评论生态的全

---

[1]［德］鲍里斯·格罗伊斯：《艺术工作者：乌托邦与档案之间（节选）》，费婷译，《东方艺术》2013年第17期。

面变化，从评论的主体、评论的属性、传播的途径，到文本的文体风格、评论的价值与效果等都发生了剧变。媒介变迁日新月异，文艺受众很容易变成批评主体，批评主体更加多元化和大众化，文艺批评呈现全媒体整合、全民性参与的新态势，其标准和风格也日趋多元。

因此，思考当代中国文艺高峰建设的问题，不能不充分面对、理解和把握这样的媒介现实，必须看到并承认网络媒介在当代的文艺格局中的巨大作用。这一作用不仅是带来网络文学、网络剧等新的文艺类型，而是对所有的文艺形式、对全面的文艺生态发生影响。网络新媒介根本上属于大众媒介，进一步深化了现代艺术以来的艺术民主化与审美平权。现代性社会以来，摄影、电影、先锋派艺术都在打破古典艺术和现代主义艺术在观念和媒介上的精英性限制，使用更接近普遍大众的媒介和材料，成为"机械复制时代的艺术"，根本驱力来自现代大众的民主平等政治。[①] 格洛伊斯进而认为，现当代艺术的根本动力是"审美平权"，实现所有图像的平等，在不断发现、平衡和再发现"剩余图像"的过程中，艺术得以不断运动发展。[②] 而网络新媒介无疑更彻底地推进了这一点，在人人都操纵媒介（或者被媒介操纵）的条件下，"人人都是艺术家"才属实，新媒介带来的艺术大众化应当放到现代性审美平权的脉络中来理解。那么，面对网络媒介大众化带来的庸俗化、媚俗化的内容，便无法简单方便地采用所谓去粗取精、取其精华去其糟粕的方法，在审美平权的逻辑下，先锋性与庸俗化也许是无法剥离的一枚硬币的两面。

---

① 参见本雅明《机械复制时代的艺术作品》，载［德］汉娜·阿伦特编《启迪》，张旭东译，江苏人民出版社 2006 年版；［德］彼得·比格尔《先锋派理论》，高建平译，商务印书馆 2002 年版。
② 参见［德］鲍里斯·格洛伊斯《艺术力》，杜可柯、胡新宇译，吉林出版集团有限公司 2016 年版，第 4 页。

因为媒介并非只是中立的媒介、透明化的工具，仿佛用这一工具可以承载各种内容，而一旦发现问题，只需去掉不好的部分即可。这只能是一厢情愿的想象和理论的懒惰。文艺高峰建设需要直面纷繁芜杂的媒介现实，探究在这一媒介之中生成伟大作品的途径，而非依旧以传统经典杰作的标准和思路，排除媒介的大众化与市场化等。以基特勒（Friedrich Kittler）、齐林斯基（Siegfried Zielinski）为代表的德国媒介理论主张在人文主义传统之外，重新理解人与技术和媒介的关系，指出媒介是内在于人的，认为无法剥离人和技术与媒介，进而考察媒介技术与人的主体性形成之间的内在关系，更将媒介/技术/图像作为主体（agency）进行理解，而非将其仅视为服从于人类主体性的客观物。[1] 人虽然确实是媒介的操作者，但却只能在媒介的规则下操作，遵循媒介的自动化逻辑，其实更像是媒介的一个功能项。[2] 媒介具有主体能动性，媒介带来特定的偏向力，对文化产生巨大作用[3]，比如人类文化史上，机械印刷媒介带来书写文字的稳定、长篇小说的兴起和宗教的祛魅，但同时也带来错误的不便改更、图像的粗制滥造和光晕（aura）的丧失。在当下的新媒介条件下，所谓网感、公众号文风等也并非很方便就可以排除和抛弃的，我们无法简单地去除坏媒介，或者简单地去除媒介承载的坏内容。面对当代数字媒介、网络图像、社交媒介、网络直播等现象，笼而统之地以虚假景观对付是一种懒惰，会错过内在的真问题。

---

[1] 参见 Friedrich Kittler, *Optical Media*, translated by Anthony Enns, Malden: Polity Press, 2012. Siegfried Zielinski, *Deep Time of the Media: Toward an Archaeology of Hearing and Seeing by Technical Means*, Cambridge: The MIT Press, 2008.

[2] 参见邹建林《技术、记忆与图像的根基——关于弗鲁塞尔、斯蒂格勒、贝尔廷的对比考察》，载黄专主编《世界3：开放的图像学》，中国民族摄影艺术出版社2017年版。

[3] 参见［加］哈罗德·伊尼斯《传播的偏向》，何道宽译，中国人民大学出版社2003年版。

但这当然也不意味着我们只能照单全收。思考当代文艺高峰建设问题，理论和实践的难度在于，如何在新媒介的偏向中探讨创造伟大作品的路径，而并非简单排除这一途径。这就需要有能力内在于媒介思考问题，细致分析媒介运作、媒介作用感知的机制。前文强调了新媒介带来艺术创作—传播—接受的同一，这源于新媒介的互动性与即时性，这种媒介特性自然瓦解了传统创作的"批阅十载、增删五次"，远离了古典的沉潜、推敲、苦吟，带来许多追求短期效益的粗制滥造。但思考和治理这一问题，却并不一定要否定即时性本身，而是分析这一媒介特性带来了什么样的新旧感知，如何在媒介特性基础上改善和提高。比如，新媒介之互动性与即时性似乎正实现了罗兰·巴特所欢心的"可写之文"，是区别于完成了的"作品"的"文"①，这是新媒介快感的核心。要做的是思考如何将即时性引导向积极的"未完成性"，重新理解"作品"概念，引导创作走向无限的"生成"（becoming）②。需要做的是研究新媒介特性，思考如何将互动性、即时性、视觉性等新媒介所带来的新的感官机制与优秀文艺创作相结合，产生出当代条件下的时代杰作。当代文艺状况也颠覆了"藏之名山"的古典态度。在当下条件下，艺术的生产与传播之间的时空界限被极大压缩，我们已经很难想象一个当代作品藏之名山、一个孤独的天才被后世追认的情况。从网络文学、纸媒出版、院线电影、热播电视剧到展览艺术、舞台艺术、剧场艺术，如果创作没有在有效的短期内引发认可和反响，大概就意味着它在以后更长的时间内也依然如此。经典化的历史经验很可能已经失效了，只是我们还没及时体会和认识到。这意味着当代文艺高峰的

---

① 参见［法］罗兰·巴特《文之悦》，屠友祥译，上海人民出版社 2002 年版，第 85—105 页。
② ［法］吉尔·德勒兹：《哲学的客体：德勒兹读本》，陈永国译，北京大学出版社 2009 年版。

识别与塑造需要适应当代条件，当代文艺作品的接受、认可，其意义和效果的实现需要即时发生，在媒介传播最大化的当代条件下，没有即时进入传播而依赖后世识别几乎不可能了。新媒介主导下的当代传播使生产、传播与消费成为即时性一体化的动作，精品杰作必须重视传播，寻求广泛传播与接受，同时更重要的是批评家要独具慧眼，识别、肯定、推重优秀作品，使高峰艺术在世获得光芒。

四、进入同时代史，讲述中国故事

当代中国文艺从思想、主题、情感到风格、观念、语言都呈现出丰富多样的面貌。20世纪80年代以来，各种艺术门类在古今中西的资源与传统中汲取养分，在较短的时间里发展出极为多样的类型与风格，从古典风格、现实主义到现代主义、极简主义，从观念艺术、装置艺术到现代舞、世界音乐、类型电影、艺术电影等。这种丰富多样的面貌与当代文艺所面临的丰富多样的文艺资源密切相关，在历时上，古典、现代与当代的人类艺术历史凝聚在当下；在共时上，上层高雅艺术与民间的、通俗的文艺形式都转化为当代创作资源。当代中国艺术在继承、影响、对话与发展中，形成了纷繁复杂的面貌。不同的艺术家接受不同的传统影响、不同的教育与训练，秉持不同的艺术观念，形成不同的题材偏好，选择不同的语言形式，多元与差异是当代性的重要特征。这意味着当代文艺高峰并非只能产生于某种特定的类型与风格，而是会发生于各种艺术观念、风格与类型当中。

但在丰富多样的基底之上，当代中国文艺高峰应该具有"当代性"和"中国性"的内在要求，需要讲述当代中国的故事、塑造新的中国形象，并以此在民族性与世界性、时代性与永恒性中找到有效的位置。

　　筑就当代中国文艺高峰的吁求并非源于文艺的自然发展，而是首先来自国家政治的顶层设计，是国家重要的文化战略，在中国经济高速发展、国际地位稳步提升的当下，国家需要文化复兴来匹配大国崛起的时代政治，以辈出的杰作来匹配新时代中国国家形象。当代文艺高峰的核心任务是讲述中国故事、塑造中国形象，为新时代传神写照。当下的中国确实处在一个蓬勃发展的新时代，文艺创作要无愧于时代，有能力把握这个蓬勃发展、千变万化、多元多层多极的当代中国现实，这样文艺的创新、品质的提升、产业的发展才能建立在坚实的基础上。当代中国从政治、经济到社会、文化、国际关系等方方面面都处于急速发展、剧烈转型之中，不同的经济形态、城乡关系、阶层身份、精神观念、文化形式等带来复杂多变的社会现实。创作者应该保持对现实的高度敏感，把握当代生活的方方面面，从中国到世界，从都市到乡村，从大学生到新工人，从主流文化到网生亚文化……这种把握的对象不能停留在外在形式，而是要抓住内在经验。在电影、电视、戏剧、美术、音乐、舞蹈等各种艺术领域，"深入生活、扎根人民"不能流于表面，也未必一定采取下乡、写生等外在形式，而是以高度的敏感和深刻的体认来书写当代现实。文艺创作者讲述深植于真实生活经验与总体社会现实的中国故事，呈现经济高速增长、社会剧烈转型进程中的中国经验，表达当代情感、心理与经验，展现民族精神，匹配大国形象。

　　那么，什么是当代性？创作者与其同时代之间应该形成什么样的关系？当代艺术之"当代性"从来不是不证自明的，从阿瑟·丹托到朗西埃和阿甘本，近年来许多理论家特别集中讨论了这个问题，"当代"已经被问题化。① 不是只要发生在这个时代的艺术就可名之为当代的艺术，当代可以被理解为一个动词，是"去成为当代"，成为当代的，意味着波德莱尔式的将现时英雄化用当代的语言描绘当代的生活，根植于时间当中，直面这个时代的真的问题。艺术家与自己的同时代的关系，应该是反思性的，成为当代在此意味着在断裂与批判中的同时代性。按照阿甘本的见解，真正同时代的人，真正属于其时代的人，是那些既不完美地与时代契合，也不调整自己以适应时代要求的人。正是通过这种断裂与反思，他们才比其他人更有能力去感知和把握他们自己的时代。② 因此，当我们呼求文艺高峰书写中国故事，并不是简单地描摹现实，而是在巨大的张力中以智性分析时代本质、以直觉把握现实内涵，歌颂所热爱的、鞭挞所批判的，做这个伟大时代的最好的同路人。

正如竹内好笔下的鲁迅，那是一个并非先觉者的、与全部近代文学历史共存的，"回心"的、"挣扎"的鲁迅形象。鲁迅一生时刻"在历史的状况之中"，切身进入历史，与其同时代共命运。竹内好以"在场外观看的看客与奋力奔跑的选手"这个比喻，提出"进入历史"的价值。③ 在竹内好看来，鲁迅与全部中国现代文学共存的这种历史关联性是中国现代性的最真实的存在样态，不是先知先觉，甚至是某种后进性，恰与东洋后发现代性保持最真实的一致。竹内好一直要求自身进入其"同时代史"，为此也付出了很大的代价，因为与同时代共存，意味着必须要承担历史的错误，但是他不放弃对自己切身参与历史的感觉。从此来看，可以回答"书

---

① 参见汪民安《什么是当代》，新星出版社 2014 年版。
② 参见［意］阿甘本《什么是当代人》，https://www.douban.com/note/153131392/。
③ 参见［日］竹内好《近代的超克》，李冬木等译，生活·读书·新知三联书店 2005 年版，第 209—212 页。

写当代中国故事"这一主张中所包含的质疑。讲述当代中国故事似乎是应急性的、缺乏超越性的主张，无法导向伟大作品所具的世界性和永恒性。回答这一质疑，首先自然要认识到，并不存在一个本质化的世界性与永恒性，人类文明的伟大作品恰恰是由于凝结了其时代与社会的深刻观察、其民族人民的精神情感，才成为跨越民族和历史的世界艺术。但更能击中要害的回答，正如竹内好的态度，不回避进入同时代史的代价，包括短视与错误，那些"在场外观看的看客"看似超然、正确，但不过是没有参加比赛而已。因为进入历史意味着创造与改造历史，由此获得真正的主体性，而非放弃自我的虚假的主体。历史在"每一个自我拼搏的瞬间"成为自我，在自我否定、自我更新的紧张下完成自我主体的塑造，这是一种在挣扎和抵抗中的"回心"类型的自我主体，而非是在历史和时代之外的他物。当代中国文艺讲述当代中国的故事，我们期待的伟大作品是当代中国的伟大寓言，在其中构筑出当代中国的自我主体。

但这不意味着要求文艺作品是对社会现实的自然主义呈现、是时代政治的传声筒。在这里重提卢卡奇（Georg Lukacs）的"总体性"概念是有帮助的。"艺术反映现实的客观性在于正确反映总体性"，"这并不意味着每部艺术作品都要竭力反映客观或广延的总体生活。艺术作品的总体性是内在的：即给予那些对所描写的生活片段具有客观决定意义的因素以限定的、自足的秩序，那些因素决定着那一生活片段的存在和运动，决定着它的特质以及它在总体生活过程中的地位。从这个意义上来说，一段最简洁的歌曲有着和一部最壮阔的史诗一样的内在总体性"。在真正的现实主义者看来，艺术与现实之间并不只是一种表层联系或者细节联系，艺术的社会责任在于揭示表象背后具有深度的本质和规律，这种对本质的把握才是总体性。但这一总体性把握需要在最生动具体的形象和故事中表现出来，这便是结合了普遍与特殊的"典型"的意义。"通过将他们描写为典型人物和典型环境，通过栩栩如生地描写作为特定人民和特定环境的具体特征的客观生活状况的最大丰富性，他使'他自己的世界'呈现为整体动态生活的反映，呈现为过程和整体。"①当代中国文艺高峰讲述中国故事，塑造时代与现实的典型，但典型的意义需要扩展，不只是典型人物与典型环境，而是同样包含其他类型，如典型的情感、典型的事件、典型的材料形式等。伟大的作品以对现实的总体性的把握为接受者提供与既有经验不同的对现实更真实、更完整、更生动和更动态的反映，并以接受者的经验以及对这种经验的组织和概括为基础，引导他超越自己的经验界限，达到对现实更具体的深刻洞见。

同时，这种现实并不单纯地仅来自当代社会状况，而是根植于并浸润着历史传统经验，并且对这一现实的把握并非仅仅面对当下中国，而是需要在时空上同时面对世界和未来。党的十九大报告用一段极为凝练的语言概括当代文艺在历史上和世界上的定位。"中国特色社会主义文化，源自于中华民族五千多年文明历史所孕育的中华优秀传统文化，熔铸于党领导人民在革命、建设、改革中创造的革命文化和社会主义先进文化，植根于中国特色社会主义伟大实践。发展中国特色社会主义文化，就是以马克思主义为指导，坚守中华文化立场，立足当代中国现实，结合当今时代条件，发展面向现代化、面向世界、面向未来的，民族的科学的大众的社会主义文化，推动社会主义精神文明和物质文明协调发展。"②报告对新时代

---

① ［匈］卢卡奇：《艺术与客观真理》，载［英］拉曼·塞尔登编《文学批评理论：从柏拉图到现在》，北京大学出版社2000年版，第53—59页。

② 习近平：《决胜全面建成小康社会 夺取新时代中国特色社会主义伟大胜利——在中国共产党第十九次全国代表大会上的报告》，人民出版社2017年版，第41—42页。

中国特色社会主义文化的定位，也是对文艺工作的定位。这一定位清晰回答了新时代文化与文艺在历史时空上的位置问题：一方面，在历史时间上整合过去、当下与未来，明确了与我们深厚的历史文化传统的紧密联系——这一传统由中华优秀传统文化、现代革命文化和社会主义先进文化组成，同时，重要的是结合新时代现实条件回应时代新问题并面向未来；另一方面，在世界空间上则既坚守本民族文化传统，又强调面向世界和各国民族的优秀文化，而非封闭保守。这样在古今中西之间的精准定位基础上，建设中国特色社会主义的文化与艺术。那么，讲述中国故事，透视当代中国复杂多变的现实经验，并不能将之把握为一种孤立自足的对象，而是需要将之放在历史与世界的时空纬度上来衡量。

如上所述，思考当代中国文艺高峰建设，需要面临很多新的时代课题，包括新的文艺生产机制、产业系统、媒介形态和现实状况等，尽管我们需要充分借鉴中国古代文艺高峰传统和西方文艺高峰发展史中的范例经验，不过同时，必须看到这一新的建设任务有着不同于历史传统的新的语境与条件，这要求我们探求新的路径与机制。当代文艺面临着许多新的产业与媒介问题，一方面文艺工作要以正确的创作观念、精深的思想与艺术表达来提升文艺在大众传媒和文化产业中的普通水准；而另一方面，当代文艺高峰只能从此种当代文艺生产机制中发展而来，将大众传媒与文化产业视为文艺高峰的孕育土壤，而非将二者视为对立面。同时，在此种生产机制条件下，文艺高峰创作在具备深厚的思想和情感、高超的艺术水准的同时，还需要将这些要素与更广泛的行业、媒介和大众条件相结合，精深的思想与艺术要反哺于整体性的行业环境与多变的媒介条件，促进当代文艺整体的提升。

最后，本文还想强调一点，在这样的当代条件下培育文艺高峰需要我们"坚持百花齐放、百家争鸣，坚持创造性转化、创新性发展"的原则。①在强调"以人民为中心"的社会主义核心价值方向、坚持文化自信和中华美学精神的同时，也要坚持"双百"与"两创"原则。百花齐放、百家争鸣一直是党的基本文艺政策，要发扬"学术民主、艺术民主"②，这是保证文艺事业开放活跃的重要条件。同时，传承中华文化并非简单复古，也不是盲目排外，而是"古为今用、洋为中用"，"有鉴别地加以对待，有扬弃地予以继承"，"辩证取舍、推陈出新，实现中华文化的创造性转化和创新性发展"。③"两创"强调的是在新的时代条件下对传统文化进行创造性与创新性的阐发、调整、转化与再造，使之更好地与当代现实相适应。传统文化的传承与弘扬要符合新时代中华民族伟大复兴文化建设的现实要求，不能泥古不化，而是要辩证发展，对其进行加工转化、丰富再造，把传承与改造发展相结合，注入新的时代精神，使之成为适应新时代要求的民族文化。

在这样的当代条件下，文艺工作者要紧密结合新的时代条件和实践要求，认识自己所承担的历史使命和责任，参与进时代历史的洪流，为中国文艺找到恰切的形式，创造出高峰杰作，塑造出当代中国新的自我主体，以此面对自身历史传统和世界他国文明。

（原载《文艺争鸣》2018 年第 6 期）

---

① 参见习近平《决胜全面建成小康社会　夺取新时代中国特色社会主义伟大胜利——在中国共产党第十九次全国代表大会上的报告》，人民出版社 2017 年版，第 41 页。
② 习近平：《决胜全面建成小康社会　夺取新时代中国特色社会主义伟大胜利——在中国共产党第十九次全国代表大会上的报告》，人民出版社 2017 年版，第 43 页。
③ 习近平：《在文艺工作座谈会上的讲话》，《人民日报》2015 年 10 月 15 日。

典型示范

唐代文学高峰的启示

葛晓音

中国古典文学发展到唐代，进入历史上的高峰期。诗坛上出现李白、杜甫、白居易等伟大诗人，代表着唐代诗歌最高成就；文坛上也出现韩愈、柳宗元两位散文大家，开启以唐宋八大家为代表的中国散文繁荣时代。唐代之所以可称为文学高峰，不但因为产生了这些足以雄视百代的大作家，令后人难以超越，更在于众多各有专精独诣的名家留下大量经典作品，至今广为传诵，历久不衰。那么唐代文学的高峰是怎样形成的？对于当今的文艺建设是否仍有启示呢？

唐代文学繁荣的原因很多，有些时代条件是难以复制的。例如，唐诗正处于中国古典诗歌发展抛物线中点，各种诗歌形式已臻于成熟，同时尚有变化的余地，各类题材也有较大开掘空间，作品往往具有恰到好处的天然魅力。但唐诗之所以能达到高峰，也有文人们的自觉努力，其中有些因素仍然值得当代文艺工作者思考。

启示之一：一代文人为时代而创作的使命感是文学高峰形成的前提

唐代经历了由盛而衰的变化过程，在治乱两种不同的时世中，文学都取得了极高成就。其中至关重要的原因，是文人们在不同时代条件下都能将个人和国家命运联系在一起，具有为时代而创作的强烈责任感。例如，初盛唐是社会走向兴盛的时期，文人们能站在观察宇宙历史变化规律的高度，对时代和人生进行自觉的思考，将欣逢盛世的自豪感和自信心转化为积极进取的精神和健康乐观的情怀，创作出能充分体现时代风貌的优秀作品，从而形成文学繁荣与社会繁荣相一致的盛况。陈子昂的《感遇》38篇，通过"幽居观天运"思考人类生死、朝代兴没、世情播迁，探寻自己在"天运""物化"中的位置，寄托了冀遇良时、奋发有为的壮心。开元诗人以同样的思维方式观察天道人事，感到的则是"明圣不世出""千载一遭遇"的庆幸。这就大大拓宽了创作者的胸怀和视野，激发起及时建功的热情，以及对光阴的加倍珍惜："日月千龄旦，河山万族春。怀铅书瑞府，横草事边尘。不及安人吏，能令王化淳。""大力运天地，羲和无停鞭。功名不早著，竹帛将何宣。"放眼千载，满目河山，无论是在朝廷、边塞还是地方，都可建立使人民安定、风俗淳朴的功业。站在这样的高度观察时代、审视自我，使开元诗人树立高远的人生目标，也使他们的诗歌情调更为爽朗，境界更为宏阔。

正是在这样的思潮中，李白在《古风（其一）》中提出乘时而起的创作主张："圣代复元古，垂衣贵清真。群才属休明，乘运共跃鳞。文质相炳焕，众星罗秋旻。我志在删述，垂辉映千春。希圣如有立，绝笔于获麟。"唐玄宗早年励精求治，李白也和多数诗人一样，认为开元年间已经复兴了尧舜垂衣而治的太平之世，看到才子们纷纷乘此时运，各展才能，像鲤鱼一样跃过龙门，写出文质兼备、光彩辉映的诗歌，自己更是希望像孔圣那样总结一代的政治文化，令著述照耀千秋。李白在此赞美盛唐诗坛群星灿烂的盛况，表达盛唐文人开创"文质相炳焕"一代诗风的共同使命感，以及登上文化高峰的强烈自信心，正是出于不愿辜负"休明"时代的自觉性。

而在安史之乱中，杜甫处于家国兴亡的危急关头，写下大量忧国忧民的传世名作，同样是出于"忠臣词愤激，烈士涕飘零"的创作激情。他怀着期待国家中兴的热切希望，用诗笔记录这一历史时期所有重大事件，并深刻地揭示出人民在官府诛求和战场血泊中呻吟的苦难命运。正因如此，他的诗歌被后人誉为不朽的"诗史"，在千载之下仍有震撼人心的力量。中唐时期，白居易更明确地提出了"文章合为时而著，歌诗合为事而作"。这时的唐朝已经处于衰世，诗人们面对的是一个陷于多重矛盾和危机中的社会。因此白居易指出诗歌的作用是"救济人病，裨补时阙"，并以许多讽喻诗广泛触及中唐各种社会政治问题，反映现实的深度和力度都是后人所不能企及的。由此可见，无论是盛唐还是中唐，文学高峰的产生都与诗人们为时代而创作的自觉使命感密切相关。

启示之二：文学高峰的形成与文学风气和文学形式大力变革有关

唐代诗歌和散文都是经历不断的革新才达到高峰的。以诗歌来说，汉魏六朝诗以其开创性成就为唐诗奠定基础，在题材内容、形式风格等各方面积累了丰富的创作经验。但是由于齐梁陈隋时期诗风愈趋浮靡，唐朝为吸取前朝覆亡的教训，从开国之初就将政治革新和文风革新联系在一起。

从初唐到盛唐，诗歌经历过三次重要革新。其主要方向是提倡诗歌文质兼备，核心内涵是发扬比兴寄托的风雅传统，肃清浮华绮丽的文风。"初唐四杰"在继承贞观功臣理论主张的同时，针对唐高宗龙朔年间"以绮错婉媚为本"的"上官体"诗风，明确提出要廓清诗赋的"积年绮碎"，强调刚健的气骨和宏博的气象。他们本人的创作以广阔的视野和远大的抱负引导了初盛唐诗歌的健康发展。

继"四杰"之后，陈子昂标举风雅兴寄和建安气骨，肯定革新诗歌的关键在于恢复建安文人追求人生远大理想的慷慨意气，批判齐梁诗的"彩丽竞繁，而兴寄都绝"，提倡"骨气端翔，音情顿挫"的诗风。他的《感遇》38 首从内容到形式都实践了自己的理论主张。

到初盛唐之交，两位先后在开元年间任宰相的政治家兼诗人张说和张九龄更进一步提出作文要风骨和文采并重，典雅和滋味兼顾，鼓励多样化的内容和风格，并提出盛唐诗歌应当以"天然壮丽"为主的审美理想。张九龄继陈子昂之后作《感遇》12 首，用比兴寄托的方式表现了坚持直道和清节的高尚情操，并提出乘时而起、功成身退的处世原则，这些思想对盛唐诗人的影响最为直接。

经过这三次革新，建安气骨在开元中为诗人们广泛接受。政治气象的更新又促使诗人们把共同的时代感受反映到诗里，并意识到他们渴望及时建功立业的人生理想正是建安气骨和时代精神的契合点。所以李白才会将歌颂"休明"时代的"大雅颂声"和"建安气骨"并提，以建安气骨为核心的"盛唐气象"也正是这样形成的。所谓盛唐气象，就是开元时代那种蓬勃的朝气、爽朗的基调、无限的展望、天真的情感，这正是盛唐诗特有的魅力所在。到天宝年间，由于朝廷政治变质，李白又写下《感遇》《拟古》《古风》《寓言》等一系列运用比兴抨击现实的诗歌，在安史之乱爆发前夕揭示出盛明气象下隐伏的政治危机，大大深化开元诗"风骨"的内涵，将盛唐诗歌革新推向新的高潮，杜甫、元结等批判现实的诗歌也同时汇入这一高潮。可以说李白和杜甫都在革新的潮流中达到他们成就的最高点。

以散文形式的变革而言，中国古代散文的第一个高峰是在先秦两汉时期，但当时文学、哲学和史学没有分家。魏晋南北朝时期，逐渐兴起以双句为主的骈体文，讲究声律、对偶、辞采华美和使用典故，由于南北朝时期文学观念发生变化，对文学形式和艺术技巧的探索更加深入，骈文便逐渐取代散文。南朝文人又提出要把应用文章和文学作品区分开来，散文只能在少数历史地理著作中保留一点自己的地盘。唐代骈文更加盛行，又大多用来歌功颂德、粉饰太平，变得越来越空洞浮夸。安史之乱后，唐王朝由极盛转为极衰。不少文人认为国家动乱的根本原因是儒家思想的衰落，儒学衰微又和浮靡文风的流行有关。所以李华、元结、独孤及、梁肃、柳冕等文人纷纷起来反对"俪偶章句"，提倡恢复上古时代的淳朴文风。但他们推崇的古文，主要以古奥的典诰之文作为最高标准，还没有意识到这种文体既不能适应时代发展需要，也无法在文学性和艺术表现上与骈文争夺优势，这就使其散文成就受到局限。

韩愈和柳宗元意识到要以古文表达儒学之道，首先必须对古文自身进行革新，并自觉担当起创造新体散文的历史使命。他们在学习先秦两汉散文基础上，广泛吸取前代各种文学形式的艺术经验，根据当代口语提炼新的散文语言，创造出以奇句单行为主，有条理、有规律，适宜于说理、叙事、抒情的新散文。在他们的指点和影响下，涌现出一大批古文作家，这种新散文便成为中唐以来最流行、最合用的文体。后来北宋欧阳修等散文大家继承韩柳的革新精神，进一步将散文导向平易自然的方向，才出现我国散文史上的第二个高峰。

　　由此可见，唐代诗歌和散文高峰的出现与文人们革新文风和文体的自觉努力密切相关。当不良的风气和形式影响到文学健康发展时，总有一些有识之士出来力挽颓风。经过几代人前后相继，最后才会出现既有清醒的理论认识，又有创新能力和过人才华的大家，总结前人得失，推动文学变革，使之登上新的高峰。摆正文与质的关系，要求形式为健康充实的内容服务，反对绮靡浮夸，提倡宏博刚健、朴素自然的文风，则是这一系列革新始终坚持不变的方向。

启示之三：唐代诗人善于提炼具有普遍性的人情，表现人生共同感受，使之达到接近生活哲理的高度，因而在百代之下犹能引起最广泛的共鸣

　　人类的社会生活、阶级属性、时代环境虽然千变万化，但是总有一些共通的至少是本民族共有的情感体验，例如，乡情、亲情和节物之感等。中国古诗为大众接受度最高的多数是盛唐诗，其重要原因之一是盛唐诗人既能在日常生活中捕捉人所共有而未经前人道过的感受，又能以透彻明快的语言将其概括为人类生活中普遍的体验："少小离家老大回，乡音无改鬓毛衰。儿童相见不相识，笑问客从何处来。"离乡太久以致儿童不识的情景寄寓着人生易老的深刻感触，这正是多少人老来还乡的共同体会；"举头望明月，低头思故乡"，李白的这首诗家喻户晓，也是因为诗中望月思乡的情景是天下游子都经历过的时刻；"夜来风雨声，花落知多少？"春去春来、花开花落的无限启示，是人们在节物变换时常有的感慨；"独

在异乡为异客,每逢佳节倍思亲",既是王维的心情,又超出了时空的局限,为后人所共有;"莫愁前路无知己,天下谁人不识君",是高适勉励友人的高唱,又成为后代留别题赠的格言;"白日依山尽,黄河入海流。欲穷千里目,更上一层楼。"日落归山、黄河入海的壮伟景象,激起诗人再上一层、放眼千里的万丈豪情,又蕴含着登高才能望远的人生哲理;"烽火连三月,家书抵万金",战乱之中亲人的平安消息比什么都珍贵,这个道理高度提炼了人们在同类境遇中共同的体会,因而成为后世常用的成语。

这类诗歌多数是绝句,富有乐府民歌的新鲜风格。民歌本来大多就是人民的集体创作,表现的是当时个人还没有脱离民族生活及其旨趣的思想情感,因而"能代表一种民族情感"。盛唐绝句取法于民歌的这一创作原理,同时又比民歌更自觉地在人民生活中提炼出共同的民族情感,其语言之纯净,情韵之天然,体现了最高的诗应是最单纯、最概括并最富于启示的艺术本质,因而易记易诵,广布人口,历千百年之久仍能触动人心,又如才脱笔砚一般新鲜。

与这类表现人生共同感悟的作品同样具有持久生命力的是唐代山水田园诗,其高峰也出现在盛唐。山水田园诗不仅以高雅的艺术品格成为后世绘画、园林等各种艺术的审美典范,而且体现了中华民族重视天人关系的理性精神。人与自然环境能否和谐共处,是全人类在任何时代都要面对的问题,这是唐代山水田园诗至今仍然具有现实意义的根本原因。

中国的山水诗和田园诗因玄学思潮的催化而形成于晋宋之际,因而自诞生之初,就包含了深刻的哲理内蕴。在老庄自然观的影响下,文人们认为宇宙万物的运转有自己的规律,自然之道蕴含在天地山水草木的变化之中。而要观察自然之道,必须使心胸澄明,在清虚静默的观照中"坐忘",

遗落一切，心灵与万化冥合。这就使山水田园诗形成人与自然合为一体的基本旨趣。因此表现人对大自然活跃生命的深沉体悟、向往回归自然的淳朴和纯真，是山水田园诗的基本主题。

从南朝到唐代，与其他题材相比，山水田园诗的表现艺术发展得最为充分，而且解决了中国美学中的虚实、形神、意境、兴象等一系列重要问题，为中国诗歌确立了一种极高的审美标准。尤其盛唐山水田园诗，意境优美，气势壮阔，反映了繁荣开明的盛世气象，能唤起人们对祖国山河的无限热爱，给人以生活哲理的积极启示，使人的心灵得到净化，其成就更是达到前无古人、后无来继的巅峰。

从学术研究角度来看，唐代文学高峰形成的原因还有很多，但以上三方面至关重要。在登临巅峰的过程中，唐代文人追求完美和高远的精神风貌，可能在当下尤为欠缺，因而对今后的文艺建设最有启发性。

（原载《人民日报》2017年11月10日文艺评论版）

宋代文艺高峰的启示

莫砺锋

在宋代士大夫手中，作为正统文艺样式的诗文、书画十分兴盛，牢牢占据大雅之堂；另一方面，民间伎艺也十分发达，繁华的都市生活滋生了各类以娱乐为目的的文艺形式，说话、杂剧、影剧、傀儡戏、诸宫调等艺术迅速兴起和发展。这两类文艺形式分别适合不同社会阶层文化生活的特殊需求和审美情趣，值得称许的是，宋代雅俗文艺并不是泾渭分明、各守畛域，而是互相影响、互相交融、共生共荣。这种雅俗共存的繁荣局面是宋代文艺的总体时代特征，是一个健康发展的文明社会的重要标志。

宋代常被视为"积贫积弱"的时代，其实"积贫"纯属误解，正如宋史专家漆侠所说："在唐代经济发展的基础上，宋代社会生产力以前所未有的速度迅猛发展，从而达到了一个更高的高峰。"至于文化，宋代则堪称古代中国巅峰阶段，研究中国古代文史的学者陈寅恪说："华夏民族之文化，历数千载之演进，造极于赵宋之世。"研究中国古代科技史的学者李约瑟说："每当人们在中国的文献中查考任何一种具体的科技史料时，往往会发现它的主焦点就在宋代，不管在应用科学方面或是在纯粹科学方面都是如此。"这两个结论分别从人文科学与自然科学的角度充分肯定了宋代文化所达到的高度。正是在文化高度发达的大背景下，宋代的文学艺术空前繁荣，在古文、诗、词、书法、绘画、小说、戏剧等各个领域都是奇峰突起，宋文、宋诗、宋词、宋书、宋画、宋塑、宋话本、宋杂剧、宋南戏等都成为光耀中国文艺史的专有名词。宋代文艺的总体成就前迈汉唐，后启明清，影响深远，意义重大。鉴古知今，宋代文艺高峰对当代文艺建设有着多方面的启迪意义，择其要者，有以下四个方面。

一、"文以载道"精神的高扬

北宋建立后，鉴于中唐以来藩镇强盛、尾大不掉的历史教训，宋王朝决定采用崇文抑武的基本国策。朝廷重用文臣，不但宰相须用读书人，而且主兵的枢密使等职也多由文人担任。由科举考试进入仕途的文臣成为宋代官僚阶层主体。这些措施使士大夫的社会责任感和参政热情空前高涨。他们以国家栋梁自居，意气风发地发表政见。"开口揽时事，论议争煌煌"（欧阳修《镇阳读书》）是宋代士大夫特有的精神风貌。宋代的理学思想主要是士大夫阶层主体意识的理论表现，如程颐、朱熹等理学家自矜掌握了古圣相传的安身立命之道，欧阳修、王安石、苏轼、杨万里等文士也热衷于讲道论学。宋代的士大夫往往怀有比较自觉的卫道意识，并积极地著书以弘扬己说，摒斥异端。在北宋后期，即有王安石与司马光、"二程"等人的新学、旧学之争，旧学内部又有以苏轼为首的蜀学与以"二程"为首的洛学之争，南宋则有朱熹与叶适、陈亮之争。翻开宋人的文集，几乎总能找到论学的文章，有时这种议论还旁溢到诗歌中去。

宋代的士大夫在政治上和学术上都具有强烈的使命感，十分重视诗文的政治教化功能。儒家一向重视"文"与"道"的关系，唐代的韩愈首倡"文以贯道"的思想，但这种观念到宋代才真正得到高度重视。从宋初的柳开、穆修开始，宋人对文道关系反复地进行论述。他们的具体看法虽然不尽一致，例如，柳开、石介等人的观点矫激偏颇，而欧阳修的观点则平正通达，但在总体倾向上，都对"文以贯道"的思想表示认同。理学家则表现出更浓厚的理论兴趣，周敦颐率先提出"文所以载道"（《周子通书·文辞》）新命题，更加强调"道"的第一性。"文以载道"思想在宋代文坛上占据统治地位，例如，苏轼的蜀学被程、朱视为异端，但苏轼的文道观实质上与"文以载道"相当接近，只是他所认可的"道"内容比较宽泛而已。"文以载道"其实是一种价值观，它把文学的社会政治功能置于审美功能之上。一般来说，文学作品必然蕴含着思想意识，即使那些单纯的抒情作品，无论所抒之情是喜、乐还是怒、哀，其中必然包含着某种思想倾向，诸如对国家人民的热爱、对自由生活的追求，乃至对山水花卉的欣赏；或是对侵略者的仇恨、对悲惨生活的哀怨，乃至对毒蛇害虫的嫌恶，都是一种价值判断，包蕴着某种思想意识。"道"就是人们的思想意识，"文"则是用来表达思想意识的手段，如果没有"载道"目的，"文"的意义何在？"道"本是文学作品的精髓和灵魂，"文以载道"才会使作品具备充实的内容和丰富的意义，以及感动人心的丰盈力量。至于那些毫无意义的无病呻吟，或是诲淫诲盗的污秽之作，显然并不是真正的"文"。宋代文学家普遍关注国家和社会，宋代文学作品，尤其是被视为正统文学样式的诗文，反映社会、干预政治始终是最重要的主题，描写民瘼或抨击时弊成为整个文坛的创作倾向。虽然宋诗中缺少像杜甫"三吏""三别"和白居易"新乐府"那样的名篇，但此类主题在宋代诗坛的普遍程度却是超过唐代的。即使是以"浪子词人"而闻名的柳永也写过刻画盐工悲惨生活的《煮海歌》，而一向被看作专重艺术的词人周邦彦也作有讽刺宋将丧师辱国的《天赐白》。社会政治功能的加强，使宋代诗文具有鲜明的时代气息和刚健的骨力。

二、忧患意识与爱国主题

儒家强调个体对社会应有责任感，应有忧患意识，正如《孟子》所云："禹思天下有溺者，由己溺之也。稷思天下有饥者，由己饥之也。"宋代士大夫发扬了这种传统，他们的国家主人公意识十分强烈，以国家天下为己任，密切关注国家隐患。范仲淹的名言"先天下之忧而忧"正是宋代士大夫集体追求的人格风范。由于历史原因，宋代国势不如汉、唐那么强盛。北宋开国之初，北方被五代石晋割让出去的燕云十六州仍然归辽人统治，而南方曾为唐代流放罪人之地的驩州一带已属于越李朝的版图。到南宋，更是偏安于淮河、秦岭以南的半壁江山。从北宋开国到南宋灭亡，宋王朝始终处于强敌的威胁之下。面对严重的内忧外患，有识之士忧心忡忡。深沉的忧患意识对宋代文学产生了深远的影响，最主要的便是爱国主题的高扬。爱国主题是我国源远流长的文学传统。每逢国家危急存亡之秋，这类主题便会放射出异彩，从屈原到杜甫的文学史实已经昭示了这种规律。宋代的民族矛盾空前激烈，300年间外患不断。这样，宋代的作家就势必对爱国主题给予格外的重视。

北宋时期，辽和西夏经常侵扰边境，宋王朝无力制止，就以每年供给巨额财物的条件求得妥协。这种屈辱的处境成为士大夫心头的重负，也成为诗文中经常出现的题材。从王禹偁的《唐河店妪传》、苏舜钦的《庆州败》到王安石的《阴山画虎图》、黄庭坚的《送范德孺知庆州》，以爱国为主题的佳作层出不穷。即使在婉约风格尚占统治地位的词坛上，也出现了苏轼的"会挽雕弓如满月，西北望，射天狼"(《江城子·密州出猎》)和贺铸的"不请长缨，系取天骄种。剑吼西风"(《六州歌头》)那样的雄豪之音。从北宋末年开始，更强大的金、元相继崛起，铁马胡笳不但骚扰边境，而且长驱南下，直至倾覆了宋室江山，在中国建立了非汉族统治的新朝。在长达一个半世纪的抗金、抗元斗争中，爱国主题成为整个文坛的主导倾向。山河破碎的形势、和战之争的政局，是任何作家都无法回避的现实。即使是以婉约为主要词风的姜夔、吴文英，也在词中诉说了对中原沦亡的哀愁。而崇尚隐逸的"四灵"和行谒谋生的江湖诗人，也写过不少忧国的篇章。这些作品虽然情调不免低沉，但同样属于爱国之作。当然，最能体现时代精神的是陆游、辛弃疾等英雄志士的激昂呼声。正是他们的作品，把爱国主题提高到中国文学史上前所未有的高度，从而为宋代文学注入英雄主义和阳刚之气。以陆诗、辛词为代表的南宋文学，不仅反映了当时的社会现实和人民心声，而且维护了中华民族的自信和尊严。从那以后，每当中华民族处于生死存亡的关头，人们总是会从岳飞的《满江红》、文天祥的《正气歌》等作品中汲取精神力量。这是宋代文学最值得称颂的历史性贡献之一。

三、继承遗产与推陈出新

当宋代诗人登上诗坛时，他们仰望唐诗，犹如一座巨大的山峰，宋代诗人可以从中发现无穷的宝藏作为学习的典范。但这座山峰同时也给宋人造成沉重的心理压力，他们必须另辟蹊径，才能走出唐诗的阴影。宋人的可贵之处，在于他们对唐诗并未亦步亦趋，而是有因有革，从而创造出与唐诗双峰并峙的宋诗。谚云极盛之后，难以为继，宋诗的创新具有很大的难度。以题材为例，唐诗表现社会生活几乎达到了巨细无遗的程度，这样宋人就很难发现未经开发的新领域，于是宋人在唐人开采过的矿井里继续向深处挖掘。宋诗在题材方面仍有成功的开拓，主要是向日常生活倾斜。琐事细物，都成了宋人笔下的诗料。比如苏轼曾咏水车、秧马等农具，黄庭坚多咏茶之诗。有些生活内容唐人也已写过，但宋诗的选材角度趋向平民化，比如宋人的送别诗多写私人交情和自身感受，宋人的山水诗则多咏游人熙攘的金山、西湖。所以宋诗所展示的抒情主人公形象更多的是普通人，而不再是盖世英雄或绝俗高士，这种特征使宋诗具有平易近人的优点。

在艺术上，宋诗的任何创新都以唐诗为参照对象。宋人惨淡经营的目的，便是在唐诗美学境界之外另辟新境。宋代许多诗人的风格特征，相对于唐诗而言，都是新生的。比如梅尧臣的平淡，王安石的精致，苏轼的畅达，黄庭坚的瘦硬，陈师道的朴拙，杨万里的活泼，都可视为对唐诗风格陌生化的结果。宋代诗坛还有一个整体性的风格追求，那就是平淡为美。苏轼和黄庭坚一向被看作宋诗特征的典型代表，苏轼论诗最重陶渊明，黄庭坚则更推崇杜甫晚期诗的平淡境界，苏、黄的诗学理想是殊途同归的。苏轼崇陶，着眼于陶诗"质而实绮，癯而实腴"；黄庭坚尊杜，着眼于晚期杜诗的"平淡而山高水深"。可见他们追求的"平淡"，实指一种超越了雕润绚烂的老成风格，一种炉火纯青的美学境界。唐诗的美学风范，是以丰华情韵为特征，而宋诗以平淡为美学追求，既是对唐诗的深刻变革，也是求新求变的终极目标。经过宋人的巨大努力，宋诗终于与唐诗并驾齐驱，成为古典诗歌史上双峰并峙的两大典范。正如缪钺所云："唐诗以韵胜，故浑雅，而贵蕴藉空灵；宋诗以意胜，故精能，而贵深折透辟。唐诗之美在情辞，故丰腴；宋诗之美在气骨，故瘦劲。"钱锺书则云："唐诗多以丰神情韵擅长，宋诗多以筋骨思理见胜。"宋诗与唐诗既各树一帜，又互相补充，成为古典诗歌美学的两大范式，对后代诗歌产生了深远影响。

四、雅俗共存与以俗为雅

从整体来看，宋代文艺有趋于世俗化、平民化的倾向，从而产生雅俗共存的时代特征。一方面，在士大夫手中，作为正统文艺样式的诗文、书画十分兴盛，而且依然保持着高雅、严正的姿态，牢牢地占据着大雅之堂的主要地位。另一方面，民间伎艺也十分发达。宋代城市繁荣，经济发达，市民阶层兴起，繁华的都市生活滋生了各类以娱乐为目的的文艺形式，说话、杂剧、影剧、傀儡戏、诸宫调等艺术迅速兴起和发展。这两类文艺形式分别适合不同社会阶层对文化生活的特殊需求，也适应各个社会阶层审美情趣的不同倾向，共生共荣，互不排斥。这种雅俗共存的繁荣局面是宋代文艺的总体时代特征，是一个健康发展的文明社会的重要标志。更值得称许的是，宋代文艺的雅俗共存并不是泾渭分明、严守畛域的不同板块，而是互相影响、互相交融的共生状态。话本小说本是服务于市民阶层的说唱艺术，但是其"入话"部分常以诗词"起兴"，例如，《碾玉观音》这篇宋话本，开篇便引用王安石、苏轼等人的咏春诗词多达 11 首。无怪宋末罗烨《醉翁谈录》中评价说话人云："小说纷纷皆有之，须凭实学是根基。开天辟地通经史，博古明今历传奇。藏蕴满怀风与月，吐谈万卷曲和诗。"这分明是通俗文学对雅文学的倾慕与靠拢。南戏本是宋代民间艺人创造的新兴艺术样式，它在形式上综合了宋代众多的伎艺，如宋杂剧、影戏、傀儡戏、歌舞大曲，以及唱赚、缠令等在表演上的优点，与诸宫调的关系则更为密切。南戏虽是典型的宋代俗文学，从曲牌来看，其实也是雅俗并存的,既有【麻婆子】【赵皮鞋】等产自市井的"下里巴人",也有从词牌中移植来的【烛影摇红】【祝英台近】等"阳春白雪"。

更重要的是,宋代文艺的主体作者即宋代士大夫在文艺创作时具有融合雅俗的审美心态,从而实现了以俗为雅的境界提升。宋代的儒、道、释三种思想已在哲理的层面上有机融合起来,三教合一成为一种时代思潮,这使得宋代士大夫的文化性格迥异于前代文人。首先,士大夫对传统处世方式进行了整合,承担社会责任与追求个性自由不再是互相排挤的两极。其次,宋代文人采取了新型的态度,不像唐人那样张扬、发舒,而是倾向于理智、平和、稳健和淡泊。在现实生活中,宋代的士大夫多采取和光同尘、与俗俯仰的态度。在他们看来,生活中的雅俗之辨应该注重大节而不是小节,应该体现在内心而不是外表,因而信佛不必禁断酒肉,隐居也无须远离红尘。随之而来的是,宋人的审美态度也世俗化了,这就促成了宋代文学从雅俗之辨的束缚中解放出来,宋词的兴盛便是其典型表现。宋代文人用诗文来表现有关政治、社会的严肃内容,词则用来抒写纯属个人私生活的幽约情愫。这样,诗文和词就有了明确的分工:诗文主要用来述志,词则用来娱情,成为士大夫宣泄衷肠的合适渠道。由于词被看作用于抒写个人情愫的文体,很少受到"文以载道"思想的约束,因而文人可以比较自由地抒写内心款曲,词体也因此能够保持自身的特性,取得独立的地位。同时,在社会下层,由于经济发达、都市繁荣,民间娱乐场所也需要大量歌词,士大夫的词作便通过各种途径流传于民间。更有一些词人直接为歌女写词,如柳永常常出入于秦楼楚馆,北宋中后期的秦观、周邦彦也都为歌伎写了不少词作。社会对词作的广泛需求刺激了词人的创作热情,也促进了词的繁荣和发展。当然,随着词体的发展和创作环境的变化,宋词并不是一味满足尊前筵下、舞榭歌台的需要。例如,苏轼的词作，自抒逸怀浩气；辛弃疾的篇章，倾吐英雄豪情，便不再与歌儿舞女有关。但就其整体而言，宋词的兴盛是与宋代都市的繁荣和文化娱乐业的发展密切相关的，宋词在整体上具有以俗为雅的性质。

　　上述四个方面不是宋代文艺的全部特征，也只是宋代文艺达到巅峰状态的部分原因，它们对宋后历代的文艺创作有着深远影响，这种影响不可能也不应该在现代消失得无影无踪。笔者认为，我们对宋代文艺的上述特征当然不能生搬硬套，但应该看到其中蕴藏着宝贵的历史经验，加以认真研究，继承发扬。

（原载《人民日报》2017年11月17日文艺评论版）

明清戏曲高峰的启示

——从汤显祖"意趣神色"论谈起

黄天骥

我国戏曲源远流长,饮誉中外,被认为是具有中华传统文化特色的艺术瑰宝。

宋元时期,戏曲艺术趋于成熟,剧坛出现过关汉卿、白朴、王实甫等众多重要剧作家,戏曲也成了人民大众喜闻乐见的艺术形式。从明代中后期乃至清初,戏曲更是进入繁荣时期。那时候,许多有成就的骚人墨客参与戏曲创作,涌现了以汤显祖、洪昇、孔尚任为代表的一批卓越剧作家,产生了《牡丹亭》《长生殿》《桃花扇》等一系列经典戏曲作品,形成中国戏曲发展史上的创作高峰。直到今天,这批经典剧目依然脍炙人口。

这一时期戏曲创作高峰是怎样形成的?这些经典剧目创作经验和规律,有哪些可资借鉴的地方?颇值得我们探索。

一、天崩地解的时代变革，呕心沥血的倾情创作

　　文艺繁荣和社会发展有着密切的依存关系。在明代中后期，社会生产力和生产关系出现了值得注意的变化。当时，手工业和商业有了较大发展。随着市场发育，从农村流入城镇的人口日益增多。城镇生活不同于农村，农民习惯于日出而作，日入而息，男耕女织，各管各的。而城镇居民或营商逐利，或麇聚求职，人际交往机会大大增加。反映到精神生活层面，也出现很大变化。

　　存在决定意识。当城镇居民相对地减少对土地的依附，人际关系相应地紧密，人的自主意识也相应地得到加强。这时候人们对人自身价值的认识以及对正当权益的追求，也相应地日益迫切。文化领域出现了以"王学"左派为代表的"异端"思想。许多剧作家受到这具有一定进步意义的思想影响，跳出以戏曲创作自娱自乐的小圈子，更多地思考戏曲应如何针砭现实，促进社会进步的问题。

　　由明入清，政治和经济状况出现了"天崩地解"的大变动，以王夫之、黄宗羲为代表的知识分子，经历国破家亡，痛定思痛。他们既吸取了"王学"左派某些方面的进步主张，又反对空谈心性，更重视笃行和务实。他们从晚明文风的过分张扬主体性，转而更多地思考社会现实问题，力图借鉴兴亡教训。显然，在明清之际这个社会经济和政治出现大变动的时代，讲求情与理合一的思潮让进步剧作家们更多地面对社会现实，同情人民大众，反思历史得失。时代的呼唤，社会的变革，正是推动明清戏曲创作走向繁荣的前提，并为一座座戏曲高峰的出现奠定基础。

　　随着市场发展，城镇居民在生活余暇，需要有更丰富多彩的休闲娱乐方式。从明代中后期开始，城市剧场和家庭戏班大量涌现。清初虽经丧

乱，但稍一安定，戏剧演出也恢复了繁荣。在明清，以叙事为主体的戏曲，甚至让从来充当文坛主流的诗词创作屈居于次要地位。时代发展的需求，人民群众对戏曲的热情，使许多具有高度文化修养的诗人积极参与戏曲创作，甚至自操檀板，粉墨登场。这些诗人既熟悉舞台，又深谙辞章，因此其剧本的叙事性与抒情性、语言的典雅化与通俗化得到很好结合。这一切为明清戏曲经典作品的涌现创造了良好条件。

明清一些作品之所以能成为经典，还在于其作者不片面追求"票房价值"。他们长期观察社会，深入体验人生，认真检索文献，总之，他们严肃认真，苦心孤诣，才搦笔和墨，进行写作。汤显祖从被贬往岭南之初，便在大庾岭一带考察有关女鬼迷人的传说。后又经历几年岭南生活，了解到岭南有异于中原风土人情，回到遂昌才开始创作《牡丹亭》，写活了柳梦梅这个具有岭南特色的形象。至于《长生殿》，"盖经十余年，三易稿而成"。孔尚任也说《桃花扇》写"朝政得失，文人聚散，皆确考时地，全无假借"。又说，从拟作剧本，经过十余年的酝酿，"凡三易稿而书成"。可见，优秀作家对待创作总是呕心沥血，从不粗制滥造，迎合低俗，这也是其作品一直传演不衰的原因。

二、超越前人的创新意识，妙趣生动的艺术构思

明清戏曲一些优秀作品，之所以能成为经典，在于作者掌握了正确的戏曲创作规律。这篇短文势不可能对此作全面论析，只想就汤显祖提出的创作问题作一粗浅阐述。

400年前，与莎士比亚同时出现并且同为剧坛巨匠的汤显祖曾指出："凡文以意、趣、神、色为主。"这句话既是他的文学主张，也是他对戏

创作规律的概括。

在汤显祖看来,"意"是置于首位的。后来王夫之说"意犹帅也",正与此一脉相承。"意"指的是作品旨趣和思想内容。汤显祖说过:"词以立意为宗,其所立者常若非经生之常。"他认为作品所立之"意"不是一般经生的常意。换言之,他提倡作品要有超越常人和前人的新意。其后,李渔也认为,戏曲创作"意新为主,语新次之,字句之新又次之"。所谓"意新"是指前人看到了却又没有发掘其中的深意。李渔还指出:"新意"者,"即前人已见之事,尽有摹写未尽之情,描画不全之态",剧作家"若能设身处地,伐隐攻微,彼泉下之人,自能效灵于我"。显然,以汤显祖为代表的明清戏曲作者已经认识到:要有超越前人的自信,在思想艺术上实现突破和创新。

什么是创新?这一点我们可以在《牡丹亭》的具体创作中得到启发。

爱情是文学艺术的永恒主题。从元代戏曲成熟以来,凡描绘青年男女争取婚姻自由的作品,无不以年青一代追求爱情、封建家长竭力反对为主题,正反双方激烈冲突贯串始终是这类爱情题材剧作的主要模式。汤显祖《牡丹亭》虽然也继承了前人作品反抗封建婚姻制度的精神,甚至借鉴了前人运用过的细节,却又不同于一般戏曲极写封建家长对青年的压迫。当然,杜丽娘的父母对女儿也有所管束,但内心又充满了对女儿的爱。可以说,全剧主要角色,没有一个称得上是反面人物。但《牡丹亭》的戏剧冲突又是激烈的。这冲突主要表现为杜丽娘的内心冲突。她苦闷到极点,幽愤到极点,乃至付出生命的代价。在戏里,汤显祖把大自然的美好和现实社会的黑暗作了强烈对比。他让观众感到没有谁在迫害杜丽娘,却又分明感觉有一只无形黑手在扼杀她青春的生命。是现实的封建体制、道德伦理,是"拣名门一例里神仙眷"的婚姻陋俗,是"昔时贤文,把人禁杀"

的封建教育，乃至科举制度、用人体制等种种弊端，构成了极端黑暗的典型环境。是封建礼教和政治体制约束下的时代氛围交织成扼杀青年追求生命自由的绞索。显然，汤显祖写杜丽娘的挣扎、反抗，不针对任何人，而是通过这一典型人物与典型环境之间的冲突，对明代社会现实作总体性控诉。

在戏曲史上，从来没有人思想如此深刻，目光如此锐利。更从来没有人敢于不通过正面和反面人物的直接冲突，表现人物形象和社会现实的矛盾，展示剧作的题旨。这一点，正是《牡丹亭》具有的深刻教育意义和超越前人的新意所在。所以它一经问世，便"家传户诵，几令《西厢》减价"。

清初洪昇的《长生殿》，写安史之乱中唐明皇与杨玉环的婚姻纠葛。但它不同于一般人视杨贵妃为"祸水"，也不局限于表达改朝换代的"黍离之悲"，而是在揭示杨、李"占了情场，弛了朝纲"的同时，对杨玉环追求爱情的专一给予深切同情。本来，从人类社会婚姻发展轨迹看，爱情专一、男女平等是历史发展的必然要求，杨玉环"情深妒亦真"是可以同情和理解的。但洪昇把杨玉环置于不可能实现这一合理要求的环境和年代，"历史必然的要求与这个要求不可能实现之间""出现了悲剧的冲突"（恩格斯《给斐·拉萨尔的信》），因此，她成为时代的牺牲品，最后也只能与唐明皇"成为天上夫妻"。所谓"重圆"充满悲剧意味。显然，洪昇对杨玉环的同情具有超越前人的创新意识，这也使得《长生殿》能够进入戏曲高峰行列。

如果说"意"是衡量作品的思想内容是否具有进步性以及作者是否具有创新意识的话，那么所谓"趣"就是指戏曲作品故事情节是否生动，结构是否完美，能否准确表现内容。因此，"意"与"趣"是紧密地联系着的。李渔在《闲情偶寄》中也指出："趣者，传奇之风致。"戏曲作品如果缺乏曲折生动、意趣盎然的情节，"则如泥人土马，有生形而无生气"。

明清戏曲经典之作，其故事情节的迂回开阖、变幻多姿，与作家创新意识紧密相关。如《牡丹亭》写杜丽娘因情成梦，因梦而死，死而复生，便曲折微妙地凸显封建时代青年对理想的追求。《长生殿》写杨、李风流旖旎的生活与"渔阳鼙鼓动地来"的场面，交相穿插，把主人公悲剧命运展现得淋漓尽致。《桃花扇》则把家国兴亡与侯方域、李香君的悲欢离合联系起来，而"排场有起伏转折，俱独辟境界；突如而来，倏然而去，令观者不能预拟其局面"。最终让故臣遗老"灯炧酒阑，唏嘘而散"。同时，孔尚任又以一柄桃花宫扇的命运和剧情进展互相联系，"桃花扇譬则珠也，作《桃花扇》之笔譬则龙也，穿云入雾，或正或侧，而龙睛龙爪，总不离乎珠"。总之，在情节安排上，既出乎意料之外，又入乎情理之中，把思想内容的真实性、创新性和戏剧情节的生动性、趣味性结合起来，这是明清戏曲经典共同的创作经验。

三、勃勃欲生的典型形象，精益求精的伎艺本领

戏曲创作离不开人物形象塑造。元杂剧以唱为主，一人主唱，一本四折，篇幅较短，人物形象难免会出现脸谱化和扁平化的缺失。传奇的篇幅长短，则可由作者自行支配。到明代中后期，随着社会对人的价值认知有所发展，剧作家们对人的性格描写也有了更高要求。汤显祖提出"神"，更多是指要写出人物性格特点和神韵。他说"意象生于神，固有迫之而不能亲，远之而不能去者"。意思是说，"神"是意象和人物形象的基础，具有神采、神韵的人物形象，是观众熟识的陌生人，这与"典型人物""艺

术真实"的提法相当接近。孔尚任也指出，人物"面目精神"要"跳跃纸上，勃勃欲生"。

正由于明清优秀作家在理论上有自觉追求，他们塑造的人物形象各具个性、各有特点。且不说杜丽娘、杨玉环、侯方域等主要人物，其形象鲜明性和内心复杂性表现得细腻生动，即使是一些次要人物，其性格也是多面的、微妙的。像《牡丹亭》里的陈最良，固然是个迂腐塾师，却又有圆滑一面；《桃花扇》里的杨文骢则是不好不坏亦好亦坏的帮闲文人，外表幽默滑稽的柳敬亭却有着正直善良的忠心赤胆。有了这些活灵活现、具有典型性的人物形象支撑，《牡丹亭》《长生殿》等剧作，便得以流传至今，成为耸立在我国戏曲史上的高峰。

至于什么是"色"，汤显祖倒没明确界定。从他评论黄君辅"汝文成矣，锋刃具矣，烟云生矣，波涛动矣，香泽渥矣"来看，他所谓"色"，是要求剧作要多彩多姿。情节结构既要自然流畅，又有波涛曲折；语言曲文要有清词丽句，让人读来余香满口。纵观明清经典戏曲作品，大都在艺术技巧上下足工夫，以增加观赏性。

值得注意的是，不同的民族文化孕育不同的审美观念。在我国，戏剧艺术从来注重伎艺表演。早在汉代，"百戏"、杂耍和歌舞，演出纷繁。中历唐宋，参军戏、踏摇娘、五花爨弄等院本，在歌台舞榭的演出十分活跃。可见，观赏伎艺性表演一直是我国观众的审美传统。

到元代杂剧，在折与折之间总要加插与故事无关杂七杂八的伎艺，用以加强观众的兴趣，这就是元剧之所以被称为"杂剧"的原因。至于明清传奇，则重视故事叙述的完整性，在出与出之间，不再需要有伎艺的横加穿插。但在适当场合，也注意加入伎艺歌舞或民间风俗表演，用以增强戏剧娱乐性，满足观众传统审美追求。像《牡丹亭》中，在杜丽娘"游园"

之前先写其父离开衙门，前往乡村"劝农"。那《劝农》一出，牧童村姑一队队出现在舞台上，又歌又舞，让这些民风民俗的表演增强戏剧的娱乐气氛。《长生殿》则结合剧情进展，在《舞盘》《闻乐》等出中加入歌舞表演，甚至加入几场表现道教的仪轨。这些地方似属闲笔，却让观众感受到整部戏色彩缤纷，得到美的享受。

运用伎艺性表演以加强戏剧观赏性，可说是我国戏曲的审美特色。戏曲作为综合性艺术，其唱、做、念、打本身就有着浓重的伎艺色彩。明清经典作品成功之处，在于有机地结合剧情，丰富"色"的成分，把故事完整性和色彩多样性结合起来，充分展现传统审美趣味。

事实上，明清时代具有经典意义的戏曲作品，均能做到"意、趣、神、色"的完美统一。因此，这四字箴言既是明清经典戏曲创作经验的概括，也是它们能够成为剧坛高峰的条件。今天，我们的戏剧创作也已很繁盛，要产生跟伟大时代相称的文艺高峰，回顾明清戏曲经典的创作经验，或有一定启示。

（原载《人民日报》2017年11月24日文艺评论版）

十九世纪俄罗斯文学高峰的启示

程正民

俄罗斯文化哺育了俄罗斯文学，俄罗斯文学的伟大和魅力在于它同时代、同人民血肉联系；在俄罗斯作家笔下，现实的关怀、人道的情怀以及俄罗斯的白桦、草原和伏尔加河是水乳交融的；俄罗斯作家在关注人的价值和人的命运时，始终没有离开社会历史的迫切问题，在关注社会历史的迫切问题时，又始终以关注人和人的命运为中心。

19世纪俄罗斯文学毫无疑问是一座文学高峰。高尔基写道："在欧洲文学发展史上，年轻的俄国文学是一种惊人的现象……没有一个国家像俄国这样在不到一百年的时间就出现了灿若群星的伟大名字。"从普希金、果戈理、屠格涅夫到陀思妥耶夫斯基、托尔斯泰、契诃夫，俄罗斯文学以其独特的社会批判精神、深厚的人道情怀和迷人的艺术魅力，对世界文学和中国文学产生独特影响。今天，当我们努力实现中华民族伟大复兴的时候，人们热切期盼中国文化繁荣到来。此时，认真研究19世纪俄罗斯文学独特品格和价值，深入探索其繁荣原因，对于推进我国文学艺术的繁荣，也许会带来一些有益的启示。

一、走出象牙塔，始终与时代和人民血肉相连

在 19 世纪，同欧洲其他先进国家相比，俄罗斯是一个十分落后的农奴制国家，这样一个专制、贫穷的国家为什么能开出灿烂文艺之花？这还得回到俄罗斯文学本身。俄罗斯文学主调是深沉、忧郁，用别林斯基的话说，俄罗斯文学始终散布着一种"销魂而广漠的哀愁"。是俄罗斯人民的辛酸、苦难、挣扎、抗争孕育了世界文学中这朵奇葩。文学生命力源于现实生活，它一旦离开时代、离开人民，注定要枯萎。俄罗斯文学的伟大和魅力正在于它同时代、同人民血肉联系。受沙皇专政压迫的俄罗斯人民灾难深重，没有任何民主自由可言，于是文学就成为人民表达思想感情的唯一场所，文学艺术家自然成为人民代言人。在某种意义上说，俄罗斯文学成了社会气门，憋足了气的所有社会激情都通过这个气门直冲出来。

从普希金到托尔斯泰，俄罗斯作家不怕一切形式压迫，他们在作品中深刻揭露和批判专制社会黑暗，对被侮辱被损害的下层人民寄予深切同情，不仅尖锐体现"谁之罪"问题，而且苦苦探索"怎么办"的出路。文学真正成为时代前进号角和人民良心。

托尔斯泰是 19 世纪俄罗斯最伟大的作家，他的创作成为 19 世纪俄罗斯文学高峰，在他身上我们最集中地看到伟大作家的成功在于同时代和人民相联系。列宁深刻指出，托尔斯泰的创作反映了 19 世纪最后 30 年俄国社会矛盾，反映了这个时期千百万俄国农民思想情绪和心理矛盾，托尔斯泰创作动力都是来自这个时代、这个阶级。托尔斯泰创作最大特色是真诚和恳切，是撕下一切假面的最清醒现实主义。在他的作品中，无论是对专制制度和官方教会的无情揭露、对资本主义制度的激烈抗议，还是对下层劳动群众的深切同情，都非常真诚。在《复活》中，他透过华丽辉煌、温

文尔雅、道貌岸然的外表描写，无情揭露法官和检察官的虚伪和丑恶、他们的草菅人命和龌龊内心。他描写受侮辱受损害的玛丝洛娃，不仅表现她的善良纯朴，而且着力表现她的愤怒和仇恨，她对聂赫留朵夫的态度是十分决绝的，绝不受欺骗，绝不存幻想。托尔斯泰这种最清醒的现实主义所达到的批判力度和深度，是贵族作家和资产阶级作家所达不到的。用列宁的话说："托尔斯泰是用宗法式的天真的农民的观点进行批判的，托尔斯泰把农民的心理放在自己的批判、自己的生活当中。"托尔斯泰的创作确实"反映了一直到最深的底层都在汹涌激荡的伟大人民的海洋"。

俄罗斯作家在他们的时代不把自己关在象牙塔里，不"为艺术而艺术"，而是始终同时代、同人民血肉相连，努力打造艺术精品，攀登艺术高峰，反过来又用自己的作品推动社会进步。事实证明文艺只有扎根生活，紧跟时代潮流，才能繁荣发展；只有面向人民，反映人民的生活，才能充满生机活力。

二、坚持历史进步立场，表现人道主义精神

文学是人学，文学既要表现人，又要有社会担当。文学要表现人性和人的价值，但人性和人的价值又有其具体历史内容。如何处理好两者关系并加以艺术表现，是文学发展不容回避的尖锐问题。在俄罗斯作家笔下，反农奴制的激情、人道的情怀以及俄罗斯的白桦、草原和伏尔加河是完全可以水乳交融的。俄罗斯文学留下的宝贵传统正是关注社会和关注个人的一致性：俄罗斯作家在关注人的价值和人的命运时，始终没有离开社会历史的迫切问题；在关注社会历史的迫切问题时，又始终以人和人的命运为中心。在俄罗斯作家看来，人的被侮辱和被损害完全是农奴制造成的，只

有砸烂农奴社会，才有人的尊严和价值，才能给个性、自由和发展带来光明。正是这种社会理想和人道理想的融合、社会批判精神和人文精神的融合，才使得俄罗斯文学在世界文学中独放异彩，并且具有永久艺术魅力。

更值得称道的是，俄罗斯文学的经典之作还特别善于表现个人与社会、个人价值和历史必然的冲突，并善于表现两者之间存在的张力。例如，普希金的《青铜骑士》就突出表现了这种冲突和张力。长诗描写1824年袭击彼得堡的一场可怕水灾，一个小人物的爱情和他在这场水灾中的悲惨遭遇，这场水灾是同彼得大帝在芬兰湾海岸建立彼得堡这座滨海城市相关联的。面对彼得大帝的伟大历史功绩和小人物的悲惨遭遇，普希金最高明之处就在于没有把两者对立起来。站在历史进步立场上，他勇敢地、毫不含糊地歌颂彼得大帝的历史功绩；站在人道立场上，他倾注满腔同情和哀伤，为普通小人物唱出一曲哀歌。历史进步的必然要求同普通人正当的生活愿望、国家的整体利益和个人的局部利益，的确存在不可回避的矛盾。作家无法解决这个矛盾，但作家可以用艺术的方法和力量深刻而动人地揭示这一矛盾，表现两者之间的张力，并且坚定地站在人道立场上。这样，在诗中形成别林斯基所称道的"诗的弹性、力量、坚毅和宏伟"。在普希金的长诗中，对历史必然性的勇敢肯定和对小人物命运的深刻同情构成历史的弹性和张力，产生打动人心的力量，自然也就形成独特的艺术魅力。

在个人与社会、人的价值和历史必然的冲突中艺术地呈现思想张力，这是俄罗斯文学发展的内在动力，也是俄罗斯文学经典的固有特质与魅力。

三、源于民族文化精神，文学与艺术相互激发

文学是一种文化现象，文化是文学的根基、血脉，是作家的精神家园。19世纪的俄罗斯文学也从欧洲文学中吸取养料，但归根到底是由俄罗斯文化传统哺育的，离开俄罗斯文化传统就谈不上俄罗斯文学的繁荣。在作家们看来，对俄罗斯的爱和对文学艺术的爱是合二为一的，他们一旦流亡异国他乡，就有一种被连根拔起的感觉。

俄罗斯文化首先是以其民族文化精神、以其价值观影响俄罗斯文学的发展。鲁迅曾指出俄罗斯文学的主流是"为人生"，别林斯基也谈到"销魂而广漠的哀愁"构成俄罗斯"民族诗歌的基本因素，亲为血肉的因素，主要的调子"。俄罗斯文学这种价值观和艺术品格正是源于俄罗斯民族文化精神、俄罗斯思想文化传统：一是同农奴制专制压迫作长期斗争而形成的"为人生"思想文化传统；一是浓厚的东正教宗教情怀所体现的人道精神和救世思想。别尔嘉耶夫就指出，"俄罗斯人民的灵魂是由东正教培育的，它具有纯粹的宗教形式"。这种宗教精神渗透到俄罗斯文学中，就表现为一种对人类命运的深切关怀，一种浓厚的人道情怀，一种深沉的忧患意识和淡淡哀愁。

如果把俄罗斯文化传统具体化、形态化，俄罗斯文化中的审美文化（音乐、绘画、戏剧）和非审美文化（哲学、科学、宗教）对俄罗斯文学发展的影响都是不可低估的。艺术文化是一个整体，各种艺术门类之间的互动和对话是艺术文化发展的动力。俄罗斯作家都有很高的艺术素养，他们常同艺术家一起举办文化沙龙、音乐会，共同交流创作，探索问题。许多作家创作都深受俄罗斯艺术影响。屠格涅夫就是一个音乐的超级爱好者，柴可夫斯基、鲁宾斯坦都是他的座上客。他特别善于通过敏锐的听觉

捕捉生活和大自然的诗意，这就使他的作品自然带有浓郁的抒情色彩。在19世纪，俄罗斯不仅出现了一大批文学大师，也出现了柴可夫斯基、列宾、斯坦尼斯拉夫斯基等一大批艺术大师，俄罗斯文学与艺术在那个时代是共存共荣的。

仅就文学内部而言，19世纪的俄罗斯文学批评对文学创作的推动作用也十分明显。从某种意义上讲，没有以别林斯基为代表的俄罗斯文学批评，就不可能有俄罗斯文学的繁荣。别林斯基总结了普希金、果戈理的创作经验，提出了现实主义和人民性理论，反过来又深刻影响了俄罗斯文学发展，像陀思妥耶夫斯基这样的大家也是别林斯基最早发现的。科学的、有见地的文学批评对文学创作的影响是不能低估的。俄罗斯著名的文学批评家卢那察尔斯基指出，作家是受现实生活直接影响的敏感的人，但缺乏抽象的科学思维，需要批评家帮助，批评家也要向作家学习，热情对待作家，两者不应相互指责，而要相互学习，共同促进文学事业的繁荣。他说："实际上，历来的情况是：恰恰由于著名作家和卓有才华的批评家的通力合作，过去曾经产生过，今后将产生真正伟大的文学。"

（原载《人民日报》2017年12月12日文艺评论版）

十九世纪法国文学高峰的启示

郭宏安

随着国力提升、经济发展和社会进步，中国人物质生活有了明显改善，但精神生活尚有欠缺，于是对文学高峰有所期待。放眼古今中外，寻找一个高峰林立的时期，看看那是一番什么样的景象，是情理之中的事。这样，19世纪法国文学就进入我们视野，为我们提供一个具体参照。

一、100年间轰轰烈烈，名家名著高峰迭起

整个19世纪，从1802年夏多布里昂《基督教真谛》始，到左拉历经23年劳作完成的《卢贡·马加尔家族》止，中间有拉马丁、维尼、雨果、奈瓦尔、缪塞和乔治·桑；司汤达、巴尔扎克、福楼拜和梅里美；波德莱尔、魏尔伦、兰波和马拉美；莫泊桑、凡尔纳、法朗士和洛蒂等作家诗人，有《沉思集》《命运集》《惩罚集》《幻象集》《四夜》和《魔沼》，《红与黑》《高老头》《包法利夫人》和《嘉尔曼》，《恶之花》《月光》《醉舟》和《窗户》，《羊脂球》《格兰特船长的儿女》《泰伊丝》和《冰岛渔夫》等小说诗歌，约100年间，可谓诗文并茂，高峰迭起，时而轰轰烈烈，时而波澜

壮阔，时而鱼龙混杂，时而百舸争流，好一派繁荣昌盛、百花争艳、你追我赶、欣欣向荣的景象。

雨果是一轮众星拱之的圆满月亮，在他漫长一生中，贯穿始终的是诗歌。他的诗不断跟随时代前进，反映法国半个多世纪政治、社会变化，抒写人们在这个过程中的共同思想感情。他的才能没有边界，举凡诗歌、小说、戏剧、随笔，都有令人瞩目的成就。无论承认与否，雨果都是法国最伟大诗人，也是法语诗艺最伟大开拓者。形象丰富、色彩瑰丽、想象奇特是他的特点，他又把对照原则用于诗歌与小说，别开生面，高峰也。

司汤达以其鲜明反封建复辟的笔触、对当时社会关系的深刻理解、对典型性格塑造出色地采用心理分析方法，而在现实主义文学中独树一帜。他的代表作《红与黑》准确描写法国社会复辟与反复辟斗争，在此基础上勾画这样一条道路：于连·索莱尔这个农民的儿子如何通过个人奋斗跻身上流社会而终于失败，并由此明白什么才是人生真正幸福，即他的"成功"没有给他带来幸福，反而是失败使他走上幸福之路。司汤达作品不事雕琢而意蕴深刻，精彩纷呈，高峰也。

巴尔扎克在拿破仑小雕像下面写道：他用剑未能完成的事业，我要用笔来完成。他果然写下由97部作品组成的《人间喜剧》，有声有色地再现了法国从1789年大革命到1848年资产阶级取得最后胜利的历史，塑造了3000多个形形色色的人物，实现了"法国社会是历史家，我只能够充当它的秘书"的宏愿。他是小说艺术伟大革新者，塑造形象特别是塑造典型环境中的典型人物，是他最大贡献，例如，高老头、欧也妮·葛朗台、拉斯蒂涅、伏脱冷等，都是深入人心的人物。他的秘诀是"最高的艺术是要把观念纳入形象"。他是一位复杂深刻的作家，高峰也。

福楼拜是法兰西语言冶炼师，穷毕生之力追求完美。对语言，他不仅要求明确，还要求准确和恰当。他认为艺术的最高原则是创造形式美，而形式美首要元素是语言，用词准确，音调铿锵，韵律悠长，形式和内容的关系就像灵魂与肉体，是一个整体，不可分割。他说："没有美的形式就没有美的思想。"他首倡作者非个人化，即小说的叙述者隐身于叙述之中，开辟现代小说先河。他与乔治·桑的争论表明，他仍然是一个现实主义者，高峰也。

二、感应社会秩序剧烈变革，焕发巨大精神能量

纵观 19 世纪法国文学，探究其繁荣昌盛原因，我们可以得出以下结论：社会环境变化，贫富差距扩大，科学技术发展，思想意识交流，殖民帝国形成，复辟与反复辟斗争等，一言以蔽之，19 世纪法国社会呈现空前复杂性和多样性，社会固有秩序发生剧烈变动，促进了个人解放，焕发出善恶并存的巨大能量，给文学艺术创作提供形式、内容、人物的各种可能性。

文学创作内部规律决定文学发展走向和规模。例如，社会巨大动荡使民众失去信仰，处于茫茫然不知所措的境地，像盼望甘霖的大地等待着好雨知时，浪漫主义于是流行。想象、感觉、个人以及自然风光大行其道。浪漫主义本身就有对真实的诉求，但是对想象、感觉、个人、风景的偏爱与追求真实格格不入，于是在实证主义和科学主义影响下，就产生了现实主义。对"真实"的观察与描写渐渐不能满足对无限的追求，就有了隐喻、暗示、象征等途径，不直接命名事物而诉诸人的想象，于是而成象征主义。浪漫主义、现实主义和象征主义是相继产生的三个流派，却并非界限分明，它们相互重叠、相互渗透，促进文学艺术蓬勃发展。贯穿 19 世

纪的三大文学流派延续至 20 世纪,成为现代派文学各种流派背离或攻击的对象,但却依然屹立不倒,可见其生命力之强大。

文学发展离不开思想支撑和交流滋润,19 世纪法国文学于此获益良多。不说孔德、圣西门、马克思、尼采、弗洛伊德等思想史上划时代的名字,单说德国的瓦格纳、挪威的易卜生、波兰的肖邦,沃盖子爵翻译的俄国小说,等等,他们都在不同领域、不同程度地影响法国的文学与艺术,对形成法国 19 世纪文学高峰功莫大焉。与此同时,文学批评进步与发展也为文学繁荣提供强大动力,圣伯夫、勒南、泰纳等居功甚伟,批评家的声誉和不断崛起的文学高峰同步,所以蒂博代有理由说:"真正的和完整的批评诞生于 19 世纪。"

巧妇难为无米之炊,19 世纪法国作家是这样一群人:他们自幼喜欢文学,长大则视文学为生命,他们尊重人、信任人、热爱人,名利之想与生活之享受则在其次。司汤达说过:"有才智的人,应该获得他绝对必需的东西,才能不依赖任何人;然而,如果这种保证已经获得,他还把时间用在增加财富上,那他就是一个可怜虫。"站在高峰上的人拥有"独立之精神,自由之思想",那些流传青史的作品,皆由他们创造出来。

三、领悟民族复兴丰富蕴含,孜孜以求文学高峰

他山之石,可以攻玉。我们回望 19 世纪法国文学,并不只是发思古之幽情,而是在欣赏的同时,思考这种繁荣对我们有怎样的启发。

自改革开放以来,我国社会发生天翻地覆的变化。一方面,国家正在崛起,焕发出令人惊叹的力量,国力提升,政权巩固,科技发展,人民生活改善、对国家前途信心倍增等,有目共睹;另一方面,道德滑坡、信仰

丧失、金钱至上、鄙视平凡、诚信缺失等问题冲击着各个领域，也是不争事实。虽然不能与 19 世纪的法国相类比，但整个社会之活跃、骚动和充满各种机会，为文学想象和表现提供充分可能性。也就是说，社会剧变为文学高峰提供了客观条件。

文学高峰出现有赖于我们对文学内部规律的认识。改革开放以来，我们经历了一个否定传统、唯"新"是务的过程。现实主义文学传统在西方现代派冲击下呈现破碎衰微状态，但在法国，现代派典型形态"新小说"风靡十几年，自 20 世纪 80 年代已经不再走红，现实主义传统有效抵制现代派进攻，呈现合流状态。我们一些先锋派小说忽视人物塑造，致力于象征、隐喻或抽象的环境构建，与社会生活渐行渐远，失去鲜活的生活气息和惩恶扬善的道德追求，成为少数人欣赏或敞开心扉的场地。如今，现实主义潮流有重新崛起之意，值得关注。

思想深度是文学高峰的必要支撑和必然蕴含。文学作品不是哲学婢女，不是思想传声筒，这已是文学创作者和批评家的共识，但这并不意味文学可以没有思想。今天，社会思想形态多样，相互之间或合作渗透，或博弈争锋，呈现一种错综复杂的局面。形成文学高峰，关键要从事文学的人有真诚信仰。对于域外文学，或许有一个借鉴或模仿的过程，但我们应该有正确态度，有反思意识。例如，对现代派文学，有些人过于乐观，将新小说当成"通向未来小说的道路"，其实它已经走到尽头。传统与创新并不以彼此否定为前提。今天的写作要回到传统，并不是抱残守缺，泥古不化，而是相续相禅，踵事增华，灌注新的血液，这种新的血液包括了现代派（如新小说）的贡献。

社会环境、文学内在规律、思想碰撞，都是产生文学高峰的外在条件，从事创作的人才是高峰出现的充分条件。有一批视文学为生命、甘于寂寞清贫、冷静观察民众生活、探索社会深刻含义、埋头打造独特语言的人,才有可能产生杰出作品。倘若我们作家诗人中充斥着以"穷怕了"为理由而不顾廉耻、利欲熏心、追求奢侈、欲壑难填之徒,虽可以产生作品,若寄希望于他们创造"高峰"则无异于缘木求鱼。我们只能期望于"有才智的人"。所谓"有才智的人",他所求于金钱的是独立和自由的保证,故不能过少,过少则可能被迫仰人鼻息;亦不可过多,过多则会受到因金钱而来的种种束缚,乃至"有漂亮的公馆,却没有一间斗室安静地读高乃依"。建设文艺高峰,我们迫切需要一批文艺工作者能够成为"有才智的人"。

(原载《人民日报》2017年12月15日文艺评论版)

"高峰"与"深渊":中国百年文艺的生与死

——以小说为例

摩 罗

2014年10月15日,习近平同志在文艺工作座谈会上,提出了中国文艺有"高原"缺"高峰"的问题。所谓"高峰"作品,就是优秀作品中卓然独立的大作品,超出高原地平线千米之上,高耸云端。只要读到这样的卓越作品,就能感受到深刻的震撼和启示,就能看见星光灿烂、生机盎然的时代风貌。为什么时代在期待这样的高峰作品?因为人们很看重中华民族百年以来的奋斗史和复兴史。为什么人们认为暂时没有高峰作品?因为人们断定仅有一批优秀作品,不足以展现我们百年以来的奋斗之卓绝和成就之辉煌。我们应该如何促进高峰作品的出现?这是值得我们探究的重要问题。

本文想从小说的角度,研究百年来中国文学、文艺发展的经验教训,探讨高峰作品迟迟未见的原因。

一、精英小说的诞生及其政治使命

中国"现代小说"不是作为一种文学流派的"现代派小说",而是一个在五四新文化运动中诞生的文学体式。

中国本来具有源远流长的小说传统,《庄子》《列子》中许多寓言都可以看作小说源头,及至西汉,刘向的《新序》(比如《齐有妇人》)和司马迁的《史记》(比如《魏公子列传》)中已经出现一些具有严格小说意义的小说篇章。明清四大名著,将中国小说推向高潮。有清一代,蒲松龄的《聊斋志异》、袁枚的《子不语》、纪晓岚的《阅微草堂笔记》等创造了短篇小说的辉煌成就。

但是,中国现代小说却不是中国古代小说传统的继承者,发起五四新文化运动和新文学运动的时代精英,自觉地把古代文化和文学看作封建糟粕,急于摆脱其影响,标榜自己要向西方文化和文学寻找资源,创造"平民的文学"和"人的文学"。古代小说虽然也对中国现代小说的形成产生了一定的影响,但是这种影响一直不为现代小说的开创者所承认。他们认为现代小说乃是在西方现代小说影响下诞生并发展的。那么,中国现代小说究竟从西方文化和西方现代小说中受到了什么样的影响呢?

西方现代小说,是与中世纪及其以前盛行于世的民族史诗、英雄传奇、宗教劝谕故事等虚构文学作品相对举的文体现象。现代小说关注世俗的现实生活,关注平凡人们的命运、奋斗历程、心理诉求及其生活状态。美国学者瓦特在《小说的兴起》一书中指出,人们最早是用"现实主义"这个概念将 18 世纪早期小说家的作品与先前的虚构故事相区别的。本文所用"现代小说"一词,与瓦特所用"现实主义"一词含义相当。

自从 1719 年英国作家笛福《鲁滨孙漂流记》诞生以来,现代小说在西方已经具有将近300年的历史，在中国则具有将近100年的历史。

现代小说诞生以后，仅仅经过几十年的发展，就在欧美社会取得了主流文体的地位。毫无疑问，这种文体顺应了欧洲300年来文化思潮、社会结构和文学风气的发展，适应了读者的需求和市场的需求。

欧洲现代小说赖以诞生和发展的社会文化背景，有几点特别值得强调。第一，工业革命、宗教改革、启蒙运动对人类的世俗生活、人性的欲求进行肯定，于是文学的关注点由民族史诗、英雄传奇、宗教劝谕故事转向人类的世俗生活。第二，由于人道主义和个人主义思想的空前繁荣，每个生命个体在理论上都获得了应有的权利、自由和尊严，于是文学的关注点转向了平凡生命个体（而不是神或者英雄）的日常生活，以及他们的奋斗历程和人生际遇。对平凡的琐碎的日常生活的描写因此成为现代小说最主要的内容。第三，财富的迅速增长创造了一个相对庞大的有闲阶级，机器生产为家庭生活提供了大量现成的必需品，一些富贵的家庭主妇因此从繁忙的家务劳动中解放了出来并进而成了有闲阶级，时代就这样为现代小说创造了必不可少的读者和市场。

上述三条既是现代小说产生的社会文化背景，也是现代小说所具备的特质和属性。现代小说成为主流文体以后，渐渐滋长起充当社会生活和日常生活的反映者、记录者并进而成为百科全书的野心，巴尔扎克时代这种野心臻于鼎盛。这种文学野心反过来赋予现代小说一种新的特质，那就是最大限度地参与到社会思潮和文化思潮之中，以期对人类生活产生历史性的影响。

西方现代小说的这种特质，让中国新文化运动和新文学运动的领导者如获至宝。精英群体按照自己理解的西方小说模式，大声呼吁一种能够帮助国人启蒙祛昧、济世救国的类似文体拔地而起，以求一扫古老中国的沉疴。陈独秀、鲁迅、周作人、胡适等人，还有早一点的梁启超，是现代小说的积极呼吁者、提倡者，有的人（鲁迅）也是身体力行的创作者。周氏兄弟早在留学日本期间就已经认真研习和翻译西方小说，企图借小说讽喻世事，激发国人的觉醒与自救。后来鲁迅更是以《狂人日记》吹响了以小说介入社会文化运动的号角，随后"问题小说""反封建小说""女性解放小说""乡土小说""左翼小说""抗战小说""国防小说""伤痕小说""反思小说""改革小说""寻根小说""人道主义小说""官场小说""反腐小说"等名目层出不穷，形成了一个强大的小说潮，成为中国现代史上一道极为独特的文化景观。

《狂人日记》和《阿Q正传》的诞生，使得业已稳坐西方主流文体宝座的现代小说，终于第一次繁衍出中国之子。这个中国之子一旦出世，它身上所携带的"参与到社会思潮和文化思潮之中，以期对人类生活产生历史性影响"的文化基因得到最大程度的凸显和张扬。直至今天，我们对中国作家的最高称赞，往往是强调他继承了鲁迅的批判精神、发扬了鲁迅的思想传统，对小说作品的称赞，则常常强调其具有史诗性。这从一个特定的角度证明，百年来中国文学及小说，在文化属性和精神特质上依然是五四新文学运动的余绪。

二、精英小说中底层人物的负面形象

正如上文所述，中国现代小说是由现代政治精英和文化精英为了促进社会文化变革而共同呼吁和建构起来的文体，它自诞生以来，就作为这两个精英群体的文化武器，积极参与到救亡图存、建构民族国家的历史运动之中。作为政治精英和文化精英之间赖以沟通的共同语言之一，中国现代小说在20世纪的大多数时期都受到了隆盛的恩宠和礼遇，精英群体将它的批判、启蒙、社会动员、政治斗争等社会功能发挥到了极致，成全了它的功勋和荣光。

在它的黄金时代，政治精英和文化精英是其最重要的读者群，还有作为政治精英和文化精英的后备群体的青年学生更是现代文学的迷恋者。在某几个特殊时期，几乎所有的青年学生都是文学青年。他们不但是热情澎湃的文学读者，而且几乎都一度是文学的写作者。先秦士人"不学诗无以言"的文化风气，曾经反复出现在20世纪的社会文化运动之中，只是这句话的内容常常变更为"不学鲁迅无以言""不学胡适无以言""不学巴金无以言"。

由于文学是社会精英群体的共同语言，所以文学也就势必成为社会各阶层人士进入精英群体的准入证。作为主流文体的小说，在这种风气中所受到的尊崇，更是所有其他文体所不可比拟的。

作为精英话语的现代小说，从它诞生起就一直具有脱离民间社会、脱离社会底层人群的倾向，由于其过于强烈的启蒙冲动，甚至与底层人群的文化生活和精神生活形成了某种对立关系（启蒙与被启蒙）。由文化精英对民间社会进行思想启蒙和灵魂改造，一直是现代小说中甚为活跃的主题。

精英群体也常常强调要表现底层劳动人民的喜怒哀乐和生活面貌，但必定只能是按照自己的立场和趣味，来观照、剪裁、塑造底层人民形象，创作者对这些人物所施加的批判与失望往往超过所给予的同情。精英群体急切地期望底层人民理解自己的思想立场、文化目标、社会追求，并追随自己为这些目标共同奋斗。由于一时得不到理解，他们就对底层人民表现出嘲弄、批判的冲动，尽管同时也有或浓或淡的同情，但是，这些同情不足以促使他们去理解底层人民的文化信念、审美趣味、生活习性、情感期待，所以，他们的整体倾向是把底层人民定义为无知、自私、狭隘、愚昧、奴性、麻木、低级趣味的负面人物。

在中国现代小说史上，精英群体按照自己的视角和趣味塑造了华老栓、华小栓、闰土、阿Q、小D、祥林嫂、三仙姑（赵树理《小二黑结婚》）、陈奂生（高晓声《陈奂生上城》）等底层人民形象，塑造这些人物形象的作品被作为深刻表现底层人群社会特征和文化特征的典范作品，在精英群体中广泛流传。精英群体带着批判的冲动、启蒙的激情、拯救的善意，对这些形象所代表的底层群体进行反复的描述和展示，以图教育之、改造之。作为精英文化之一部分的现代小说，通过这种大规模的、频繁的、复制式的描述和展示营造了自身的繁荣和浩瀚，精英群体的作者和读者在这种锲而不舍的创作和展示中充分体验了自身的勤奋和崇高。

可是，塑造这些底层人物形象的精英小说，究竟跟这些底层人有没有文化上的关联？消费这些底层人形象的精英群体，跟这些底层人究竟有多少精神上、情感上的沟通？

实际上底层人从来没有听懂过精英群体的意思，也从来没有生活在精英群体所构建的论题和语境之中。底层群体一直保留了远古时代遗留下来的精神文化，古人敬天礼神的宇宙观和生活态度从来没有从底层社会消失过。底层社会从来不是单纯由人组成的，每一间简陋的草房或者瓦房里都同时生活着灶神、门神、村神、傩神、天神、土地神、祖先神、冤鬼、厉鬼、猫魂、狗魂、老鼠精、狐狸精以及房主一家。这个复杂的鬼神世界不但存在于底层人民的家中，还存在于底层社会的所有公共空间，祠堂、庙宇、集市、店铺、村巷、道路、驿站、亭阁楼台、山川田野，无不被这个复杂的鬼神世界所覆盖。

他们的心灵空间也完整地体现了这个鬼神世界的复杂性和丰富性。在处理人间的事务时，底层人必须借助鬼神的方式，否则他们将不知所措。在处理鬼神的事务时，底层人必须借助人事的方式，否则他们也将不知所措。当他们遇到社会难题或者人生困境时，求神问卜是他们通常的选择之一。当他们侍奉鬼神时，他们祭献酒食、燔奉钱财、张口求告、虔诚许愿，犹如侍奉掌握着他们命运的世俗官长。如果说精英群体生活在人类社会的平面世界中，底层群体则是生活在一个由天堂、人间、地狱构成的立体世界之中。如果说精英群体的大脑装满了人类社会的尔虞我诈、权力财色，底层群体的大脑则柴米油盐之外还装满了天神地祇、妖魔鬼怪，以及这些鬼神与芸芸众生相辅相成、相助相残、相爱相恨、相交相错的古今传奇。

底层人民的精神空间是一个上天入地、大起大落、大开大合的世界，它的丰富性、原始性、根本性常常是精英群体的文化想象力所不可抵达的。那些借助一个文人、两个官员、三个地痞、四个商人、五个小姐、六个嫖客来演绎人间恩怨是非的精英小说与底层人的精神世界相比，难免显得单薄、浅陋、苍白，二者几乎可以说格格不入。

与底层人民的精神世界相对应，他们的审美趣味也带上了若干仙韵神味、妖氛鬼气，而且有自己独特的符号体系和主题模式。或者帝王将相、才子佳人，或者仙女下凡、狐狸成仙。讲英雄传奇必须有勇有谋、有功有德，讲爱情故事必须死后团圆，讲牛郎织女必须藕断丝连，讲大奸大恶必须见到报应，讲大善大美必须见到美满结局，讲平凡人物则深谙人兽一般的哲理，对人性阴暗面的理解总是那么通透而又宽厚。

由中国文化精英和政治精英共同建构的现代小说却只从西方现代小说中移植了世俗关怀和社会风貌的命题，而将他们天上人间的广阔性和丰富性、上天入地的辽阔思维和伟大气魄不自觉地抛弃掉。我们移植的实际上只是一株既不带泥土和枝叶，也不带生命和灵魂的朽木。这棵朽木引进之后，我们的精英群体也没有及时将本土的魂灵附着其中，反倒有意识地要利用这棵朽木向本土文化的丰富性、广阔性宣战，决意要以此改造我们的文化和灵魂。

100年的时间倏忽而过，虽然还不到尘埃落定的时候，但是有一点是十分清楚的，这种企图成为中国社会百科全书的文体，实际上对中国底层人民真实的文化生活和精神生活进行了前所未有的肢解和歪曲，给我们的文化和灵魂造成了巨大的破坏和混乱。

三、人民文艺观与人民小说的蓬勃发展

就像五四时期的小说有意抵制中国古典小说的影响一样，在革命运动中发展起来的小说，也有意抵制五四小说贬低劳动人民之思想倾向之影响，而放大了它用以进行政治组织和社会动员的功能设置。

五四爱国运动爆发的那一年，即1919年，毛泽东在《湘江评论·创刊宣言》中指出："世界什么问题最大？吃饭问题最大。什么力量最强？民众联合的力量最强。"鲁迅笔下的愚民，到毛泽东笔下，成了有力量拯救国家灭亡的"民众"——他们成了国家得救的希望所在。一代新人日渐具备此种认识，逐步形成了新的思潮。这种左翼思潮与时代苦难相互激荡，演变为工人运动、农民运动、工人起义、农民起义，一种新的政治力量随之登上历史舞台，中国社会的政治格局因此产生了微妙的变化。以毛泽东、李大钊、瞿秋白、彭湃、蔡和森、方志敏、刘志丹为代表的共产党人，自觉地对这种新生的政治力量加以组织、引导，使之凝聚为反抗殖民

帝国与买办、挽救国家与种族、创造历史与未来的革命洪流，最终取得了胜利，给世界带来了翻天覆地的变化。

这个历史进程，给中国文学注入了崭新的灵魂和气质，中国现代小说因此产生了脱胎换骨的变化。毛主席《在延安文艺座谈会上的讲话》发表之前，就有不少作家将笔触瞄准工农大众，书写他们对罪恶社会的抗争，以及改变命运的渴望。《在延安文艺座谈会上的讲话》发表之后，进步作家犹如找到了指路明灯。

《在延安文艺座谈会上的讲话》的发表，显然是个重大事件。该文指导作家解决了两个重大问题。首先，文学艺术为谁服务的问题，这是有史以来所有从事创作的人，从来没有明确意识到的问题。毛主席指出，我们的文学艺术，乃是为人民大众服务的，是用以鼓动、组织劳动人民进行反抗、创造历史的，因而，我们的文艺创作，应该以劳动人民为主人公，应该表现他们追求翻身、谋求幸福的内在渴望，讴歌他们为掌握自己的命运而勇猛奋斗的伟大精神。其次，文艺创作者与劳动人民的关系问题。文艺创作者要表现好劳动人民的思想感情和伟大奋斗，必须具有劳动人民的立场，与劳动人民达到感情的一致。所以，作家在阶级立场、感情倾向上，必须跟劳动人民一体化，成为劳动人民的一员。

毛主席这些前所未有的思想理论，使文艺家的世界观、政治观、历史观、人民观、革命观、文艺观、观察生活的角度以及内在的感情世界，得到重新整治和改造。创作主体的巨大变化给中国文艺及小说创作带来了革命性的变化。在鲁迅笔下显得愚昧、麻木、自私、逆来顺受、相互伤害的劳动人民，在新一代作家的笔下，呈现出敢于斗争、敢于反抗、敢于改变命运、敢于为追求理想社会而献身的强大力量和精神光辉。

赵树理笔下的小二黑、李有才、潘永福，贺敬之笔下的白毛女、大春，丁玲笔下的张裕民、程仁，杜鹏程笔下的周大勇、彭德怀，柳青笔下的梁生宝，周立波笔下的刘雨生、盛淑君、邓秀梅、李月辉、盛佑亭，梁斌笔下的朱老巩、朱老忠、江涛、运涛、大贵、二贵，马烽笔下的刘胡兰，曲波笔下的少剑波、杨子荣、李勇奇，姚雪垠笔下的李自成、刘宗敏，王汶石笔下的张腊月、吴淑兰等，他们的阶级地位跟鲁迅笔下的闰土、阿 Q、七斤、华老栓等人物类同，都是备受压迫的底层劳动人民，或者是从底层成长起来的革命者。他们站在读者面前的形象，与鲁迅笔下的人物迥然不同。他们或者是富于反抗精神的斗争者（朱老巩、朱老忠），或者是为了消灭黑暗势力而不惜牺牲生命的勇士（刘胡兰、杨子荣），或者是为改变国家与人民命运而奋斗的军事将领（彭德怀、周大勇、李自成、刘宗敏），或者是为创造新时代、新生活而积极奉献的模范（梁生宝、张腊月、吴淑兰）。总之，他们都表现出掌握自己命运、创造美好社会的伟大理想和与之相称的伟大力量。

同是备受压迫的底层劳动人民，在鲁迅笔下和革命作家笔下所呈现的形象别若霄壤，完全是两重世界。

为什么会出现这种情况？或许可以解释说革命作家遇上了风起云涌的革命浪潮，广大劳动人民已经投身于改变民族命运和自身命运的伟大斗争之中，而鲁迅时代，这种革命浪潮尚未来临，劳动人民正处于逆来顺受的沉默之中。

这种解释很难具有完备的说服力，因为第一，中国革命高潮的来临，恰好是鲁迅作为著名作家声誉日益隆盛的 20 世纪二三十年代，而鲁迅并没有将革命中的人民作为小说主人公。即使没有革命高潮的来临，中国历史上劳动人民的反抗，此起彼伏，从来没有间断过，《陈涉世家》就表现并赞许过这种反抗。近世以来，李自成、张献忠、洪秀全、冯云山、杨秀清、萧朝贵、各地捻军、义和团等反抗运动，从来没有离开过文人学士的知识视野。中国文学传统中，描写底层反抗者的作品也颇得文人学士的认可。司马迁笔下的陈胜、吴广、韩信、樊哙、周勃、英布、李谈（同）、豫让、卜式，施耐庵笔下的水浒英雄阮小二、阮小五、阮小七、张顺、张横、解珍、解宝、陶宗旺、李逵、武松、鲁智深等，都是富有反抗精神或献身精神的底层人民。在赵树理、贺敬之、丁玲、周立波、蒋光慈、姚雪垠等革命作家出现之前，为什么没有作家能够塑造出富于反抗精神的劳动人民文学典型？

问题的关键在于作家作为创作主体，有没有思想能力理解中国革命的性质和使命，有没有思想能力理解人民的力量和诉求。是毛泽东《在延安文艺座谈会上的讲话》给一代作家赋予了人民立场和人民文学观，使得作家终于能够发现底层劳动人民的革命立场和热情，能够发现底层劳动人民掌握自己命运的内在渴望和创造历史的伟大力量。作家和文艺家一旦拥有了人民立场，一旦理解了人民的感情，一旦发现通过革命团体的宣传、激发、组织工作，人民群众能凝聚成改变现实、创造历史的伟大力量，就愿意用自己的文字或其他艺术手段参与到对人民群众的宣传、激发、组织工作之中，并致力于描述、表现人民群众改变自己命运、改造社会现实的历史实践和精神风貌。

经过两三代作家几十年的辛勤创作，一种新的小说模式诞生，形成了庞大的规模。它既不同于中国古代小说，也不同于西方小说，甚至也不同于五四时期的小说。这是一种自成一体的现代小说。总结起来，如下几点颇值得注意。

第一，这种创作思想、创作思路，形成了一个庞大的文学运动，这个文学运动由革命文学运动和社会主义文学运动合二而一，可以称之为人民文学和人民文艺。这个人民文学是在具有革命性的文学观激发下逐步展开的，以毛泽东《在延安文艺座谈会上的讲话》的文学思想为指导，形成了波澜壮阔、声势浩大的文学思想革命运动。为人民创作、站在人民立场创作、以人民的感情创作，是这种文学思想的核心特点。

第二，这个文学运动是在中国革命的历史运动中产生的，是中国革命运动的一部分。当年在延安召开文艺座谈会的目的，毛主席讲得很清楚，就是要"研究文艺工作和一般革命工作的关系，求得革命文艺的正确发展，求得革命文艺对其他革命工作的更好的协助，借以打倒我们民族的敌人，完成民族解放的任务"。为什么呢？因为"在我们为中国人民解放的斗争中，有各种的战线，就中也可以说有文武两个战线，这就是文化战线和军事战线。我们要战胜敌人，首先要依靠手里拿枪的军队。但是仅仅有这种军队是不够的，我们还要有文化的军队，这是团结自己、战胜敌人必不可少的一支军队"（毛泽东《在延安文艺座谈会上的讲话》）。一场配合军事斗争和政治斗争的文学运动，后来取得蔚为大观的成就，古往今来所仅见。由于中国革命具有改天换地的崇高性质，这场服务于革命、服务于人民的文学运动也相应地具备崇高意义。

第三，伴随着中国革命历史进程的这场文艺革命运动，诞生了数以万计的文艺家和文学家。投身于文艺思想建设和文学创作的文学家大约可以分为三代人。他们大多是中国革命运动的参与者（老革命）。他们首先是一位投身革命，为民族解放、人民翻身而奋斗的战士，然后才是小说家或艺术家。其次，他们大多既有或多或少的中国古代文化和古代文献修养，又有一定的西方文学和西方文化修养，可谓学贯中西。最后，他们大多具有深厚的革命理论修养，谙熟马列主义政治经济学说、阶级斗争学说和文艺学说，理解社会主义历史方向，对中国社会结构及各阶级人物具有深刻的研究。他们是有文化的时代精英。

第四，这个文学运动涌现了一大批与人民文艺观和人民文学观相一致的文学作品，长篇小说与短篇小说都取得了辉煌成就。经过几十年时间的沉淀，一些作品已经占据经典地位，比如《小二黑结婚》《李有才板话》《暴风骤雨》《太阳照在桑干河上》《荷花淀》《吕梁英雄传》《山乡巨变》《红旗谱》《红日》《红岩》《青春之歌》《保卫延安》《林海雪原》《铁道游击队》《创业史》《三家巷》《风雷》《李自成》《上海的早晨》《艳阳天》等。

第五，作为这些小说之主人公的底层劳动人民，精神状态呈现出开朗、欢乐、奉献、自信、积极向上、敢于反抗、敢于开创新生活等一系列正面特征，与西方文学、中国古典文学、五四新文学中的劳动人民迥然不同，与鲁迅笔下自私、压抑、愚昧、麻木的人民形象尤其大相径庭。赵树理《小二黑结婚》出现不久，就有敏感的批评家指出，由于赵树理的出现，中国现代文学史上第一次出现了活泼、健朗、正面的中国农民形象。这种文学风貌的改变固然得益于中国革命对底层劳动人民命运、地位和精神风貌的改变，更主要的是，这几代作家作为中国革命和文学革命运动的参与者，能够自觉地从浑朴的现实生活中发现并捕捉劳动人民掌握自己命运的渴望和创作历史的力量。

第六，在持续几十年的文学革命运动中所诞生的千千万万件小说作品，在社会理想（社会主义）、内容（民主革命和社会主义革命）、主题（投身革命以求改变命运、谋求尊严）、人物构成（底层劳动人民）、人物关系（革命与反革命、先进与落后）等方面高度一致，而且具有共同的精神气质和美学风格。如此辽阔的文学现象，如此罕见的共同性和一致性，足以形成在世界文学史上独具风格的小说类型和小说模式。将这种小说类型和小说模式命名为人民小说十分合适。这种人民小说是中国现代小说的主体，它不但规模大、持续时间长，而且群峰迭起、成就辉煌、经典众多，无疑是现代小说的高峰。

第七，人民小说最杰出的艺术成就在于久经革命烈火淬炼而达到的美学特征。这种美学特征究竟是什么呢？是刚健、从容、自信、喜乐，是阳光灿烂、红霞满天，是勇往直前的果决，是改天换地的力量。小二黑（《小二黑结婚》）、李有才（《李有才板话》）、周大勇（《保卫延安》）、杨子荣（《林海雪原》）、梁生宝（《创业史》）、萧长春（《艳阳天》）、李自成（《李自成》）等小说人物身上，常常让人感受到中国人力图掌握自己命运的那种坚毅、豪迈、英勇，掌握命运之后的那种自信、从容、喜乐。他们生活在一个苦难而又伟大的国家，生活在一个血腥而又伟大的时代，他们相信自己能够铲平血腥、消灭苦难，创造出一个公平、正义、有尊严的天下。他们因为坚信自己的理想必将成功，而常常充满了主人公和创造者的力量感、豪迈感、成就感、幸福感。

不仅小说取得了如此伟大的成功，与革命事业相伴而生的其他艺术形式（绘画、雕塑、音乐、歌曲、戏剧等）的作品也取得了同样伟大的成就，其精神气质和美学风格跟人民小说基本一致。

持续几十年的人民文学运动和人民艺术运动，为中国人民的革命斗争和翻身解放建立了伟大功勋。它已自成一体，自成传统，如果继续发展，有可能会出现奇峰突起的伟大作品。

四、历史虚无主义思潮与个人小说崛起

在毛泽东时代后期，由于一些政界人物对人民文艺观的理解和执行偏离正道，未能激发创作者的创造力，遏制了人民小说的发展，优秀作品为

数不多（其他艺术门类特别是戏曲、电影等则有较多优秀作品）。这种文艺政策的失误，激起了作家们的不满。进入新的历史时期之后，许多作家纷纷逃离人民文艺观的立场。但是，坚守人民文艺观的作家，毕竟还有一些，正所谓"故家遗俗，流风善政，犹有存者"（《孟子·公孙丑上》）。只是，随着时代的发展，坚守者越来越少，其地位越来越边缘化。

随着改革开放时代的到来，政治生态发生了巨大变化，文艺生态和小说生态也随之出现天翻地覆的改变。小说界先后出现了各种各样的创作倾向，其中一度起到主导作用并对人民文艺观起到消解作用的，是反思文学和先锋文学。

反思文学首先从"文革"、反右着手，对那两次政治运动给某些人之个人命运造成的伤害予以批评与控诉，后来发展为反思"大跃进"运动、肃反运动、土改运动。最后对整个中国历史、中国文化、中国社会生活，均展开尖锐的批评与解构。反思文学越过人民文学的浩大传统，直接继承了五四新文化运动的片面批判中国历史和中国人民的传统，对清末以来殖民主义者所加给中国的诬陷性描述和歧视性批判照单全收，用比五四一代更为细致的文学笔触，对他们想象中的中国社会的黑暗、中国文化的丑陋、中国国民的愚昧进行了淋漓尽致的展现和愤恨交加的批判。鲁迅时代即把中国历史命名为"吃人"历史，把中国祖先命名为"有罪"（胡适语）祖先。到了反思文学高潮之际，台湾柏杨谬说传入大陆，"中国文化是酱缸，中国人是酱缸蛆"的著名论断受到许多人肯定。许多作家以此等邪说作为创作指导，把鲁迅小说对底层劳动人民的负面描述拓展为对中华民族生活的各个层面、各个领域进行妖魔化批判。这一类型的小说创作，对新时期历史虚无主义和逆向种族主义思潮的形成和膨胀起到了推波助澜作用。中国的精神文化由此跌入鸦片战争以来的谷底。

先锋文学离人民文学观更加遥远，它是在西方文化思潮和文学范式的影响下爆发性出现的。在殖民扩张的历史进程中，西方资本主义掠夺型经济疯狂发展，对包括西方在内的世界各民族社会文化造成巨大震荡。那时现实主义文学成为西方文学主流。两次世界大战使西方社会元气大伤，对西方人的精神伤害也很严重。加上西方殖民势力受到殖民地独立运动的压力，控制世界的能力明显衰落，一种颓败的末世情绪笼罩着西方文化的各个领域。当中国与"世界"（也就是西方）接轨时，正好与这种没落的、挣扎的、阴暗的、怀疑的、绝望的、歇斯底里的末世文化迎头相撞。中国文艺一头栽进西方现代主义、后现代主义的怀抱，如饥似渴地吃够了后现代的奶水，给中国读者贡献了一种前所未有的小说模式和美学风范。这种现代主义、后现代主义的文化精神，在中国社会经过将近40年的发展，影响日益强大。当中国社会经济蒸蒸日上、综合国力节节攀升时，我们的精神文化却不见与之相称的朝气蓬勃、昂扬高歌气质，随处可见自私、自虐、孤独感、荒谬感、反文化、反体制、反崇高、无情无义、道德沦丧、掠夺财富买颓废等末世景象。这种精神文化与社会现实的严重脱节，与改革开放之初片面地崇尚并引进西方文化资源密切相关。

当反思文学和先锋文学之思潮形成合流，它们的反正统、反体制、反文化、反历史、反崇高、反理想、反理性的解构性质愈益突出，成为几十年来泛滥成灾的历史虚无主义和逆向种族主义的重要组成部分。

反思文学和先锋文学思潮，在检讨人民文艺观时，指出其重要的特点之一，是与国家意识形态和具体政策结合太紧密，造成作品的意义仅作用于一时。该思潮具有摆脱政治束缚的强烈诉求。但是，该思潮自身恰好也是高度政治化、高度意识形态化的，只不过他们急于反对的是这种特定的意识形态，提倡的是另一种特定的意识形态。其中反思文学跟政策的联系，一点也不比人民文学松散些。所不同的是，人民文学是从人民立场和民族大义立场出发配合政策的，反思文学则带有强烈的个人情绪和诉求。

在反思文学和先锋文学之外，还有其他一些文学思潮，其影响难于与反思文学和先锋文学并论，这种伴随历史虚无主义思潮而崛起的文学思想和小说创作现象，成为所谓新时期的文学主流。进入 21 世纪之后，这些名字逐渐淡化，但是立场、观念、方法已经成为新时代文学之基因，深刻影响着文学的走向。

奉行人民文艺观的小说家致力于理解人民的需求、民族的命运和时代的使命，并自觉地以自己的创作服务于这些伟大事物，参与到人民创造历史的实践之中，成为历史发展的促进者。这些作品天然地具有崇高气息和神圣意味。当创作者成为一个民族、一个时代的文化承载者，其作品也就自然成为这个民族、这个时代的伟大精神的体现者。如果这个创作者文化积累格外深厚、思想格外深刻、才华格外杰出，其作品自然就成为在一个时代诸多优秀作品（"高原"）中卓越耸立的"高峰"作品。"新时期"以来的小说致力于反对并解构这些伟大事物，常常以个人利益和情绪臧否世界，演绎世事，不屑于研究民族复兴的伟大时代，不屑于理解人民的奋斗和诉求，甚至不屑于正视人民的存在，其胸襟情怀，与秉持人民文艺观的小说家相比，判若云泥。

当以马克思列宁主义、毛泽东思想为理论支撑的人民文学观和人民艺术观遭遇时代浪潮的冲击与批判时，其理论支撑也难免跟着遭遇质疑和解构，至少是严重地淡化、边缘化。文学生产作为社会文化生产的一部分，失去了大道的引导和规范，犹如一匹狂躁的野马，在恶欲和潜意识的荒原上横冲直撞。这些作品可着劲儿地比病态、比阴暗、比狠毒、比疯狂、比自私、比堕落、比荒谬，表面上颇为繁荣，实际上比荒原更加荒凉。此时当然不会出现文学的高峰，而只会出现精神的深渊。一个民族和时代，如果没有被这种小说和文艺完全拽入深渊已经是万幸。

这些特定时期的小说离人民越来越远，命名为个人小说也许比较恰当。这种个人小说带着末世的阴暗、狠毒等精神病毒，无限繁衍蔓延，创造着虚假的繁荣，实际上却陷入深渊无力自拔。如果没有特殊的契机使之回归人民文学和中国古典文学的伟大传统，小说创作恐怕不会找到出路，其唯一的命运就是被人民和历史抛弃。

五、余论：光与暗，道与德

魏连殳（鲁迅《孤独者》）是生活在"三千年未有之大变局"中的一个读书人，他因找不到出路而愤世嫉俗，因愤世嫉俗而孤独，因孤独而荒谬。他把世界看得一片黑暗，深深憎恶一切人。鲁迅说，文学是国民精神的光。魏连殳完全看不见国民精神的光，不是因为没有光，而是因为他看不到，而是因为他自己内心没有光。盲人都知道世界上是有光的，只是自己看不到。为什么精英小说和个人小说的作者如此骄傲，敢于认为世界没有光，而不承认是自己看不到呢？心盲症患者与目盲症患者，其表现形式何其迥异。

这跟特定的历史语境和社会文化生态有关。一个作家能写出杰出作品是因为作家能够成为民族文化的承载者、时代精神的理解者、国民精神的观察者，也就是说伟大作品得之于民族精神者甚多，得之于个人禀赋者则少些。如果民族生活、时代文化飘摇无着，生死不定，作家笔下就很难笃定。

"治天下者定所尚（崇尚）。所尚一定，至于万千年而不变，使民之耳目纯于一，而子孙有所守，易以为治。"（苏洵《审势》）"万千年而不变"

的"所尚",究竟为何?理想也,信念也,大道也。

　　从精英小说,到人民小说,再到个人小说,百年来小说创作的起伏,恰是政治文化生态颠簸动荡之历史的体现。清末以降,中华遭遇前所未有的大敌和危机,带着保国保种保教的心愿,左冲右突百余年,依然无法获得新生。精英群体因失败而恐惧,而慌乱,而绝望,而荒谬。煎熬百年,渐失大道。大道既失,也就看不见民族生活深处的光。虽然在某个历史时期,找到了大道,获得了保国保种的胜利,其成就光芒万丈,并产生了历史上绝无仅有的人民小说、人民文学和人民文艺,可是,只要出现一点点瑕疵,精英群体又旧病复发,重归慌乱,重患心盲症。大道犹存,却没法获得持续的、坚定的认可,没法做到"子孙有所守"。

　　指明"大道既失",并不意味着创作者没有个人责任。刘勰说:"文之为德也大矣!"(《文心雕龙·原道》)德者,明道也,体道也。作家不能皈依大道,却热衷于随波逐流、非圣乖经,其"文"也就失去凭依,成为脱离人民大道和民族大道的私欲发泄。

　　中国近代以来的挣扎与拼搏,以及高歌猛进所取得的伟大成就,堪称惊天地而泣鬼神,这样的苦难与荣光,必将出现与之相匹配的大思想家、大文学家。当务之急是恢复民族自信,进行切实的文化建设和精神建设。当国人在新的历史语境中重建"所尚",重归大道,文学的"高峰"之作一定会拔地而起,直指云天。

(原载中国艺术研究院科研管理处编《文艺创作"高峰"问题研讨集》,文化艺术出版社 2019 年版)

马克思、恩格斯为什么喜欢巴尔扎克

——关于文艺"高峰"问题的思考

鲁太光

引 言

习近平总书记在 2014 年主持召开的文艺工作座谈会上对改革开放以来我国文艺创作取得的成绩高度肯定的同时,也指出了存在的诸多问题。在这些问题中,首当其冲的就是文艺创作"有数量缺质量,有'高原'缺'高峰'"。由此,"文艺高峰"问题成为文艺界、理论界乃至社会各界关注的重要问题之一。

在笔者看来,"文艺高峰"问题不仅是一个现实问题,即如何创造条件,呼唤、激发文艺家的创作热情与艺术才能,创作出大量文艺精品,甚至"高峰"之作,为中国特色社会主义新时代赋形、赋能,使中国故事、中国声音、中国形象以更好的方式存留下来,传播开去,进入人心。"文艺高峰"问题更是一个重要的理论命题。古今中外文艺史上的一些现象就是这一理论命题的鲜活证据。比如,为什么有的时候我们的文艺史上高峰并举、蔚为大观，就像"盛唐气象"；而有的时候我们的文艺史上名家名作极少，甚至一峰独秀？比如，为什么有的民族、国家名家辈出，高峰绵延，就像俄罗斯文艺的高空中，不仅有普希金这样辉煌灿烂的太阳，还有诸如托尔斯泰、陀思妥耶夫斯基、果戈理、高尔基、肖洛霍夫等璀璨的巨星，长久地照耀着、滋养着自己的民族、人民，甚至成为整个人类的文明遗产；而有的民族、国家的文艺星空则暗淡得多、贫乏得多？这一系列问号都需要经过精细的理论探讨才有可能得到正确的回答，或者部分正确的回答。因此，有必要结合中外文艺史对"文艺高峰"问题进行多维探讨，以为"文艺高峰"设定理论坐标，把通向"文艺高峰"所需的坐标点标示出来，为当下的文艺创作、研究提供参考。

基于这一目的，笔者在本文中着力探讨文艺高峰与时代的关系问题。笔者认为，要想创作优秀的文艺作品，甚至"高峰"之作，需要满足两个条件：一个充分条件，一个必要条件。充分条件是必须深入观察时代、研究时代，从而抓住社会本质，或者说时代精神。必要条件是抓住社会本质或时代精神后，还必须为其找到最合适的形式。不过，抽象的理论问题最好从平易的事实出发。因此，我将从对巴尔扎克及其作品的解读出发，或者说，从我的一个困惑——马克思、恩格斯为什么那么喜欢、重视巴尔扎克——出发，开始这个问题的探讨。

一

在《评普鲁士最近的书报检查令》中，马克思有这样一段话："你们赞美大自然悦人心目的千变万化和无穷无尽的丰富宝藏，你们并不要求玫瑰花和紫罗兰散发出同样的芳香，但你们为什么却要求世界上最丰富的东西——精神只能有一种存在形式呢？我是一个幽默家，可是法律却命令我用严肃的笔调。我是一个激情的人，可是法律却指定我用谦逊的风格。没有色彩就是这种自由唯一许可的色彩。"[1] 这段话是批评当时的《普鲁士书报检查令》的，有极强的现实针对性，但也隐约透露了马克思的美学趣味，更具体地说，他的文艺趣味。从这段话中可以看得出来，马克思的文艺观是比较开放、多元的，对"精神"的一切有益的"形式"，他都是愿意亲近、接受、欣赏的。

相关回忆录和资料也印证了这一点。苏联著名的马克思主义文艺理论家里夫希茨就曾指出："马克思读过许多种语言的文学作品，包括俄语的在内。他对文学史方面的学术著作也很感兴趣。"[2] 他还进一步指出，"马克思的文学兴趣同他的历史哲学十分和谐一致。经常阅读埃斯库罗斯的作品以及马克思一家对莎士比亚的崇敬，是高度评价过去古典艺术形式的自然结果，这种评价同马克思主义的历史世界观是分不开的。对但丁的研究也属于这种情况；据同时代人的介绍，马克思对《神曲》熟得几乎可以背诵。在当代文学方面，瓦尔特·司各特的历史小说很得他的好感"[3]。对于像狄更斯、萨克雷、勃朗特女士、加斯克耳夫人、查理·利维尔等作家的创作，马克思也曾予以密切关注，他在为《纽约每日论坛报》所写的文章中如是评价这些作家："现代英国的一批杰出的小说家，他们在自己的卓越的、描写生动的书籍中向世界揭示的政治和社会真理，比一切职业政客、政论家和道德家加在一起所揭示的还要多。"[4] 马克思同样非常喜欢 18

---

[1] 《马克思恩格斯全集》第一卷，人民出版社 1956 年版，第 7 页。
[2] ［苏］里夫希茨：《马克思论艺术和社会理想》，吴元迈译，人民文学出版社 1983 年版，第 271 页。
[3] ［苏］里夫希茨：《马克思论艺术和社会理想》，吴元迈译，人民文学出版社 1983 年版，第 271 页。
[4] ［苏］里夫希茨：《马克思论艺术和社会理想》，吴元迈译，人民文学出版社 1983 年版，第 272 页。

世纪的作家作品,对歌德、海涅等大家的作品,他更是耳熟能详,时常引用。

如果把马克思评价、引用的作家列一个名录,这个名录肯定不会很短,这显示了马克思开阔的艺术视野和开放的美学趣味。不过应该强调的是,尽管趣味多元,但马克思对文艺的要求却是十分严格的,这不只是说他对文艺的社会功能要求极高,他的审美感受极其敏锐。他所谈论的作家,不是名扬世界的古典文豪,就是别具一格的当代大家,就很能说明问题。如果看看他对具体作家作品的评论,比如他对欧仁·苏的长篇小说《巴黎的秘密》的评论,就更能显示出这一点来。

欧仁·苏(Eugène Sue,1804—1857)是19世纪法国小说家,他早期写过一些以海上生活为题材的惊险小说。从19世纪30年代末起,他转向社会生活、历史生活,开始写作"社会问题"小说,逐渐蜚声法国文坛,代表作《巴黎的秘密》更是轰动一时,连巴尔扎克也无法与其争锋。[①]这部小说先是在法国的《评论报》上连载,从1842年6月到1843年10月,连载了一年多。稍后以多卷本形式出版,全书共150多万字。小说在报上连载时就轰动了整个巴黎,并引起其他国家的注意,被译成英、德、意、荷、比几国文字出版。《巴黎的秘密》在德国也引起了较大反响,当时的"青年黑格尔派"就以布鲁诺·鲍威尔主编的《文学总汇报》为主阵地,高度评价并极力推介这部小说。《巴黎的秘密》也引起了时在英国的恩格斯的注意,他在1844年1月写的《大陆上的运动》中曾

---

① 1842年,巴尔扎克的《阿尔贝·萨瓦吕斯》问世后,遭遇一片冷落之声,而此前他却是读者的宠儿。作为对比,安德烈·莫洛亚说:"眼下连载小说的新霸主是欧仁·苏。全国上下都在等待《巴黎的秘密》的续篇。"参见[法]安德烈·莫洛亚《巴尔扎克传:普罗米修斯或巴尔扎克的一生》,艾珉、俞芷倩译,浙江大学出版社2014年版,第459页。

如是评价这部小说："欧仁·苏的著名小说《巴黎的秘密》给舆论界特别是德国的舆论界留下了一个强烈的印象：这本书以明显的笔调描写了大城市的'下层'等级所遭受的贫困和道德败坏，这种笔调不能不使社会关注所有无产者的状况。正像《文学总汇报》所说的，德国人开始发现，近10年来，在小说的性质方面发生了一个彻底的革命，先前在这类著作中充当主人公的是国王和王子，现在却是穷人和受轻视的阶级了，而构成小说内容的，则是这些人的生活和命运、欢乐和痛苦。最后，他们发现，作家当中的这个流派——乔治·桑、欧仁·苏、查·狄更斯就属于这一派——无疑的是时代的旗帜。"① 可见，恩格斯对欧仁·苏高度肯定。

以笔者的阅读体验看，恩格斯显然高估了《巴黎的秘密》②。在他的评论中，除了对小说描写对象的变化，以及这一变化的革命意义——穷人开始登上小说的历史舞台——这一总结十分正确且极具理论眼光外，其他的说法很难说是准确，尤其是他将欧仁·苏与乔治·桑、查·狄更斯并列，把他们看成"时代的旗帜"，更是欠妥。因为整体来看，欧仁·苏的小说大致应该算是通俗文学，小说情节离奇、故事稀奇、人物传奇，虽涉及大量社会现实，也在一定程度上揭露了当时社会的阴暗面，但却很难说有什么深度，有点类似晚清的"谴责小说"。以鲁迅对"谴责小说"的评价来定位它，似无不妥，即"其在小说，则揭发伏藏，显其弊恶，而于时政，严加纠弹，或更扩充，并及风俗。虽命意在于匡世，似与讽刺小说同伦，而辞气浮露，笔无藏锋，甚且过甚其辞，以合时人嗜好，则其度量技术之

---

① 《马克思恩格斯全集》第一卷，人民出版社1956年版，第594页。
② 恩格斯后来修正了自己的看法，他和马克思合写的《神圣家族》是对"青年黑格尔派"进行清算的，其中第五、第八两章对《巴黎的秘密》进行了严厉批评，这两章是马克思写的，但毫无疑问，二人统一过意见。

相去亦远矣"①。

　　大概是由于这个原因,再加上以布鲁诺·鲍威尔为核心的"青年黑格尔派"竭力通过对《巴黎的秘密》的阐释来传播自己的主观唯心主义哲学,马克思才在《神圣家族》中对其进行了毫不留情的批判。马克思不仅指出了这部小说在实践意义上的落后乃至反动,即以宗教的、神学的、道德的、理念的方式"批判"社会,其结果只能是自欺欺人,用马克思的原话说就是:"道德就是'行动上的软弱无力'。它一和恶习斗争,就遭到失败。"②而且还指出了这部小说美学上的失败,其最明显的表现就是小说主人公鲁道夫在道德与精神上的分裂,按照欧仁·苏的本意,按照"青年黑格尔派"的阐释,或者按照鲁道夫自己对自己的评价,他是"天使","他降临人世,以便从义人中把恶人分别出来,奖赏善人,惩罚恶人"。③然而,在马克思看来,"鲁道夫的整个性格完全表现为一种'纯粹'的伪善,正因为这样,所以他竟可以当自己的面和别人的面,巧妙地把自己的邪恶的情欲的发泄描述为对恶人的情欲的愤怒"④。这一切都体现在他对"校长"、萨拉·麦克格莱哥尔伯爵夫人以及雅克·弗兰的所作所为中。对"校长",他设计捕获了他,以拯救灵魂的名义,用私刑弄瞎了他的眼睛,而后又让他杀死自己的同谋"猫头鹰"。对萨拉·麦克格莱哥尔伯爵夫人,在揭开了玛丽花是他自己和伯爵夫人的女儿这个秘密后,他激愤如狂,折磨她,诅咒她,当濒死的萨拉祈求他的可怜时,这个"天使"竟恶狠狠地说:"死就死吧,该死的东西!"当他知道雅克·弗兰对玛丽花之死负有

---

① 《鲁迅全集》第九卷,人民文学出版社 2005 年版,第 291 页。
② 《马克思恩格斯全集》第二卷,人民出版社 1957 年版,第 255 页。
③ 《马克思恩格斯全集》第二卷,人民出版社 1957 年版,第 258 页。
④ 《马克思恩格斯全集》第二卷,人民出版社 1957 年版,第 261 页。

罪责时，他就要去杀死他！对自己与伯爵夫人的私生女玛丽花，看上去他是无比的仁慈、善良，可实际上却是无比的残忍、邪恶。鲁道夫把她从酒吧间"拯救"出来，先是送到他的"模范农场"——在这里，她过了一段恬静的日子，后来又转送到修道院去。跟玛丽花以前出没的酒吧间相比，她这是从一种"野蛮的"非人的境遇中转到一种"文明的"非人的境遇中去了。在这里，她的"富于人情的性格"即将结束——以前这个"在最不幸的环境中还知道在自己身上培养可爱的人类个性，在外表极端屈辱的条件下还能意识到自己的人的本质是自己的真正本质"①的美丽姑娘，现在却只能在"基督教的磔刑"下不断丧失自己"可爱的人类个性"与"真正本质"，直至郁郁而终。经由马克思的剖析，鲁道夫人格上的内在分裂、《巴黎的秘密》美学上的内在分裂一目了然，可马克思还不忘指出，"使鲁道夫能够实现其全部救世事业和神奇治疗的万应灵丹不是他的漂亮话，而是他的现钱"②。由此，这部小说道德上的伪善、思想上的落后一览无余。

实际上，不只是对欧仁·苏，对当时的其他作家，比如斐迪南·拉萨尔，马克思对他们的作品也都从历史的与美学的角度提出了批评。不过却有一个例外：马克思对与他同时代的法国批判现实主义作家巴尔扎克格外青睐。③据马克思的女婿、杰出的马克思主义思想家和宣传者拉法格说，在世界上所有的小说家之中，马克思最推崇塞万提斯和巴尔扎克。将巴尔扎克与塞万提斯并列，这已经够重视了，但据拉法格回忆，马克思还"曾

---

① 《马克思恩格斯全集》第二卷，人民出版社1957年版，第223页。
② 《马克思恩格斯全集》第二卷，人民出版社1957年版，第255页。
③ 马克思出生于1818年5月5日，逝世于1883年3月14日；巴尔扎克出生于1799年，逝世于1850年8月18日。巴尔扎克比马克思早出生19年，早离世32年多。他们二人有32年重叠时间，是真正的同时代人。

经计划在一完成自己的政治经济学著作之后,就要写一篇关于巴尔扎克的卷帙浩繁的《人间喜剧》的文章"①。由于主要致力于研究人类社会,特别是资本主义的政治经济学秘密的研究,马克思虽然非常关注文艺,但专论却很少。由此可见,虽然由于种种原因他关于巴尔扎克《人间喜剧》的专论并未写成,但这个写作计划本身就足以显示出他对巴尔扎克的重视。

二

与马克思一样,恩格斯对巴尔扎克也是高度重视,几乎将其作品视作现实主义的典范,甚至以其创作为依据展开自己关于现实主义的理论阐释。在《致玛格丽特·哈克奈斯》中,恩格斯提出现实主义的意思是"除细节的真实外,还要真实地再现典型环境中的典型人物"后,就以咏叹调一样的词句称赞巴尔扎克,认为他是"比过去、现在和未来的一切左拉都要伟大得多的现实主义大师",认为他的创作是"现实主义的最伟大的胜利"②。如果阅读过恩格斯相关的文艺论述,就会发现他对巴尔扎克是多么的重视——相比于马克思,恩格斯论文艺的文字相对多一些,可在这些文字中,批评占了绝大多数,即使对歌德这位德国文艺巨匠,他也没有这么尊重,这么喜欢,这么不遗余力地褒扬。在《诗歌和散文中的德国社会主义》一文中,在对卡尔·格律恩《从人的观点论歌德》进行批评时,他就捎带着对歌德进行了严厉批评,认为他"对当时的德国社会的态度是带有两重性的","在他心中经常进行着天才诗人和法兰克福市议员的谨慎的儿

---

① [苏]里夫希茨:《马克思论艺术和社会理想》,吴元迈译,人民文学出版社1983年版,第273页。
② 《马克思恩格斯文集》第十卷,人民出版社2009年版,第571页。

子、可敬的魏玛的枢密顾问之间的斗争；前者厌恶周围环境的鄙俗气，而后者却不得不对这种鄙俗气妥协，迁就。因此，歌德有时非常伟大，有时极为渺小；有时是叛逆的、爱嘲笑的、鄙视世界的天才，有时则是谨小慎微、事事知足、胸襟狭隘的庸人"①。

借用时下的一句话，没有对比就没有伤害。略微熟悉巴尔扎克作品及其生平的人，就会知道，巴尔扎克对当时法国社会的态度同样是"具有两重性的"，他曾直言自己是在"宗教和君主政体两种永恒真理的引导之下"写作，并呼吁"凡是有良知的作家都应该力图把我们的国家重新引回到这两条大道上去"②。这难道不够鄙俗、狭隘、平庸、落后吗？可是，恩格斯却认为由于秉持艺术上的现实主义精神，巴尔扎克不仅克服了自己的"阶级同情和政治偏见"，而且还"在当时唯一能找到未来的真正的人的地方看到了这样的人"。③可实际上，尽管巴尔扎克在小说中对他倾慕的"贵族男女"给予了空前尖刻的嘲讽，但我们却很难说他克服了自己的"阶级同情和政治偏见"，也很难说他"看到"了为未来社会所需要的"真正的人"。在晚年的长篇小说《农民》中，他对贵族依然充满同情，对农民也不乏偏见。

由此可见，相较于对巴尔扎克的态度而言，恩格斯对歌德的批评可能是正确的，但却不一定是公平的。由此一个重要问题浮现出来：马克思、恩格斯为什么如此重视并高度评价巴尔扎克其人、其作？

固然，恩格斯在《致玛格丽特·哈克奈斯》中说得都有道理，巴尔

---

① 《马克思恩格斯全集》第四卷，人民出版社1958年版，第256页。
② [法]巴尔扎克：《人间喜剧》"前言"，载伍蠡甫、胡经之主编《西方文艺理论名著选编》(中卷)，朱光潜译，北京大学出版社1986年版，第113页。
③ 《马克思恩格斯文集》第十卷，人民出版社2009年版，第571页。

扎克在《人间喜剧》里给我们"提供了一幅法国'社会',特别是巴黎上流社会的无比精彩的现实主义历史",而且他还"围绕着这幅中心图画","汇编了一部完整的法国社会的历史",恩格斯(包括我们)"从这里,甚至在经济细节方面(诸如革命以后动产和不动产的重新分配)所学到的东西,也要比从当时所有职业的史学家、经济学家和统计学家那里学到的全部东西还要多"。[①]然而,说老实话,仅有这些,不仅不足以让马克思、恩格斯给予巴尔扎克这么高的评价,甚至难以说服我们,因为这些内容,在马克思、恩格斯所批评的诸如《巴黎的秘密》《城市姑娘》《旧人与新人》等作品中都有所涉及,尽管这些作家的笔不如巴尔扎克那么神奇有力,不如他写得那么活色生香。因此,我们必须从另外的地方入手,寻找答案。

三

关于这个问题,拉法格的说法可供参考。在他看来,马克思、恩格斯之所以如此重视巴尔扎克,是因为"巴尔扎克不仅是当代社会生活的历史家,而且是一个创造者,他预先创造了在路易·菲利普王朝时还不过处于萌芽状态,而直到拿破仑第三时代,即巴尔扎克死了以后才发展成熟的典型人物"[②]。拉法格的说法很有意思,也很有启发。比如,在《驴皮记》(1831)中,拉法埃尔那放浪的朋友就曾发出过如下看似癫狂却又无比真实的议论:"政府,也就是银行家和律师们的新贵族政权机构,今天他们利用祖国,就像过去教士们利用君主专制政权。他们觉得有必要利用新字

---

① 《马克思恩格斯文集》第十卷,人民出版社2009年版,第570—571页。
② [苏]里夫希茨:《马克思论艺术和社会理想》,吴元迈译,人民文学出版社1983年版,第273页。

眼和旧思想来迷惑善良的法国民众，就像各派哲学家和各个时代的当权人物所做的那样。问题就在于要给我们造成一种声势浩大和全国一致的舆论，从而给我们证明：给由某某先生所代表的祖国缴纳十二亿法郎三十三生丁的税，要比给只说我而不说我们的国王缴纳十一亿法郎九生丁的税更为幸福得多。"① 无需多引，仅这一段话，就可窥察到巴尔扎克对当时法国社会，尤其是统治阶层本质的认识是多么透彻，他的批判又是多么的不留情面！

再看看马克思的说法。在《路易·波拿巴的雾月十八日》(1852) 中，马克思如是说："新的社会形态一形成，远古的巨人连同复活的罗马古董——所有这些布鲁土斯们、格拉古们、普卜利科拉们、护民官们、元老们以及恺撒本人就都消失不见了。冷静务实的资产阶级社会把萨伊们、库辛们、鲁瓦耶-科拉尔们、本杰明·贡斯当们和基佐们当作自己真正的翻译和代言人；它的真正统帅坐在营业所的办公桌后面，他的政治首领是肥头肥脑的路易十八。"② 对比一下马克思与巴尔扎克的话，就会发现除了具体修辞不一样，所指完全一样。他们对其典型人物刻画之传神、对其修辞记录之真实，令人叹为观止。

值得注意的是，这两段话的写作时间前后相距 20 多年，可见拉法格所言不虚——巴尔扎克"预先创造"了 19 世纪法国社会的"典型人物"。不过问题随之而来：巴尔扎克是怎样"预先创造"的呢？

笔者以为，巴尔扎克能做到这一点，首先是因为他深刻地认识到了他所处时代的本质。巴尔扎克生于 1799 年，去世于 1850 年，经历了 19 世

---

① [法] 巴尔扎克：《人间喜剧》第 20 卷，黄晋凯、王文融、陆秉慧等编校，人民文学出版社 1994 年版，第 50—51 页。
② 《马克思恩格斯全集》第二卷，人民出版社 1957 年版，第 471—472 页。

纪前半叶的法国社会。在这 50 多年的时间里，由于现代工业体系的建立和资本主义的成长，整个法国社会经历了空前深刻的变化。资产阶级凭借着强大的经济实力和空前的精明逐渐挤占了封建阶级的地位，并一步步巩固了自己的统治。巩固了自己的统治后，他们就开始了对劳动阶层的压榨。自然，劳动阶层也在大规模地成长着，他们对资产阶级这一新统治者的不满也日益积聚。因而，当时的法国社会，空前地活跃，空前地复杂，空前地具有"文学性"。如此丰富、生动、炫目、刺激的"风俗"变化，不能不引起巴尔扎克的强烈兴趣。

阅读传记资料，我们就会发现这位天才的作家本身就生活在一个极具时代色彩的家庭之中。波德莱尔认为巴尔扎克是《人间喜剧》诸多人物中"最奇特、最有趣、最浪漫、也最富诗意的一个"[1]。波德莱尔说得不错，却不够全面。何止巴尔扎克是《人间喜剧》诸多人物中"最奇特、最有趣、最浪漫、也最富诗意的一个"，他家庭中的几乎每一个人都可以在这部巨著中占有一席之地，尤其是他的父亲贝尔纳-弗朗索瓦。这个人物本身就是一个传奇，他从波姆勒省一个贫苦农民家的孩子，很快"爬"到了法国中心城市巴黎，在那里参与了许多重要的事，见识了许多重要的人。由于和大人物有过这样的接触，他终生对贵族阶级怀有钦羡之情——这种感情也"遗传"给了巴尔扎克。1789 年法国大革命之后，他逃往瓦朗西纳，在一个半官方性质的军需机构中担任重要角色，这让他看到了动乱时期的万千乱象，也见识到了人心的千变万化，更强化了他精明的个性。总之，由于父亲的"打拼"，巴尔扎克出生于一个半是贵族、半是资

---

[1] ［法］安德烈·莫洛亚：《巴尔扎克传：普罗米修斯或巴尔扎克的一生》，艾珉、俞芷倩译，浙江大学出版社 2014 年版。

产阶级的家庭中。在这个家庭里，人们谈论的不是金钱就是婚姻，而谈论婚姻也是为了谈论金钱。这就是说，在家庭之中巴尔扎克就开始了自己的社会观察。补充一句，巴尔扎克和他的妹妹们没有一个婚姻幸福的，在金钱方面自然也难说成功。不过这种对财富的饥渴与现实困窘的反差，倒刺激了巴尔扎克的感受与思考。而且极其重要的是，在写出《人间喜剧》的第一部作品之前，巴尔扎克曾走过一段异常艰苦曲折也异常独特传奇的道路。他曾花费大量时间学习写作、观察社会、体验生活，他不仅认真钻研其时风行的生物学、历史学、经济学的新学说，而且通过切身体验，意识到了野蛮生长的资产阶级社会的残酷，看到了阶层之间，人与人之间，尤其是不同阶层的人之间不可调和的矛盾。换言之，巴尔扎克虽不可能像马克思、恩格斯那样通过科学、严谨的政治经济学分析，以百科全书式的全面、辩证，揭示出资本的秘密，但他却通过自己天才的感受力抓住了这个秘密，并用自己的如椽之笔写了下来。因此，我们可以说巴尔扎克是马克思、恩格斯的"同道"——他们都是资本主义的社会记录者、精神分析师。因而，马克思、恩格斯对巴尔扎克的高度肯定，也可视作他们之间的惺惺相惜。

　　阅读巴尔扎克的作品，我常常想到马克思、恩格斯的政治经济学著作，而阅读马克思、恩格斯的政治经济学著作，我们又常常会想起巴尔扎克的《人间喜剧》。比如在《高布赛克》（1830）中，巴尔扎克就通过但维尔律师之口说道："如果你的阅历同我一样丰富的话，你就会懂得只有一种有形的东西具有相当实在的价值，值得我们操心。这种东西……就是金钱。金钱代表了人间一切的力量。"① 在《贝姨》(1847)中，他通过那个无耻的克勒韦尔之口说："你以为路易·菲利普能控制这些事情吗？不，他在这方面也不是一厢情愿的。他跟我们一样的知道，在大宪章之上还有那圣洁的、人人敬重的、结实的、可爱的、妩媚的、美丽的、高贵的、年轻的、全新的，五法郎一枚的银币。钱是要利息的，它整天都在忙着收利息。"② 这样的言语是否似曾相识？是的，早在 1844 年 4—8 月，马克思就写下过这样的话："货币，因为它具有购买一切东西的特性，因为它具有占有一切对象的特性，所以是最突出的对象。货币的特性的普遍性是货币的本质的万能；因此，它被当成万能之物……"③ 1848 年初，马克思、恩格斯又在《共产党宣言》中写下了这样的话："资产阶级在他已经取得了统治的地方把一切封建的、宗法的和田园诗般的关系都破坏了。它无情地斩断了把人们束缚于天然尊长的形形色色的封建羁绊，它使人和人之间除了赤裸裸的利害关系，除了冷酷无情的'现金交易'，就再也没有任何别的联系了。"④ 资本占领一切，资本言说一切！这是马克思、恩格斯的政治经济学巨著与巴尔扎克《人间喜剧》共同的主题。多么奇妙的互文！难怪恩格斯在给马克思的信中将巴尔扎克的小说与《共产党宣言》相提并论。⑤

---

① [法] 巴尔扎克：《人间喜剧》第 3 卷，黄晋凯、王文融、陆秉慧等编校，人民文学出版社 1994 年版，第 596 页。
② [法] 巴尔扎克：《人间喜剧》第 13 卷，黄晋凯、王文融、陆秉慧等编校，人民文学出版社 1994 年版，第 333 页。
③ 《马克思恩格斯全集》第一卷，人民出版社 1956 年版，第 242 页。
④ 《马克思恩格斯全集》第二卷，人民出版社 1957 年版，第 33—34 页。
⑤ 1852 年 10 月 4 日在给马克思的信中，恩格斯批评品达尔时说过这样一句话："他既不懂《宣言》，也不懂巴尔扎克。"参见《马克思恩格斯全集》第二十八卷，人民出版社 1973 年版，第 154 页。

还是马克思说得好：巴尔扎克"对现实关系有深刻理解"。正是由于对现实关系的深刻理解，即由于抓住了资本的本质，巴尔扎克才能够在一定程度上克服自己的"阶级同情和政治偏见"，而且能够在自己的"阶级同情和政治偏见"没有得到很好克服的时候，也以真实的笔触写下自己观察到的一切、感受到的一切、意识到的一切。这就是巴尔扎克能够"预先创造"19世纪法国社会"典型"的原因。

四

波德莱尔这样评价巴尔扎克及其创作："我常常奇怪人们把巴尔扎克的伟大归结为他是个观察家，我总认为他的主要长处在于他是一个梦幻家，一个充满激情的梦幻家。他笔下的人物都富有生命的活力，正如他自己一样。他构思出来的故事都如同梦境般有声有色。《人间喜剧》中的人物，上至豪门显贵，下至庶民百姓，无不比现实喜剧中的人物更渴求生活，在斗争中更活跃、机智，享受时更加贪婪，忍受苦难时更加坚忍，奉献时也更为伟大崇高。总之，巴尔扎克塑造的每一个人，哪怕是普通的看门人，都有非凡的才智，每一颗心灵都充溢着坚强的意志。巴尔扎克本人就是如此……"[①]

不愧是象征主义大家，波德莱尔一下子就抓住了理解巴尔扎克及其创作的两个关键词：观察与梦幻。前者我们已谈得够多了，即巴尔扎克能够成为现实主义大师是因为他满足了"观察"这个充分条件。然而，对一位

[①] [法]波德莱尔：《浪漫主义艺术》，转引自[法]安德烈·莫洛亚《巴尔扎克传：普罗米修斯或巴尔扎克的一生》，艾珉、俞芷倩译，浙江大学出版社2014年版，第436页。

文艺家而言，只是找到并抓住时代本质还不行，他还必须满足创作优秀文艺作品的必要条件——为自己找到并抓住其本质的时代、社会寻找完美的形式。波德莱尔之所以将巴尔扎克称为"充满激情的梦幻家"，是因为他用自己的作品为所处的时代赋予了一种梦幻般的色彩，即他用梦幻的形式为我们再现了19世纪法国社会、资本社会的本质。或许，这是马克思、恩格斯青睐巴尔扎克的另一个原因。尽管他们没有直接讨论这一问题，不过考虑到他们对"莎士比亚化"的强调，对"席勒式"的反感，我们有理由认为马克思、恩格斯不仅是在"历史的"层面上肯定巴尔扎克的创作，而且也是在"美学的"层面上肯定巴尔扎克的创作。

那么，巴尔扎克是怎样使其作品产生梦幻般的色彩与魔力的呢？在紧紧抓住所生活时代的本质，就是他本人和马克思、恩格斯在不同场合所揭示的资本社会关系，尤其是资产阶级"按照自己的面貌为自己创造出一个世界"[①]后，巴尔扎克为这个世界找到了一副什么样的面孔呢？在笔者看来，巴尔扎克为这个世界找到了一副无与伦比的生动面孔——"动物"[②]。正是这副"动物"的面孔，使巴尔扎克的小说散发出梦幻般的光泽。

关于这一点，还是听听巴尔扎克自己的说法吧。"社会和自然相似。社会不是按照人展开活动的环境，使人成为无数不同的人，如同动物之有千殊万类么？士兵、工人、行政人员、律师、有闲者、科学家、政治家、商人、水手、诗人、穷人、教士之间的差异，虽然比较难于辨别，却和把狼、狮子、驴、乌鸦、鲨鱼、海豹、绵羊区别开来的差异是同样巨大的。

---

① 《马克思恩格斯全集》第二卷，人民出版社1957年版，第36页。
② 这绝对是一个天才的发现，一种天才的赋形。想一想又有哪副面孔比"动物"的面孔更适合资本呢！

因此，古往今来，如同有动物类别一样，也有过社会类别。"而且，由于人类所特有的"智慧"，使得人与人之间的关系比动物更复杂，"每只动物的习惯，至少在我们看来，在任何时代都经常是一样的；可是，国王、银行家、艺术家、资产者、教士和穷人的习惯、服装、言语、住宅却是完全不相同的，并且随着每个社会文明程度的高下而改变"。[①] 正是从这一理念出发，巴尔扎克通过其小说为世界艺术画廊塑造了无数"凶禽猛兽"，比如《高老头》中的伏脱冷、《欧也妮·葛朗台》中的葛朗台，也塑造了无数"珍禽异兽"，比如《高老头》中的鲍赛昂子爵夫人、《欧也妮·葛朗台》中的欧也妮，更为我们讲述了一些"珍禽异兽"转化为"凶禽猛兽"的故事，塑造了一些转化的典型，比如《高老头》中的拉斯蒂涅，《欧也妮·葛朗台》中的夏尔。正是这些"珍禽异兽""凶禽猛兽"，尤其是"珍禽异兽"转化为"凶禽猛兽"的故事，完美地揭示了资本的秘密。想一想，还有比这更有活力的形式吗？！或许正是这副动物的面孔打动了马克思、恩格斯。因为，这副"面孔"使巴尔扎克的资本叙事来源于现实而又高于现实！

巴尔扎克作为文学家的天才之处还在于，他不仅抓住了自己所处资本世界的本质，为其找到了一副"动物"的面孔，而且还"想象出了一个系统"，把自己的作品联系起来，"协调成为一部完整的历史"，更具体地说，在不懈的写作中，巴尔扎克意识到自己将成为19世纪法国社会的"书记官"，因而动用自己的笔，"编制恶习和德行的清册、搜集情欲的主要事实、刻画性格、选择社会的主要事件、结合几个本质相同的人的特点

[①] 参见［法］巴尔扎克《人间喜剧》"前言"，载伍蠡甫、胡经之主编《西方文艺理论名著选编》(中卷)，北京大学出版社1986年版，第107—108页。

揉成典型人物",从而"写出许多历史家没有想起写的那种历史,即风俗史"①。因而,他写的不仅仅是"动物",而且是"动物世界"。这样的艺术世界的震撼力绝对是空前的,难怪19世纪法国著名文学评论家泰纳在评论巴尔扎克时,认为他之所以伟大,就在于他不仅握住了"现实",而且握住了"全体",这使他成为真正的哲学家。

余论

抓住时代的本质,并为其找到最为合适的形式,这就是巴尔扎克给予我们的启示。实际上,何止巴尔扎克是这样的。只要略微梳理一下中外文艺史,就会发现一切流派、门类的优秀作品都具有这样的特点,比如福楼拜、莫泊桑,比如托尔斯泰、陀思妥耶夫斯基,比如鲁迅、茅盾……只是限于篇幅,我们就不展开论述了。

今天,中国特色社会主义进入了新时代,由于物质生产力的极大发展,由于社会结构的深刻变动,由于信息技术的空前进步,人与人之间的交往也变得高度复杂,这使得我们对社会本质的观察变得格外困难,而为其赋形更是难上加难。我们或许很难像历史上的文艺大家一样,通过一个或几个故事、一个或几个形象、一种或几种意象、一种或几种结构,即很难用一种或几种形式来为我们的时代赋形。但这并不意味着我们没有基本方向可以遵循。党的十九大报告明确指出,中国特色社会主义进入新时代后,我国社会主要矛盾已经转化为人民日益增长的美好生活需要和不平衡

---

① [法]巴尔扎克:《人间喜剧》"前言",载伍蠡甫、胡经之主编《西方文艺理论名著选编》(中卷),北京大学出版社1986年版,第111页。巴尔扎克立志追求的书写内容、"系统"性的书写形式,以及对自己作家身份——"书记官"——的定位,很容易让人联想到马克思的《资本论》。

不充分的发展之间的矛盾。笔者以为，这个基本矛盾就是当前和今后一个时期观察中国社会的出发点。这就是说，我们必须从这个论断入手，理解、书写中国。

从这个基本矛盾出发，笔者认为，当前的文艺工作者应该抓住两个主要问题。

首先，要把人民，所有劳动人民，尤其是底层劳动人民纳入自己的视野。关于这一点，习近平总书记已多次指出，2014年在文艺工作座谈会上的讲话更是从社会主义文艺本质的高度予以强调。对此，笔者不再赘述，只想强调一点，那些普通而又为数众多的劳动者是中国社会的根基，他们每个人的梦想构成了中国梦的底色，他们每个人的故事组成了中国故事的篇章，他们每个人的形象决定着中国形象的质地，他们每个人的声音合成了中国声音的旋律，如果我们不将他们纳入自己的艺术视野，我们将很难创作出优秀的文艺作品。一滴水映照出整个太阳的光辉。或许，在这些普通人心中，萌发着最为美丽的中国梦的种子。我们应该发现这样的种子，培育这样的种子。

其次，要集中精力刻写"中国的脊梁"。1934年10月，针对一些国人"中国人失掉自信力了"的慨叹，鲁迅写下了《中国人失掉自信力了吗》一文，对这种怀疑主义论调进行了有力批驳。他在文末写道："我们从古以来，就有埋头苦干的人，有拼命硬干的人，有为民请命的人，有舍身求法的人……虽是等于为帝王将相作家谱的所谓'正史'，也往往掩不住他们的光耀，这就是中国的脊梁。"[①] 这段话今天依然有效。中国革命、建设、改革、发展之所以取得巨大成就，就是无数"中国的脊梁"埋头苦

---

① 《鲁迅全集》第六卷，人民文学出版社2005年版，第122页。

干、拼命硬干、为民请命、舍身求法的结果。中国特色社会主义新时代的发展，中华民族伟大复兴中国梦的实现，人民日益增长的美好生活需要的实现，更需要无数的"中国的脊梁"埋头苦干、拼命硬干、为民请命、舍身求法。可以说，他们是"中国故事"最重要的承载者。把他们的精神发掘好，把他们的故事讲述好，我们一定会创作出优秀的文艺作品，甚至"高峰"之作。

（原载中国艺术研究院科研管理处编《文艺创作"高峰"问题研讨集》，文化艺术出版社2019年版）

20世纪以来中国美术高峰的演变脉络与再塑依据

刘佳帅

时代氛围的变化,会从敏感的艺术家的创作中流露出来,那些具有鲜明审美价值或饱含深刻意蕴的作品往往也会成为时代精神的表征。而那些能够代表某一时代、某一民族最高艺术成就的艺术家及其作品,也就形成了备受瞩目与推崇的艺术高峰。可以说,艺术高峰的出现,将艺术与时代、艺术与民族密切地结合了起来,不仅深刻地影响了艺术史的发展,也表征了不同时代、不同民族的精神面貌和价值追求,是文化自信的主要载体和文化再创造的宝贵资源。可见,艺术家以什么样的态度和立场进行艺术表达,这种艺术表达能够呈现出什么样的"价值"或"意蕴",就成为衡量艺术家创作水平的关键,也是艺术高峰得以筑就的关键。因此,通过分析艺术高峰的生成逻辑,回溯20世纪中国艺术高峰的演变脉络,进而思考当下艺术表达的问题意识及艺术高峰再塑的学理依据,就具有了鲜明的现实意义。

一、艺术高峰的生成逻辑

艺术高峰并非是一个具有明确边界的学术术语，而是用来形容艺术成就的一个借喻词。因此，很难对艺术高峰作出公认且不变的定义，而只能从其用法上加以辨析。从狭义角度看，艺术高峰是指艺术家创作出的具有标志性意义的作品，这类作品代表了特定时代的艺术高度，从而表征了那一时代的审美理想和精神追求。从广义角度看，艺术高峰既可以是艺术家的一幅或一组艺术作品，也可以是艺术群体或艺术流派，还可以是艺术思潮或艺术门类，甚至可以是取得突出艺术成就的特定时代。

很明显，艺术高峰总是属于某一国家或民族的，也是属于特定历史阶段的。仅以中国为例，中国的艺术高峰必然是独属于中国的，而无法代表其他国家或民族的艺术高峰，也无法被其他国家或民族挪为己用；中国的艺术高峰并不是只有一个，而是在中国历史的不同发展阶段，出现过很多不同的艺术高峰。从时空层面看，参照系的改变也会导致对艺术高峰的重新评判。名句"横看成岭侧成峰"恰恰可以让我们生动地认识到艺术高峰的动态特征。从时间层面看，时间单位由小到大的变化会导致艺术高峰的重新筛选。如果以十年为单位，那么在这十年当中可能会出现艺术高峰，但如果以百年为单位，那么，在某一个十年当中出现的艺术高峰，则可能无法成为百年当中艺术高峰的代表。从空间层面来看，中国艺术家分布在各个不同的地域，艺术家在不同地域的创作，必然会形成地域性的艺术高峰，但如果把中国艺术视为一个整体，那么，原本属于某一地域的艺术高峰，则可能无法成为中国艺术高峰的代表。

毋庸置疑，艺术高峰是任何国家、任何民族都极为珍惜和推崇的财富，对文化的发展和传播具有至关重要的作用。正因如此，艺术高峰一旦生成，就犹如一个充满丰富意义的容器，不同时代的观者面对前辈艺术家创造出来的艺术高峰，会从各自的角度加以认识和体悟。比如，艺术家面对前辈创造出来的艺术高峰，可能从创作的手段和方法角度进行领会；观众面对艺术高峰，可能从作品呈现的美感和意味角度进行欣赏；批评家面对艺术高峰，可能从艺术表达的方式和价值角度进行评析。不同身份、不同语境、不同期待的人从自身的角度认识艺术高峰，必然产生不同的体验和感受，共同丰富着艺术高峰的价值及意义；反过来，艺术高峰也滋养着其后不同时空的观者，并以其鲜活的面貌展示出艺术自身的魅力以及艺术之于时代、艺术之于民族的宝贵价值。

从艺术高峰的生成逻辑角度看，艺术高峰的出现必然是以艺术家为主体。"为艺术而艺术"与"为人生而艺术"，代表着艺术家的两种不同的态度和立场，也是艺术高峰生成的两条基本道路。为艺术而艺术，是艺术家通过探索艺术自身的可能性而生成的之于艺术史或之于时代的某种意义。为人生而艺术，是艺术家通过对艺术的功能或属性的挖掘而呈现出的之于艺术史或之于时代的某种价值。为艺术而艺术，指向艺术自身的规律，是艺术的内在品质；为人生而艺术，指向艺术的社会功用，是艺术的外在品质。但无论是选择哪一种方式，筑就艺术高峰的前提必然是艺术家的作品能够与特定的时代精神、与人们的普遍认识建立紧密的关系，产生或广泛或深远的影响。

在明确了这一点之后，我们还需要明确的是，艺术高峰是在具体情境当中生成的，而无法依据艺术家个人的主观意愿自发地生成。这里所指的具体情境，一是指公共空间，二是指艺术体制。

当代社会学和传播学理论告诉我们，艺术作为具有审美价值和文化功能的意义系统，它的要义之一，是在公共空间中进行交流和传播。[①] 结合中国艺术发展的实际来看，20世纪的中国艺术，不再是文人间的私密性欣赏，也不再是权贵间的垄断性占有，其发展已然走向了公共空间。艺术家只有立足于公共空间进行表达，才能被受众接受和解读，艺术家及其作品才会被赋予某种意义。这种意义一方面构成了艺术家的"天才"或"个性"的来源，另一方面也会赋予艺术家创作水平的优劣等级。所以说，只有进入公共空间，艺术家对于艺术规律的探索或艺术功能的挖掘，才具备成为艺术高峰的可能。

当我们说艺术高峰的生成面对的是公共空间而不再是私人空间，就有一个问题需要注意，那就是：不论是探索艺术本体还是挖掘艺术功能，都需要接受艺术体制的评判。艺术体制能够赋予谁是艺术家、什么是艺术作品以及什么是优秀的艺术作品，它是一个知识生产和意义生产的动态系统。[②] 我们常常提及的艺术共同体其实就是艺术体制的组成部分。从人员构成上看，艺术体制不仅仅由艺术家构成，同时还包含艺术史家、艺术批评家、收藏家、艺术市场代理人等。艺术体制中的不同角色，将艺术家及其作品置于鲜活的历史境遇、社会价值、文化功能等多维关系当中进行识读，以此辨别艺术水平的高低与优劣，艺术高峰也在这种辨别当中凸显和生成。忽略了艺术体制或没有得到艺术体制承认的形象表达就谈不上是艺术，更不可能产生艺术高峰。正如在房间里自由涂抹的儿童，他们的作品也具有某种意味，但是鲜见有人称那是艺术。相反，有的艺术家创作出的如儿童涂鸦般的作品，却能获得极高的艺术史地位，甚至被视为难以企及

---

① 参见［英］斯图尔特·霍尔《表征：文化表征与意指实践》，徐亮、陆兴华译，商务印书馆2013年版，第26—34页。
② 参见［德］彼得·比格尔《先锋派理论》，高建平译，商务印书馆2002年版，第89—102页。

的艺术高峰。这就意味着，艺术家能否在艺术探索当中贡献出独特的艺术方式，或者能否通过艺术经验敏感地捕捉时代精神的变迁，是艺术家及其作品是否能够获得艺术高峰地位的关键。而艺术家只有将自身的艺术表达置于公共空间当中经由艺术体制解读，才能够获得特定的意义和价值，进而才有可能获得艺术高峰的地位。

可见，艺术家在具体情境当中的艺术表达，一方面需要进入公共空间，另一方面需要依赖艺术体制。这对艺术高峰的生成至关重要。如果忽略了这两个层面，那么表达之人就不是艺术家，而是自以为是艺术家的爱好者；表达出来的东西也就不是艺术作品，而是自以为是艺术作品的涂抹习作。之所以强调这一点，是因为今天仍有很多艺术参与者存在一些根深蒂固的观念，认为"真诚""努力""执著"等信念是艺术高峰生成的行为真理，"为艺术献身"或"彰显天才"是艺术高峰生成的必由之路，但是他们却往往忽略了艺术作为一种"语言"的属性。[1] 如果忽略了艺术史坐标，或者忽略了艺术与时代精神之间的关系，艺术就容易成为重复前人的自娱游戏或者是顾影自怜的心理安慰，而不是具有鲜活时代特点的精神实践活动，艺术高峰的生成也就无从谈起。

所以说，艺术家对艺术的表达方式及其意义生产是否自觉，就区分出了艺术家表达水平及表达效果的差异。因此，只有明确了艺术高峰的生成逻辑，才能有效地把握艺术表达的合理性及艺术高峰生成的可能性。

---

[1] 参见［美］尼尔森·古德曼《艺术语言》，褚朔维译，光明日报出版社1990年版。

二、20世纪中国艺术高峰的演变脉络

正如前文所讲,艺术高峰是在具体的时空当中产生的,如果时间和空间的尺度发生变化,艺术高峰也会随之发生变化。这就导致不同的人对艺术高峰会有不同的理解,也有其不同的评价标准,并且这种评价标准并非是一成不变的。但是无论如何,不同时代、不同民族的艺术高峰的生成享有相似的特点,这是我们认识艺术高峰的可靠依据。艺术高峰的共有特点依然可以从"为艺术而艺术"与"为人生而艺术"这两条道路中归纳出来:1.艺术家的创作推动了艺术自身的发展,并深刻地影响了后代艺术的走向,成为后辈艺术家艺术探索道路上的重要驱动力;2.艺术家的创作敏感地契合了时代审美的需要,揭示了艺术与时代精神之间的关联,成为后辈艺术接受者感知时代精神的重要载体。从这两个角度看,指向艺术自身规律的高峰,以及指向艺术社会功用的高峰,都是我们回溯20世纪中国艺术高峰演变脉络的重要依据。对于20世纪中国艺术,本文必然无法全面列举出公认的艺术高峰,而只能依据艺术高峰的共有特点,选择特定的艺术高峰作为代表,以此阐释艺术高峰生成的内在逻辑和演变脉络。此处,本文把已处于完成时态的20世纪中国艺术分为4个时段:20世纪前期的艺术(1900年—1934年)、延安时期的艺术(1935年—1948年)、毛泽东时代的艺术(1949年—1976年)、20世纪后期的艺术(1977年—2000年)。通过对这4个时段当中的艺术高峰的分析,可以思考当下艺术表达的问题意识及艺术高峰再塑的学理依据。

19世纪末至20世纪初期,在西方坚船利炮的冲击下,中国的颓败让国人面临着艰难的困境。当时的知识界在高声批判中国传统文化当中存在的痼疾的同时,力图寻找出中国衰败的原因,并希望带领大众奋发图

强。由此,一批艺术先锋开始进行探索和实践,力求通过艺术实现"启蒙"的诉求,在这个过程中产生出了一批具有艺术高峰意义的艺术家及作品。徐悲鸿和林风眠显然是其中当之无愧的代表。徐悲鸿的《田横五百士》(1930)、《九方皋》(1931)等作品,通过对西画写实主义方法的运用,展示了中国画变革的具体实验成果。无论后人对其艺术探索褒贬与否,我们需要关注的是,徐悲鸿"以西改中"的艺术探索及其在这一立场上创作出的作品,启发了中国画家的创作方向,让人们看到了中国画在语言革新、启蒙大众等方面的潜力。这一点是不可否定的。同样,林风眠以"仕女""睡莲""瓶花"等主题创作出的作品,通过对西方现代主义美术创作方法的借鉴,在"以西润中"的立场上彰显了中国画鲜明的创造力及独特的审美意蕴。在中国颓败的时代情境当中,徐悲鸿和林风眠共同秉持着"美育救国"[1]的思想,在不同的创作方向上殊途同归地呈现了中国画现代变革的多种可能性,树立了20世纪初期中国艺术的高峰。在此之外,蒋兆和的鸿篇巨制《流民图》,不仅展示了水墨人物画的现实主义追求,同时在水墨变革的过程中蕴含着对底层民众的深切关怀。这在20世纪之前的中国艺术发展历程中是很少有过的。艺术介入现实的力量巩固了这幅作品的艺术高峰地位,共同启迪着受众对待艺术的思考方式和表达方式。

20世纪30年代抗日战争爆发后,艺术越来越发挥着动员大众参与抗战、调动群众力量奋起救国的重要功能。因此,在延安时期的艺术表达当中,艺术家的形象话语实践直接呼应的是"艺术大众化"和"大众化艺术"。从《在延安文艺座谈会上的讲话》浮出历史地表的"农民"[2],其在

---

[1] 林风眠:《北京艺术大会——北京国立艺术专门学校寄来的稿件》,《艺术界》1927年第16期。
[2] 《毛泽东选集》第三卷,人民出版社1991年版,第847—879页。

艺术创作当中的主体地位得到强化，原本在20世纪之前的中国艺术当中处于模糊状态的农民形象，在延安时期的艺术表达中开始变得清晰。这其中，延安版画占据着重要位置。延安时期的艺术高峰并非是以某个艺术家的某幅作品为代表，而是由一批充分发挥艺术社会功用价值的艺术家的共同创作所构成。《减租会》（古元，1943）、《识一千字》（张晓非，1944）、《清算斗争》（江丰，1944）、《改造二流子》（王式廓，1947）、《豆选》（彦涵，1948）、《翻身游行图》（姜燕，1948）、《选举图》（力群，1948）、《清算》（莫朴，1948）等反映农民翻身解放、投身抗日战争的作品，共同构成了延安时期的艺术高峰。在"救亡图存"的时代情境当中，如果艺术家一味追求艺术的自律性特征，是与时代精神格格不入的。充分发挥艺术社会功用的艺术家以及那些能够充分调动人民群众参与革命热情的艺术作品，才是符合时代精神的，也才能够成为延安时期艺术高峰的代表。

　　中华人民共和国的成立使农民真正地成为了新中国的主人。在"新"与"旧"时代的转变过程中，如何让广大农民群众体认到新政权给他们带来的命运转变和新生活的希望，以此调动农民群众参与社会主义建设的积极性，是国家意识形态对新中国艺术的期待。新中国成立后的文艺创作方向，更是明确规定着艺术家需要充分发挥艺术的功能。这一时期的艺术，是要求艺术家以新观念、新语言及新立场呈现新时代的新气象，歌颂新时代的新主人。如果说，延安时期有一些艺术家进行不理世事的艺术自娱，虽然不合时宜，但毕竟是个人的选择，那么，在新中国的全新时代氛围下，"为艺术而艺术"的道路选择就成为受到质疑的取向。如同延安时期的艺术高峰一样，这一时期的艺术高峰必然也是由一批艺术家及其作品共同构成。作品《一辈子第一回》（杨之光，1954）以一种较为含蓄的方式表达了新中国农民的命运转变，仪式性的意味是非常强烈的。这幅作品以一种隐而不显的方式建构了"告别旧社会、走进新社会"的农民形象，相比于在中华人民共和国成立前夕创作的作品《选举图》（力群，1948）和《豆选》（彦涵，1948），无疑更加具有政治说服力和道德感召力。其他具有代表性意义的作品如《粒粒皆辛苦》（方增先，1955），刻画了社会主义新农民对好日子的珍惜，这为艺术家如何为工农兵服务提供了非常优秀的榜样。在新中国的各项社会主义建设及运动当中，艺术家也都充分发挥了艺术的社会功能，展示了艺术家在"为人生而艺术"的道路上达到的高峰地位。如反映抗美援朝题材的《保卫和平》（邓澍，1951）和《鸭绿江边》（蒋兆和，1951），新年画运动中的《群英会上的赵桂兰》（林岗，1952），反映扫盲运动的《学文化》（邓澍，1949）、《考考妈妈》（姜燕，1953）、《婆媳上冬学》（汤文选，1954）、《教妈妈识字》（陆俨少，1956）、《姑嫂学文化》（刘坚铭，1956）等作品，共同塑造出新中国的典型农民形象，成功地建构了新型的国家形象。除此之外，以傅抱石、钱松喦等为代表的艺术家对"中国画紧随时代"的充分挖掘，展示了中国画形式语言及其表达题材的重要突破；以董希文、罗工柳等为代表的艺术家在历史画创作领域的实践，展示了对油画民族化的深层探索和自觉表达，与其他艺术家一道，共同树立了毛泽东时代艺术的高峰。综合来看，艺术家合理地描绘社会主义新中国，并有效地呈现为群众喜闻乐见的审美趣味，共同塑造了鲜明的社会主义国家形象，彰显了毛泽东时代艺术高峰的时代特点。这些作品共同表现出的艺术激情、饱满情感及对国家形象的成功塑造，对当下的艺术表达具有重要的启示。

20世纪80年代作为"新时期"，表征了"告别过去"的历史意识。在"解放思想、实事求是"口号下所引发的对"人道主义"问题的大讨论，是艺术家走出"阶级"意识形态规约，以新的视角感受时代精神的重要节点，也是"新时期"艺术高峰生成的时代情境。罗中立的作品《父亲》，被视为对"没有注入任何崇高的革命理想"的农民形象的描绘[1]，在20世纪80年代引起了强烈的轰动，成为不可绕过的艺术高峰。这一艺术高峰的生成呈现出创作主体的个性自觉，以及对时代审美脉搏的敏感把握，让人们感受到了"艺术真实""生活真实"的感染力，也让很多人惊呼艺术原来还可以这样表达。陈丹青的《西藏组画》是20世纪80年代的另一个艺术高峰，无论是其创作定位还是语言运用，都给予当时的受众极大的震撼。如果没有宽松的外部环境及对"阶级"与"人道主义"二元问题的重新思考，曾经创作出《泪水洒满丰收田》（1976）的艺术家陈丹青，也许就无法顺利创作出如《西藏组画》那样歌颂人性之美的作品。在不同的时代情境当中描绘同一对象（西藏农民）却表达出不同的意义和价值，这让我们清晰地看到艺术高峰的生成与时代精神之间的生动关系。进入20世纪90年代之后，以刘小东为代表的"新生代"艺术创作，也恰是通过描绘日常生活的"真"树立起了另一个艺术高峰，并影响至今。"真"，成为20世纪后期艺术家们追求的目标，这一时期的艺术高峰也因为"真"而得以生成。

20世纪中国艺术的发展面对着不同的时代情境，也由此形成了不同的艺术高峰。以这4个时段当中所选的艺术高峰的代表来看，不同的时代情境对艺术有不同的期待和规约，艺术家立足于各自的日常经验，敏感地捕捉艺术与时代的综合文化关联，就构成了艺术高峰的演变脉络。

---

[1] 参见邵养德《创作·欣赏·评论——读〈父亲〉并与有关评论者商榷》，《美术》1981年第9期。

三、再塑艺术高峰的问题意识与学理依据

进入 21 世纪，面对"文化自觉""文化自信"的时代诉求，首先需要廓清的问题就是艺术家如何定位契合时代精神的艺术态度和表达方向。20 世纪以来关于"中国"的叙述有三个基本框架：以西方"现代化"逻辑为主导的启蒙主义叙述框架、冷战地理格局划分的革命主义叙述框架、基于中国文明传统和文化历史谱系的民族主义叙述框架。这些曾经在一段时间起主导作用的话语体系，面对当下新的历史境遇（全球化）、新的生活方式（视觉文化），已然不再适用。我们目前所处的这一时代，其特点与之前的历史形成了鲜明的差异，这是生活在今天的人们都不会否认的深切感受。海量出现的电子图像对人们认知世界的影响，日新月异的社交工具对人们生活方式的改变，层出不穷的新鲜事物对人们价值观念的冲击，无疑都在深刻地影响着人们的日常生活。

在很大程度上说，今天"为艺术而艺术"与"为人生而艺术"的区别变得日渐模糊。因为无论艺术家怎么表达，都需要进入公共空间并依赖艺术体制的意义赋予，才能获得合法性的地位，而不能把自己关在房间里表达所谓的"艺术真诚"。更加需要注意的是，今天的全球艺术交流语境以及新型的生活情境使得"东方"与"西方"、"传统"与"现代"等二元区分被消解，从而彰显出人类命运共同体的新形态。中国艺术家的艺术表达更加凸显出与全球艺术生态之间的关系，并需要在内外之间审视艺术的表达效果。这已然不同于 20 世纪那种更偏向于中国内部情境的艺术表达视角。艺术家如果仅仅立足于中国内部视角进行思考与表达，而不注重外部他者镜像的识读效应，已难以呈现出新鲜且独特的"艺术感觉"和"审美品位"。

当已然慢慢强大的中国恢复了重建"大国形象"的信心，于内熔铸中国气派、于外塑造国家形象，就成了 21 世纪以来中国美术文化建设的战略目标。2005 年实施的"国家重大历史题材美术创作工程"，2011 年实施的"中华文明历史题材美术创作工程"，2012 年在《美术》期刊连续展开的"笔谈中国美术的自觉与主体精神"，2017 年实施的"国家主题性美术创作项目"，2018 年启动的"不忘初心　继续前进——庆祝中国共产党成立 100 周年大型美术创作工程"、《美术》期刊连续探讨"主题性美术创作的当代性"等重要事件所彰显出的文化诉求是对艺术家的期待，也是对再塑中国艺术高峰的期待。在这种时代情境下，对民族文化优势资源的深度挖掘，强化民族身份认同和情感认同，呈现新时代的民族文化活力，就成为形塑中国美术形象的内在逻辑。艺术高峰的再塑造离不开艺术家在这条道路上的探索。在艺术创作过程中艺术家的表达是否生效，或者说是否能引起观者的共鸣，取决于艺术家能否敏感地将时代体验转换为艺术形象，并在公共空间的流通过程中，以及在艺术体制的解读当中，是否能够获得多维度的意义及价值。如此，就需要艺术家思考：如何立足个体生活经验定位艺术表达的方向，以及在全球艺术交流语境下如何审视艺术表达的效果。

不可忽视的是，当我们期待艺术高峰的出现时，当前的艺术表达所暴露出的一些问题是值得反思的。以全国美术作品展览为例，进入 21 世纪以来的近几届全国美术作品展览，尤其是当代工笔画、油画这两大主流画种中的部分作品，工艺化特征愈发凸显。例如，一些工笔画作品存在较重的工艺制作特征性，而缺少了应有的独特艺术价值。艺术创作与艺术制作无疑是有鲜明的区别的，以技法雕琢为目的的艺术创作容易弱化艺术应有的温度和感染力。联系 20 世纪中国的艺术高峰，那时的艺术创作在今天来看依旧感人。其感人之处不仅在于技法，而更是艺术家的创作定位与时代精神紧密地结合。反观今天工艺化特征极强的艺术作品，不但缺少了前辈艺术家的艺术激情，也削弱了艺术的当下体验。可以预见，如果艺术家刻意强调作品的工艺化特征，而忽视了艺术史的发展谱系或遮蔽了对时代精神的敏感呈现，就失去了当下艺术表达的问题意识及学理依据，艺术高峰的生成也就无从谈起。

可以说，艺术家之于这个时代不可替代的地方，就是他们能以艺术的语言，把人们生活的经验以及时代的精神氛围予以视觉化和艺术化。人们在艺术作品面前感知到的是艺术的魅力，是时代的脉搏，是情感的珍贵——这是艺术与时代紧密结合才会有的受众体验。今天的艺术家如果依旧单纯地追求"人格化迹"或强调"制作功力"，显然难以契合当下现实。更何况，即使自称是"为艺术而艺术"的艺术家，他们的艺术表达也在艺术市场和学院体制的照射下暴露出了艺术之"用"的底色。有学者指出，"中国美术经历了在现代之路上的一个重要转折：由围绕时代主题的现代性变革的共识与自觉，到每个人选择自己在开放的世界中主体文化价值定位的自觉。背后的创作美学含义，是艺术与生活都将落实到我们每个人的身上，统一在我们每个人的行动中。在新世纪，走向世界舞台的中国自信必须伴随中国文化形象的塑造，作为个体的美术家只有将这一民族现代性建设的使命自觉纳入自己的统一体和统一责任中，审美的体验才会在现实的行动中彰显人文价值，生活的信念才会在审美的创作中表现出原创性质量"[1]。因此，从创作角度来看，艺术家实现艺术突破的方向之一，需要思

---

[1] 孔新苗：《现代美术之路：从"主题"到"主体"——作为转折点的30年创作美学回顾》，《美术》2008年第9期。

考如何在艺术表达中，既呈现出建立在艺术史坐标上的独特"艺术个性"，又体现出艺术个性与时代精神之间的关联。感知当前的时代情境，贡献出陌生化的艺术表达方式和鲜明的时代审美感受，是艺术家进行艺术创作时的应有之义，也是在新时代情境下再塑艺术高峰的可能性路径。

（原载《美术》2019 年第 2 期）

中外文艺高峰观及其当代启示

王一川

　　文艺史或艺术史上的文艺高峰，往往来自多种力量的复杂孕育过程，同时还有待于瓜熟蒂落或水到渠成，绝非招之即来挥之即去般容易，更非一蹴而就，是急不得的事。对文艺高峰问题的热议已经持续一年多了。多家报刊发表专题报道展开探讨，其中，《人民日报》在2017年岁末开辟专栏，约请多名资深文学研究专家就此问题发表文章，分别就我国唐、宋、明、清时代文艺高峰，俄罗斯和法国的文艺高峰问题，做了专题探讨。[①]笔者也曾撰文加入《光明日报》《中国艺术报》《中国文艺评论》的专题讨论。[②] 不过，当此问题受到文艺界和相关社会各界的异乎寻常的广泛关注

[①] 其中有下列文章，葛晓音：《唐代文学高峰的启示》，《人民日报》2017年11月10日；莫砺锋：《宋代文艺高峰的启示》，《人民日报》2017年11月17日；黄天骥：《明清戏曲高峰的启示》，《人民日报》2017年11月24日；程正民：《十九世纪俄罗斯文学高峰的启示》，《人民日报》2017年12月12日；郭宏安：《十九世纪法国文学高峰的启示》，《人民日报》2017年12月15日。还可参见谢尔·埃斯普马克《读书论世：文学高峰何以可能》，《人民日报》2015年5月19日。

[②] 王一川：《筑就文艺高峰的主体力量》，《光明日报》2017年3月8日；《理解新时代中国艺术》，《中国艺术报》2017年10月23日；《甘于寂寞的筑峰人与测峰人》，《中国文艺评论》2016年第12期。

时，一系列相关问题却不应被轻易掠过，而须加以认真回应和深入研讨。这其中便包括下面的问题：中外文艺史上到底出现过哪些有价值的文艺高峰观？它们中涉及的哪些东西至今还能给我们以启示？当前应当按照何种标准或路径去建设文艺高峰？问题就提出来了。本文不拟仔细梳理这里牵涉的所有方面，而只打算就中外文艺史上出现过的那些文艺高峰观，做一次简要概括和梳理，进而就它们在当前文艺高峰的生成环境及主体条件上的启示，谈点粗浅思考。

一、文艺高峰的国家构想

首先需要看到，文艺高峰问题的讨论在近年间突然趋于高潮，是由于它导源于国家最高领导人的战略理念，并且在当前被赋予了重要的当代意义。而正是在这种国家战略理念构想中，可以首次见到文艺高峰问题的如下特定表述："伟大的时代呼唤伟大的文学家、艺术家……努力筑就中华民族伟大复兴时代的文艺高峰！"[①] 注意，在这里的"文艺高峰"之前，有个不短的限定词语，即"中华民族伟大复兴时代的"。这种特定的修辞方式表明，国家领导人所构想的"文艺高峰"并不单纯是从文艺繁荣本身出发的，而是体现了一种远为开阔而深厚的国家战略视野：中华民族伟大的文化复兴事业，迫切需要当代中国文艺高峰的生成。这一进入国家领导人有关文化的顶层设计中的文艺高峰构想，不妨简称为"文艺高峰的国家构想"。这种文艺高峰的国家构想表明，当前中国文艺高峰建设在根本上是服从于国家文化复兴战略的特定需要的。

---

① 习近平：《在中国文联十大、中国作协九大开幕式上的讲话》，人民出版社 2016 年版，第 22 页。

正是从这种文艺高峰的国家构想的特定需要出发,才可以真正理解下列具体阐述的基本意义。第一,"坚定文化自信,用文艺振奋民族精神",即努力从中华文化宝库中汲取力量,使作品"成为激励中国人民和中华民族不断前行的精神力量"。第二,对中国文艺史上自身的"不朽作品"充满自信。"在每一个历史时期,中华民族都留下了无数不朽作品。从诗经、楚辞、汉赋,到唐诗、宋词、元曲、明清小说等,共同铸就了灿烂的中国文艺历史星河。"这里明确把"诗经、楚辞、汉赋"、"唐诗、宋词、元曲、明清小说等"都归入"不朽作品"行列。第三,文艺作品总是时代精神的写照。"一个时代有一个时代的文艺,一个时代有一个时代的精神。任何一个时代的经典文艺作品,都是那个时代社会生活和精神的写照,都具有那个时代的烙印和特征。任何一个时代的文艺,只有同国家和民族紧紧维系、休戚与共,才能发出振聋发聩的声音……文艺的性质决定了它必须以反映时代精神为神圣使命。"第四,努力书写"中华民族新史诗"。"面对这种史诗般的变化,我们有责任写出中华民族新史诗。史诗是人民创造的,不论多么宏大的创作,多么高的立意追求,都必须从最真实的生活出发,从平凡中发现伟大,从质朴中发现崇高,从而深刻提炼生活、生动表达生活、全景展现生活。"第五,发掘文艺作品精神深度和高度。"要把提高作品的精神高度、文化内涵、艺术价值作为追求,让目光再广阔一些、再深远一些,向着人类最先进的方面注目,向着人类精神世界的最深处探寻,同时直面当下中国人民的生存现实,创造出丰富多样的中国故事、中国形象、中国旋律,为世界贡献特殊的声响和色彩、展现特殊的诗情和意境。"第六,创造时代杰作。"坚持思想精深、艺术精湛、制作精良相统一"的标准,"为人民创造文化杰作、为人类贡献不朽作品""伟大的文艺""扛鼎之作、传世之作、不朽之作""无愧于我们这个伟大时代、无愧于我们这个伟大国家、无愧于我们这个伟大民族的优秀作品"。第七，由于如此，这个"伟大的时代"迫切需要培育自觉承担"筑就中华民族伟大复兴时代的文艺高峰"使命的"伟大的文学家"和"伟大的艺术家"。①

可以说，文艺高峰问题的近期理论来源，直接的就是国家领导人对文艺工作者的讲话，要求努力创作出堪与中国古典"不朽作品"相媲美的文艺高峰之作，以便服务于国民的日益增长的文艺鉴赏需求，增强其文化自信。与此同时，更对中国文艺高峰建设提出新的更高标准和更严要求。由此可见探讨文艺高峰问题的当代意义：第一，直接地有助于增强文艺界创作优秀作品乃至杰作的主体自觉和自信，强化艺术家为人民而创作的使命感和责任感；第二，对进一步推进国民文化自信建设、推动中国文艺高峰生成环境和主体条件的全面改善，都具有重要的战略性意义。这里所谓文艺高峰的生成环境和主体条件，简要地说，包含了两方面含义：一是指客观的社会环境条件，如特定民族、时代或地域中自然环境和社会环境的作用；二是指包括艺术家、艺术批评家、思想家和观众等在内的多种主体条件。

从以上对理论来源和当代意义的简略梳理可见，这次的文艺高峰论热潮的兴起，其直接的根源和动机都远非仅仅出自文艺发展本身的要求，而是呈现出一种出于国家发展战略的远为宽阔而深厚的构想——中华民族文化复兴需要中华文艺的伟大复兴："文化是一个国家、一个民族的灵魂。文化兴国运兴，文化强民族强。没有高度的文化自信，没有文化的繁荣兴

---

① 习近平：《在中国文联十大、中国作协九大开幕式上的讲话》，人民出版社2016年版，第5—11页。

盛,就没有中华民族伟大复兴。"①而当代条件下新的文艺高峰的生成,才会成为中华民族文化复兴的坚实的铺路石和引人注目的典范标志。

不过,假如以为这种有关文艺高峰的国家构想是仅仅局限于中国内部的一种自我建构和自我完善之举,那就差之毫厘、谬以千里了。从讲话中可以看到,坚定的本土立场上屹立着一种开阔的世界性跨文化胸襟:"中华文化既是历史的、也是当代的,既是民族的、也是世界的。只有扎根脚下这块生于斯、长于斯的土地,文艺才能接住地气、增加底气、灌注生气,在世界文化激荡中站稳脚跟。"要求艺术家们做到"三来",即"不忘本来、吸收外来、面向未来",并且致力于"在继承中转化,在学习中超越",以便"创作更多体现中华文化精髓、反映中国人审美追求、传播当代中国价值观念、符合世界进步潮流的优秀作品",其目的正是"让我国文艺以鲜明的中国特色、中国风格、中国气派屹立于世"。②可以说,这里着眼的还是世界文化中的中国文艺高峰生成,也就是处在全球多元文化激荡中的中国文艺高峰建设,从而在文艺高峰问题上体现出基于本土立场的跨文化胸襟。

这种基于本土立场的跨文化胸襟,进一步体现在如下方面。第一,这种文艺高峰应当来自于古典传统的现代化和当代化。"中华文化延续着我们国家和民族的精神血脉,既需要薪火相传、代代守护,也需要与时俱进、推陈出新。"第二,这种文艺高峰应当敢与世界多彩文化争奇斗艳。"要加强对中华优秀传统文化的挖掘和阐发,使中华民族最基本的文化基因与当代文化相适应、与现代社会相协调,把跨越时空、超越国界、富有

---

① 习近平:《决胜全面建成小康社会 夺取新时代中国特色社会主义伟大胜利——在中国共产党第十九次全国代表大会上的报告》,人民出版社 2017 年版,第 40—41 页。
② 习近平:《在中国文联十大、中国作协九大开幕式上的讲话》,人民出版社 2016 年版,第 10 页。

永恒魅力、具有当代价值的文化精神弘扬起来，激活其内在的强大生命力，让中华文化同各国人民创造的多彩文化一道，为人类提供正确精神指引。"第三，这种文艺高峰应当代表当代人类与世界的最深广视野。"要把提高作品的精神高度、文化内涵、艺术价值作为追求，让目光再广阔一些、再深远一些，向着人类最先进的方面注目，向着人类精神世界的最深处探寻，同时直面当下中国人民的生存现实，创造出丰富多样的中国故事、中国形象、中国旋律，为世界贡献特殊的声响和色彩、展现特殊的诗情和意境。"① 可以说，上述三方面分别指向有关当代中国文艺高峰的基本标尺，而且其中每一方面都体现了本土立场上的跨文化胸襟：一是文艺高峰应当体现当代世界中的中国传统；二是应当与世界多彩文化平等绽放；三是应当代表当代世界文艺之最高峰。

由此可见，当前有关文艺高峰的国家构想非但不只是从文艺界本身去把握的，而且也不只是从中国本土文化内部去衡量的，而是蕴含了跨越文艺界本身和单纯国家内部的远为开阔而深厚的总体视野，体现出明确的基于本土立场的跨文化胸襟。这表明，当前文艺高峰的国家构想本身已就一些可能的疑虑做了澄清：文艺高峰既不是关门自建就可以建成的，也不是单纯按照外国指标就可以炼成的，而是一种民族而世界的开阔深厚的扎实建构。

---

① 习近平：《在中国文联十大、中国作协九大开幕式上的讲话》，人民出版社2016年版，第15—16页。

二、回溯马克思主义经典作家的文艺高峰论传统

以上指出的在文艺高峰问题的国家构想中具备基于本土立场的跨文化胸襟，有其必要性。不过更应当看到，这种国家构想背后，其实依托着更加久远而又深厚的历史渊源。更具体地说，上述国家构想是对马克思主义经典作家及中国化马克思主义传统的继承和发扬，同时也是对中外文艺史上文艺高峰研究遗产的自觉传承或批判性借鉴。也就是说，中外文艺史上都曾有过悠长的文艺高峰研究传统，其间涌现过多种多样的文艺高峰理论和方法。这些正构成当前研究和建设文艺高峰的源源不断的理论滋养。

马克思主义经典作家和中国化马克思主义者都高度重视文艺高峰问题，并对之做过深入的探讨。其基本原因在于，他们都着眼于以文艺作品中的高峰之作去动员群众，帮助人们透过文艺作品去认识世界，并为通过社会实践而改造世界做出必需的精神准备，而不是像一些思想家或理论家那样仅仅满足于理论上的自证或自圆其说。马克思一生特别喜爱莎士比亚剧作，并曾要求艺术创作应当"更加莎士比亚化"[1]，这表明他心目中的文艺高峰应当是像莎士比亚那样。马克思还高度赞扬狄更斯等作家："现代英国的一批杰出的小说家，他们在自己的卓越的、描写生动的书籍中向世界揭示的政治和社会真理，比一切职业政客、政论家和道德家加在一起所揭示的还要多。他们对资产阶级的各个阶层，从'最高尚的'食利者和认为从事任何工作都是庸俗不堪的资本家到小商贩和律师事务所的小职

---

[1] [德]马克思：《致斐·拉萨尔（1859年4月19日）》，载《马克思恩格斯选集》第四卷，人民出版社1995年版，第554—555页。

员，都进行了剖析。"①这些作家之所以"杰出"，是由于他们通过"卓越的、描写生动的书籍"揭示出远比职业政治家所说更丰富的"政治和社会真理"，并且还对资产阶级的众多人物进行了深入的"剖析"。不仅如此，马克思还十分欣赏狄更斯小说中众多的流浪汉、罪犯和妓女等人物形象，因为它们正是对马克思在《资本论》等著作中深入剖析的资本主义社会人口过剩及矛盾激化等状况的生动映照。如柏拉威尔所说，"在英国作家中，除莎士比亚外，狄更斯笔下的人物也越来越多地出现在马克思的书信中，供马克思对自己的世界进行变形、扮装和漫画讽刺"②。

恩格斯明确地强调典型化，主张好的现实主义文学作品除了"细节的真实"外，还要真实地再现"典型环境中的典型人物"③。巴尔扎克的《人间喜剧》不仅生动描写了19世纪初急剧变化的社会生活环境，而且塑造了法国"贵妇人怎样让位给为了金钱或衣着而给自己丈夫戴绿帽子的资产阶级妇女"的典型形象，"给我们提供了一部法国社会，特别是巴黎上流社会的卓越的现实主义历史"。④恩格斯所构想的文艺杰作在于达到"三融合"标准："较大的思想深度和意识到的历史内容，同莎士比亚剧作的情节的生动性和丰富性的完美融合。"⑤不仅如此，在文艺高峰问题上，恩

---

① ［德］马克思：《英国资产阶级》，载《马克思恩格斯全集》第十卷，人民出版社1962年版，第686页。
② ［英］柏拉威尔：《马克思和世界文学》，梅绍武等译，生活·读书·新知三联书店1980年版，第274页。
③ ［德］恩格斯：《致玛·哈克奈斯》，载《马克思恩格斯选集》第四卷，人民出版社1995年版，第683页。
④ ［德］恩格斯：《致玛·哈克奈斯》，载《马克思恩格斯选集》第四卷，人民出版社1995年版，第683—684页。
⑤ ［德］恩格斯：《致斐·拉萨尔（1859年5月18日）》，《马克思恩格斯选集》第四卷，人民出版社1995年版，第557—558页。

格斯在论述文艺复兴时提出的"巨人时代"概念,至今仍有其启迪价值。希腊艺术高峰虽然已经消逝,但其光辉照亮了后世的"巨人时代"的艺术高峰生成之路:"拜占庭灭亡时抢救出来的手稿,罗马废墟中发掘出来的古典古代雕像,在惊讶的西方面前展示了一个新世界——希腊古代;在它的光辉的形象面前,中世纪的幽灵消逝了;意大利出现了出人意料的艺术繁荣,这种艺术繁荣好像是古典古代的反照,以后就再也不曾达到过。在意大利、法国、德国都产生了新的文学,即最初的现代文学;英国和西班牙跟着很快进入了自己的古典文学时代。"

恩格斯还进一步对"巨人时代"做了如下界定:"这是人类以往从来没有经历过的一次最伟大的、进步的变革,是一个需要巨人而且产生了巨人——在思维能力、激情和性格方面,在多才多艺和学识渊博方面的巨人的时代……列奥纳多·达·芬奇不仅是大画家,而且也是大数学家、力学家和工程师,他在物理学的各种不同分支中都有重要的发现。阿尔布雷希特·丢勒是画家、铜板雕刻家、雕塑家、建筑师,此外还发明了一种筑城学体系,这种筑城学体系,已经包含了一些在很久以后被蒙塔朗贝尔和近代德国筑城学又加以采用的观念。马基雅弗利是政治家、历史编纂学家、诗人,同时又是第一个值得一提的近代军事著作家。路德不但清扫了教会这个奥吉亚斯的牛圈,而且也清扫了德国语言这个奥吉亚斯的牛圈,创造了现代德国散文,并且创作了成为16世纪《马赛曲》的充满胜利信心的赞美诗的词和曲。"[①] 照此论述,"巨人时代"应当是在下列各方面都远胜于常人的超常时代:一是思维能力,二是激情和性格,三是多才多艺,四

[①] [德]恩格斯:《自然辩证法·导言》,《马克思恩格斯选集》第四卷,人民文学出版社1995年版,第157页。

是学识渊博。而且这个"巨人时代"的"巨人"们往往都有一个在其他时代变得不可思议的杰出特征：一人而同时兼擅上述若干方面。由此可以推论，恩格斯心目中的艺术高峰的生成应极大地依赖于"巨人时代"的创造性回归，这个时代的人们同时拥有自由思维、纵情释放激情的性格和多才多艺的爱好，以及变得学识渊博等综合特长。而这正是文艺高峰生成的基本环境条件和主体条件。

列宁高度肯定列夫·托尔斯泰的艺术成就，把他视为那个时代俄罗斯文学史上乃至世界文学史上的高峰。从1908年到1911年，列宁连续写了《列夫·托尔斯泰是俄国革命的镜子》等7篇批评论文，从不同视角和层面对列夫·托尔斯泰的作品进行了美学的和历史的批评。他不仅把列夫·托尔斯泰视为"俄国革命的镜子"，而且从世界文学史角度充分肯定托尔斯泰的最高创作成就和贡献，称他是"一个天才的艺术家，不仅创作了无与伦比的俄国生活的图画，而且创作了世界文学中第一流的作品"[①]。

中国化马克思主义者在传承马克思主义经典作家的精神遗产的基础上，对文艺高峰论做了自己的独特建树。中国革命的胜利依靠两支队伍：一支是拿枪的军队，另一支就是文艺大军。由此可见文艺在整个革命战略中的重要地位：运用优秀文艺作品去感染人民和教育人民。而要更好地产生感染和教育的作用，就需要以建设文艺高峰的姿态去努力创造。为此，可以见到"六个更"这一基本标准："人类的社会生活虽是文学艺术的唯一源泉，虽是较之后者有不可比拟的生动丰富的内容，但是人民还是不满足于前者而要求后者。这是为什么呢？因为虽然两者都是美，但是文艺作

---

① [苏]列宁：《列夫·托尔斯泰是俄国革命的镜子》，载《列宁选集》第二卷，人民出版社1995年版，第242页。

品中反映出来的生活却可以而且应该比普通的实际生活更高,更强烈,更有集中性,更典型,更理想,因此就更带普遍性。"① 这里的"六个更"的提出,表明毛泽东高度肯定艺术美虽然来自生活美,但又同时高于生活美。假如没有这种既源于生活又高于生活的明确意识,文艺高峰的生成就是不可能的。仍然是在延安时期,毛泽东高度称赞鲁迅在中国现代"文化新军"中的最高成就:"二十年来,这个文化新军的锋芒所向,从思想到形式(文字等)无不起了极大的革命。其声势之浩大,威力之猛烈,简直是所向无敌的。其动员之广大,超过中国任何历史时代。而鲁迅,就是这个文化新军的最伟大和最英勇的旗手。鲁迅是中国文化革命的主将,他不但是伟大的文学家,而且是伟大的思想家和伟大的革命家。鲁迅的骨头是最硬的,他没有丝毫的奴颜和媚骨,这是殖民地半殖民地人民最可宝贵的性格。鲁迅是在文化战线上,代表全民族的大多数,向着敌人冲锋陷阵的最正确、最勇敢、最坚决、最忠实、最热忱的空前的民族英雄。鲁迅的方向,就是中华民族新文化的方向。"② 毛泽东在其已公布的所有著作中,对一位中国现代作家一口气连用9个"最"字加以修饰,并同时冠之以3个"伟大"头衔,即"伟大"的"文学家""思想家"和"革命家",这些大抵都是他一生中绝无仅有的最高级的或登峰造极的用法了。由此可见出毛泽东对鲁迅的中国现代文艺最高峰地位和品质的由衷礼赞。

至于中国古典文艺高峰,毛泽东高度评价《红楼梦》为中国封建社会的"百科全书",认为"中国小说,艺术性、思想性最高的,还是《红楼梦》"。这里同时看到了该小说在艺术性和思想性两方面所取得的"最

---

① 毛泽东:《在延安文艺座谈会上的讲话》,载《毛泽东选集》第三卷,人民出版社1991年版,第861页。
② 毛泽东:《新民主主义论》,载《毛泽东选集》第二卷,人民出版社1991年版,第697—698页。

高"成就。他特别强调《红楼梦》在语言艺术上达到了最高峰:"可以学习《红楼梦》的语言,这部小说的语言是所有古典小说中最好的一部。"① 他还对《红楼梦》做了这样的相关评价:"中国古代小说写得好的是这一部,最好的一部。创造了好多文学语言呢。"② 他还认为这部小说具有深厚的"社会历史"价值:"《红楼梦》不仅要当作小说看,而且要当作历史看。他写的是很细致的、很精细的社会历史。他的书中写了几百人,有三四百人,其中只有三十三人是统治阶级,约占十分之一,其他都是被压迫的。牺牲的、死的很多,如鸳鸯、尤二姐、尤三姐、司棋、金钏、晴雯、秦可卿和她的一个丫鬟。"③ 而在"社会历史"的描绘中,对"阶级斗争"的描绘值得重视:"《红楼梦》写四大家族,阶级斗争激烈,几十条人命。统治者二十几人(有人算了说是三十三人),其他都是奴隶,三百多个,鸳鸯、司棋、尤二姐、尤三姐等等。讲历史不拿阶级斗争观点讲,就讲不通。"④ 在这里,毛泽东的文艺高峰论体现了语言和人物刻画等方面的艺术性与思想性之间相互交融和有机统一的立场,目的是突出优秀文艺作品对工农兵或人民群众的感染作用。

在经过了上面的简要勾勒后,再回头来理解前面有关"筑就中华民族伟大复兴时代的文艺高峰"的倡议,就可以产生更清晰的印象了。这种"文艺高峰"论实际上是对马克思主义经典作家的文艺观,特别是中国化马克思主义文艺观在当代条件下继承和弘扬的成果。

---

① 转引自陈晋《毛泽东是怎样把〈红楼梦〉当作历史读的?》,《党的文献》2013年第6期。
② 毛泽东:《谈〈红楼梦〉》,载《毛泽东文艺论集》,中央文献出版社2002年版,第209—210页。
③ 毛泽东:《谈〈红楼梦〉》,载中共中央文献研究室编《毛泽东文艺论集》,中央文献出版社2002年版,第206页。
④ 毛泽东:《谈〈红楼梦〉》,载中共中央文献研究室编《毛泽东文艺论集》,中央文献出版社2002年版,第208页。

简要地看，马克思主义经典作家的文艺高峰观中透露了一些共同信息，体现出一种共同精神。首先，文艺史上确实存在高峰之作，它们来自艺术家的基于生活体验的"天才"般或"巨人"般伟大创造，如莎士比亚、狄更斯、巴尔扎克、果戈理、托尔斯泰、曹雪芹等。其次，这些文艺高峰之作由于具有既源于生活又高于生活的"典型"性，因而远比那些职业学问家的社会历史论述更具有魅力和更富有社会历史内涵。再次，文艺高峰之作确实具有帮助人们认识世界和改造世界的巨大的精神感召作用。最后，特别就中国化马克思主义来说，文艺高峰的建成既有助于推进民族文化复兴，本身也就是民族文化复兴进程的一部分。

三、中国：立言不朽与品评之路

还应看到，从更深的历史层次上看，当前文艺高峰的国家构想其实依托着深厚的本土文化资源。具体地说，中国古代文艺史上曾经出现过若干文艺高峰观念，它们本身就成为当代文艺高峰的国家构想的本土历史渊源。而在中国古代文艺高峰观中，令人瞩目的文艺高峰生成路径有两条（远不只此）：一条可概括为立言不朽之路，另一条则可称为品评之路。

立言不朽之路在中国可谓源远流长，历经不同朝代或时代的演化而绵延不绝。先秦时起就形成了"三不朽"的观念，其中有关"立言"而"不朽"之说，就孕育了后世中国文艺高峰观的萌芽。《左传·襄公二十四年》记载："豹闻之，太上有立德，其次有立功，其次有立言，虽久不废，此之谓三不朽。"唐人孔颖达对这里的立德、立功和立言"三不朽"之说分别做了如下阐发："立德谓创制垂法，博施济众"；"立功谓拯厄除难，功济于时"；"立言谓言得其要，理足可传"。他认为，因"立言"而传于后世、达于"不朽"的人中有:"老、庄、荀、孟、管、晏、杨、墨、孙、吴之徒,制作子书,屈原、宋玉、贾逵、杨雄、马迁、班固以后,撰集史传及制作文章,使后世学习,皆是立言者也。"[1]这里列举的人物及其分别创作的"子书""史传""文章"等作品,大多可以跻身于中国文学的早期高峰行列中。其中提及的"马迁"即司马迁,之所以能以其毕生精力著成《史记》一书,其最根本的主体精神动力就在于,要通过"立言"而臻于"不朽"的高峰境界:"究天人之际,通古今之变,成一家之言。"按司马迁的自述,在惨遭酷刑折磨后"所以隐忍苟活,幽于粪土之中而不辞者,恨私心有所不尽,鄙陋没世,而文采不表于后也"。选择"隐忍苟活",不过是为了让自己的"文采"传诸后世而"不朽"。"古者富贵而名摩灭,不可胜记,唯倜傥非常之人称焉。盖文王拘而演《周易》;仲尼厄而作《春秋》;屈原放逐,乃赋《离骚》;左丘失明,厥有《国语》;孙子膑脚,《兵法》修列;不韦迁蜀,世传《吕览》;韩非囚秦,《说难》《孤愤》;《诗》三百篇,此皆圣贤发愤之所为作也。此人皆意有所郁结,不得通其道,故述往事、思来者。"他所心仪的"不朽"之人及其作品有,周文王之《周易》、孔子之《春秋》、屈原之《离骚》、左丘明之《国语》、孙子之《孙子兵法》、吕不韦之《吕览》、韩非子之《说难》《孤愤》及《诗经》等。正是怀揣这种"立言"而"传世"及至"不朽"的远大志向和坚韧毅力,他"就极刑而无愠色","诚以著此书,藏之名山,传之其人,通邑大都,则仆偿前辱之责,虽万被戮,岂有悔哉"[2]?

---

[1] (唐)孔颖达:《春秋左传正义》,载(清)阮元校刻《十三经注疏》下册,中华书局1980年版,第1979页。
[2] (汉)司马迁:《报任少卿书》,载班固撰《汉书·司马迁传第三十二》第9册,中华书局1962年版,第2735—2738页。

这里呈现的立言不朽之路，为文艺高峰之生成留下了几方面的启示。第一，文艺高峰的筑就，在主要目标上是要确证文艺家具有深刻洞悉天地人的演变规律的超常洞察力，也就是司马迁所谓"究天人之际，通古今之变，成一家之言"。第二，文艺高峰的筑就，在根本层次上是取决于文艺家的高远的精神志向的，也就是依赖于文艺家内心的"立言"而"不朽"的远大抱负。肉体上的长生不老或不朽追求，不可能生出文艺高峰的原动力。只有精神上的不朽追求，才是文艺家奋力创造文艺高峰的原动力之一。假如没有这一条，很多文艺高峰的筑就就是难以理解的了。第三，文艺高峰的筑就，在直接动机上往往发端于文艺家在现实生活中遭遇的必须克服的重大精神阻碍，这就是"发愤著书"之说的提出。后世之可与此"发愤著书"说产生高度共鸣的，就有李白的"哀怨起骚人"、韩愈的"不平则鸣"、欧阳修的"穷而后工"、李贽的"不愤不作"等。这三方面都对后世之筑就文艺高峰产生了巨大的精神感召作用。

清代叶燮提出的"千古诗人"（杜甫）的观念，就可以说是对司马迁以来立言不朽的文艺高峰论传统的一种自觉传承和弘扬。他把杜甫推举为"千古诗人"，着眼的显然就是历经"千古"而"不朽"的最美且最高名声，真正的诗歌高峰必定是指那种历经千载而不朽的崇高声誉，从而必定是跨越单一时代文化状况的具有更宽阔时代文化胸襟的声誉。叶燮这样具体阐述他的理由："我谓作诗者，亦必先有诗之基焉。诗之基，其人之胸襟是也。有胸襟，然后能载其性情、智慧、聪明、才辨以出，随遇发生，随生即盛。千古诗人推杜甫，其诗随所遇之人、之境、之事、之物，无处不发其思君王、忧祸乱、悲时日、念友朋、吊古人、怀远道，凡欢愉、幽愁、离合、今昔之感，一一触类而起；因遇得题、因题得情、因情敷句，皆因甫有其胸襟以为基。如星宿之海，万源从出；如钻燧之火，无处不发；如肥土沃壤，时雨一过，夭乔百物，随类而兴，生意各别，而无不具足。"①按叶燮的看法，使用"千古诗人"一词，实际上就相当于说千古一诗人、千年不朽的诗人，或千年里艺术成就及艺术声誉都最高的诗人。杜甫之所以能成为历代众多诗人中的"千古诗人"，首要的根源在于他拥有一个特殊的"胸襟"。这"胸襟"代表一种儒家式的关怀和顾念人世百态的忧患意识，使得诗人即便是在偶然遇合中也能"随遇发生"，"因遇得题"，生发出杜甫一生里曾频频推崇的"诗兴"。确实，杜诗的突出特点之一在于，可以随所遇之人、境、事、物而无处不发其感时忧国、悲时念友等丰富感兴。当与特定的人、境、事、物等发生偶然相遇之时，这个极富审美生产能力的"胸襟"会力助"触类而起""随类而兴"，创生出前所未有的洋溢兴辞之作。这里可见出司马迁以来立言不朽观及"发愤著书"说的深厚传承。

与立言不朽之路有明显的不同，品评之路就不仅尝试全力过滤主体的俗世诉求，而且开放出一种淡远而隐逸的美学品位。如果说，立言不朽之路充满人世关怀，是艺术家的在世关怀的结晶体，那么，品评之路则旨在发掘并享受那种超凡脱俗而兴味绵长的淡逸境界。如此一来，真正的文艺高峰，与其说来自于司马迁那种"究天人之际，通古今之变，成一家之言"的立言不朽精神，不如说指向的是超脱于主体精神追求之上的对远离尘嚣的高远品质的发现和享受。齐梁时钟嵘的《诗品》正是有关艺术品评的一部开创性著述："故诗有三义焉：一曰兴，二曰比，三曰赋。文已尽而义有余，兴也；因物喻志，比也；直书其事，寓言写物，赋也。弘斯三义，酌而用之，干之以风力，润之以丹彩，使味之者无极，闻之者动心，

---

① （清）叶燮：《原诗》，载王夫之等撰《清诗话》下册，上海古籍出版社1978年版，第572页。

是诗之至也。若专用比兴，则患在意深，意深则词踬。若但用赋体，则患在意浮，意浮则文散，成流移，文无止泊，有芜漫之累矣。"①他在这里明确主张诗歌应包含有令"味之者无极，闻之者动心"的"诗之至"品质。他于是仿照汉代以来"九品论人，七略裁士"的做法②，品评了两汉至梁代诗人122人，其中有上品11人、中品39人、下品72人。

如果说钟嵘的"诗品"观或多或少还包含有儒家式立言不朽之人世关怀意味，那么，相传是晚唐司空图所著的《二十四诗品》，则显示出更多并且更坚定的淡逸旨趣。它总共概括出24种诗歌品质：雄浑、冲淡、纤秾、沉着、高古、典雅、洗练、劲健、绮丽、自然、含蓄、豪放、精神、缜密、疏野、清奇、委曲、实境、悲慨、形容、超诣、飘逸、旷达、流动。其中对"含蓄"是这样概括的："不着一字，尽得风流。语不涉己，若不堪忧。是有真宰，与之沉浮。如渌满酒，花时反秋。悠悠空尘，忽忽海沤。浅深聚散，万取一收。"③这里不再对具体诗歌作品做上、中、下三个层次的品级评判，而是提出诗歌中存在种类繁多的若干不同类型且相互之间难分高下的审美品质的主张。这24种诗歌品质，正体现了作者对诗的多种不同的审美品质的独到品评。

与诗歌中的品评之路相平行的，绘画的品评之路中则可推宋代黄休复的"四格"之说。中唐皎然在论诗体时已把"逸"置于第二位，其后朱景玄在《唐朝名画录》中在"神""妙""能"三品之外新增"逸"品。到了北宋黄休复《益州名画录》，就在前人基础上提出完整而有序的山水画审

---

① （梁）钟嵘：《诗品》，载徐达译注《诗品全译》，贵州人民出版社1992年版，第10—11页。
② 参见（梁）钟嵘《诗品》，载徐达译注《诗品全译》，贵州人民出版社1992年版，第16页。
③ （唐）司空图：《二十四诗品》，载何文焕辑《历代诗话》（上），中华书局1981年版，第40—41页。

美价值品级的四层面说。他把山水画的审美价值品级分为由上到下的"四格":逸格、神格、妙格和能格。其中,妙格和能格又分别被再次细分出上品、中品和下品三个价值等级。首先,"逸格"是山水画中品级最高的层面:"画之逸格,最难其俦,拙规矩于方圆,鄙精研于彩绘,笔简形具,得之自然,莫可楷模,出于意表,故目之曰逸格尔。""逸"是指超过、超逸,"逸格"是指超出常规技法而达于表达自由的超级艺术美。"拙规矩于方圆,鄙精研于彩绘",带有轻视、跨越通常绘画技法的意思;"笔简形具"要求以极简练笔墨达到构型效果;"得之自然,莫可楷模,出于意表"是指画家笔墨仿佛出于天然,无法以人工衡量,表达效果超出任何常规意象之外。其次,"神格"被视为山水画的第二品级:"大凡画艺,应物象形,其天机迥高,思与神合,创意立体,妙合化权,非谓开厨已走,拨壁而飞,故目之曰神格尔。"与"逸格"指超级美相比,"神格"相当于指可以用级别衡量的最高级美,是指画家技法已抵达出神入化的原创境界。再次,"妙格"为第三品级:"画之于人,各有本性,笔精墨妙,不知所然,若投刃于解牛,类运斤于斫鼻,自心付手,曲尽玄微,故目之曰妙格尔。"这是指画家笔墨已达到能针对不同对象的不同本性而各尽其妙的较高境界。最后,"能格"属于山水画的第四品级:"画有性周动植,学侔天功,乃至结岳融川,潜鳞翔羽,形象生动者,故目之曰能格尔。"[1]这是指画家笔墨能生动形象地描摹对象,属于山水画的基础层面。比较起来,黄休复认为"逸格"最高也最稀少,被他推崇为"逸格"的画家不过孙位一人而已。他的独特贡献是把"逸格"列为绘画的最高品级,而且从此就成为似

---

[1] (宋)黄休复:《四格》,载俞剑华编著《中国古代画论类编》上册,人民美术出版社1998年版,第405—406页。

乎再无任何"异议"的"定论"了。"画之分品，至此成为定论。逸品居四品之首，亦成为定论。"①

可以看到，我国古代文艺高峰的品评之路中交织着至少两条分岔路径：一条是钟嵘式品分高下之路，主张艺术品必有审美品位上的高低之别；另一条是司空图式多品并存之路，强调艺术品在品位上同时存在不分高下的多样化品质。这两条路径的影响力都延续到现当代中国。前者如梁启超把黄遵宪尊为20世纪中国"诗王"，这相当于说现代中国诗坛的最高峰了。后者的实例就更多，直到今天人们还乐于流传有关唐代诗坛高峰林立、互不逊色的多样表述："诗圣"（杜甫）、"诗仙"（李白）、"诗佛"（王维）、"诗鬼"（李贺）等。这些高峰确实各有其品貌，不相上下，难分伯仲，共同托举起中国古典诗歌的一个高峰时代。

立言不朽之路和品评之路分别从两个不同极点反映了中国古代文艺高峰论中的对峙性观点：真正的文艺高峰，或者是艺术家的关怀人世的坚韧精神的冲决一切阻碍的愤然结晶，或者是艺术家的隔绝尘寰的淡远心境的自然写照。不过，实际上，这两种不同路径之间其实存在着隐性而又实在的交叉：对立言不朽之路而言，真正的文艺高峰之作并非仅仅出于关怀人世意向的简单而直接的投射，而是极大地依赖于艺术家的人格涵养及"触类而起""随类而兴"的感物类兴习惯的生成，正像叶燮所要求的"胸襟"那样；对品评之路而言，文艺高峰之作的诞生其实在其淡泊超脱的深层，是寄托了艺术家的隐性的人世关怀的。

---

① （宋）黄休复：《四格》，载俞剑华编著《中国古代画论类编》上册，人民美术出版社1998年版，第407页。

四、西方：在师法传统典范与介入社会现实之间

在外国文艺史上，特别就其中的西方文艺史来说，由于国家数量众多，其各自的历史漫长、文化形态多样且多变、文艺流派纷呈，有关文艺高峰的观念更是多种多样，根本无法做全面而完整的概括，所以这里只能概略地指出西方文艺史上有关文艺高峰的几家看法或几条路径而已。这是必须说明的。

首先应看到的是古典范本路径。德国艺术史家温克尔曼对古希腊艺术的美学特质的研究，为后世西方文艺史上文艺高峰观提供了可供模仿的杰出的古典范本。他指出："希腊杰作有一种普遍和主要的特点，这便是高贵的单纯和静穆的伟大……希腊艺术家所塑造的形象，在一切剧烈情感中都表现出一种伟大和平衡的心灵。"① 他直接把古希腊艺术的美学特质规定为"高贵的单纯""静穆的伟大"，这对后世产生了深远的影响。他特别研究了希腊艺术取得艺术高峰成就的原因："希腊人的艺术，有着大量的优秀作品保存下来供我们欣赏和模仿……希腊人在艺术中取得优越性的原因和基础，应部分地归结为气候的影响，部分地归结为国家的体制和管理以及由此产生的思维方式，而希腊人对艺术家的尊重以及他们在日常生活中广泛地传播和使用艺术品，也同样是重要的原因。"② 这里的原因有五方面：一是自然气候有利于"美"的生长，二是国家体制和管理的自由，三是由此导致的思维方式自由，四是艺术家受到尊重，五是日常生活中广泛

---

① ［德］温克尔曼：《关于在绘画和雕刻中模仿希腊作品的一些意见》，载［德］温克尔曼《希腊人的艺术》，邵大箴译，广西师范大学出版社 2001 年版，第 17 页。
② ［德］温克尔曼：《论希腊人的艺术》，载［德］温克尔曼《希腊人的艺术》，邵大箴译，广西师范大学出版社 2001 年版，第 107—108 页。

传播和使用艺术品。重要的是，他对国家体制和管理的原因的重点发掘至今仍引人注目："从希腊的国家体制和管理这个意义上说，艺术之所以优越的最重要的原因是有自由。"①进一步说，国家体制和管理上的自由则孕育了思维方式的自由："在自由中孕育出来的全民族的思想方式，犹如健壮的树干上的优良的枝叶一样……享有自由的希腊人的思想方式当然与在强权统治下生活的民族的观念完全不同。"②指出国家体制和管理上的自由及其孕育的思想自由构成希腊艺术高峰生成的最重要的原因，堪称温克尔曼对文艺高峰论的最杰出的贡献之一。从此，希腊艺术精神就必然地同自由精神紧密结合起来，而后世的莱辛、康德、歌德、席勒、黑格尔等德国美学及艺术界代表人物，都不同程度上传承了温克尔曼发掘的这种自由精神传统。

正是部分地接受了温克尔曼的希腊艺术范本观的感召，黑格尔在《美学》里阐述了一种基于其唯心辩证视角的文艺高峰演变路径，这可以称之为理念演化路径。他从"美是理念的感性显现"这一基本观点入手，认为理念在其辩证运动和变化的过程中会先后演化出三阶段，形成三种不同的艺术形态：一是"象征型"艺术代表艺术发展的初级阶段，那时的艺术材料及形式粗陋得无法适应理念的表达需要，这就是古埃及艺术等；二是"古典型"艺术代表艺术发展的第二阶段，在该阶段中艺术形式与理念找到了相互之间完美交融的理想的高峰状态，其案例就是古希腊雕刻；三是"浪漫型"艺术代表艺术发展的最后阶段，理念竭力想挣脱形式的束缚而

---

① [德]温克尔曼：《论希腊人的艺术》，载[德]温克尔曼《希腊人的艺术》，邵大箴译，广西师范大学出版社2001年版，第109页。
② [德]温克尔曼：《论希腊人的艺术》，载[德]温克尔曼《希腊人的艺术》，邵大箴译，广西师范大学出版社2001年版，第111页。

返回自身，其代表就是浪漫主义艺术。通过这三种艺术类型的论述，他流露出有关文艺高峰的标准：最靠近人类心灵的艺术品才是最高的艺术品。不过，当他把艺术高峰的完美范例仅仅限定在早已飘逝而去的遥远的古希腊雕塑时代时，他对现实中新艺术的观察缺位和深度失望之情，就应当是显而易见的了，难怪他最后不得不遁入"艺术终结"论的自我陷阱中。

与黑格尔按理念的辩证演化路径去推演其文艺高峰观不同，英国美术评论家约翰·罗斯金（John Ruskin，1819—1900）铺设出一条以向高层次观众传递高尚思想为旨归的颇有精英气息的文艺高峰观念，体现了以伟大的艺术作品去引领和提升观众的思想和趣味的强烈意愿。这可以视为思想道德感召路径。他在其著作《现代画家》中设定了"最伟大的作品"和"最伟大的画家"等美学标尺。不过，他首先注意在"伟大的作品"与"伟大的必要条件"之间做明确的区分。"对一个画家而言，其所有特有的优秀不过是预言家与诗人语言中的韵律、旋律、精确以及重音，这些是伟大的必要条件，但却不是对伟大的检验。画家或作家令人敬佩的伟大并不是由他们绘画或者表达的方式，而是由画家描绘了什么或作家说了什么最终决定的。"在他看来，艺术表达方式只能算"伟大的作品"所赖以产生的必要条件，而真正"伟大的作品"本身则只能由艺术家在艺术语言中所表达的"杰出的"东西去决定。"只有当一个人在语言的字里行间表现出杰出的精确和魄力，我们才能把他称为伟大的画家；只有当一个人在语言的文字中表现出杰出的精确和魄力，我们才能把他称为伟大的诗人。"[1] 他所心仪的"最伟大的作品"或文艺高峰的标准在于："采用任何方式传递给观众最多最伟大意识的绘画是最伟大的作品，并且我所认为的伟大意识

---

[1] ［英］罗斯金：《现代画家》第一卷，唐亚勋译，上海三联书店2012年版，第8页。

是被高层次的观众所接受的，在它的影响下，他们的思想会变得更加高尚。"① 从这里可见出他的文艺高峰观包含的几点标准：第一，作品能向观众传递"最多最伟大的意识"；第二，这些意识被"高层次观众"接受；第三，这些意识能让"高层次观众"的思想变得"更加高尚"，也就是得到提升。从这些论述可见，罗斯金的文艺高峰观，不是以艺术家的自我表现为中心，也不是以作品本身的形式创新为核心，而是以改善高层次观众的思想为中心，所以突出的是面向观众的个体思想、精神或心灵的高尚化这个中心。

俄罗斯文艺批评家别林斯基则把典型化视为文学创作的一条基本法则，在这里实际上触及他关于文艺高峰的必经之路及其基本特征的看法——文艺通过再现现实而产生社会启蒙作用。这是一条干预社会现实路径。"典型化是创作的一条基本法则，没有典型化，就没有创作。"② 只有经过典型化，他所处时代的文艺高峰的生成才是可能的。"创作独创性的，或者更确切点说，创作本身的显著标志之一，就是这典型性——如果可以这样说的话这就是作者的纹章印记。在一位具有真正才能的人写来，每一个人都是典型，每一个典型对于读者都是似曾相识的不相识者。"③ 他特别指出典型形象在其个别特征上所凝聚的普遍性意义："典型既是一个人，又是很多人，就是说：是这样的一种人物描写：在他身上包括了很

---

① ［英］罗斯金：《现代画家》第一卷，唐亚勋译，上海三联书店 2012 年版，第 11 页。
② ［俄］别林斯基：《评〈现代人〉》，转引自朱光潜《西方美学史》下卷，人民文学出版社 1979 年版，第 543 页。
③ ［俄］别林斯基：《论俄国中篇小说和果戈理君的中篇小说》，载《别林斯基文学论文选》，满涛、辛未艾译，上海译文出版社 2000 年版，第 159 页。

多人，包括了那体现同一概念的一整个范畴的人们。"① 难怪朱光潜会评价说："在近代美学家中，别林斯基是第一个把典型化提到艺术创作的首要地位的。"② 按别林斯基的论述，真正能够抵达时代文艺高峰的作品是那种"现实的诗歌"，而且只有它才是"我们时代真实的、真正的诗歌"。对这种"现实的诗歌"，他首要地标举忠实地再现现实生活这一特质。"它的显著特点，在于对现实的忠实；它不再造生活，而是把生活复制、再现，像凸面玻璃一样，在一种观点之下把生活的复杂多彩的现象反映出来，从这些现象里面汲取那构成丰满的、生气勃勃的、统一的图画时所必需的种种东西。诗作的伟大性和天才性，必须被这图画内容的容量和限度所决定。"③ 其早期范本是莎士比亚，"他那广无涯际的、包含万有的眼光，透入人类天性和真实生活的不可探究的圣殿，捉住了它们隐藏的脉息的神秘跳动"④。而其近期范本则是果戈理的作品。"新作品的显著特点在于毫无假借的直率，生活表现得赤裸裸到令人害羞的程度，把全部可怕的丑恶和全部庄严的美一起揭发出来，好像用解剖刀切开一样，难道还有什么可奇怪的吗？我们要求的不是生活的理想，而是生活本身，像它原来的那样。不管好还是坏，我们不想装饰它，因为我们认为，在诗情的描写中，不管怎样都是同样美丽的，因此也就是真实的，而在有真实的地方，也就有

---

① ［俄］别林斯基：《同时代人》，载［俄］别列金娜选辑《别林斯基论文学》，梁真译，新文艺出版社 1958 年版，第 120—121 页。
② 朱光潜：《西方美学史》下卷，人民文学出版社 1979 年版，第 543 页。
③ ［俄］别林斯基：《论俄国中篇小说和果戈理君的中篇小说》，载《别林斯基文学论文选》，满涛、辛未艾译，上海译文出版社 2000 年版，第 125 页。
④ ［俄］别林斯基：《论俄国中篇小说和果戈理君的中篇小说》，载《别林斯基文学论文选》，满涛、辛未艾译，上海译文出版社 2000 年版，第 123 页。

诗。"① 根据别林斯基的观点推论,能像解剖刀一样把被隐藏的现实生活真相揭露给人们看的文艺作品,才配被称为文艺高峰之作。

进入 20 世纪,法国作家安德烈·纪德(André Gide,1869—1951)借助于对陀思妥耶夫斯基的阐释,提出了一种文艺高峰观,不妨称之为探测心理现实路径。他明确地把陀思妥耶夫斯基视为成就甚至超过了托尔斯泰的文学最高峰之一:"托尔斯泰的伟岸身影仍然遮住了地平线,然而就像在山区一样,我们越走远,越能越过最近的山峰,看见曾被它遮住的最高峰巅露了出来——某些先驱者也许注意到,在巨人托尔斯泰后面,又出现了陀思妥耶夫斯基,而且越来越大。他是仍然半隐半露的顶峰,是延绵峰峦的神秘山结,几条最慷慨的河流从那里发源,新干渴的欧洲正在饮用它们的水。应该将他,而不是托尔斯泰,与易卜生和尼采并列。他和他们同样伟大,而且也许还是三人中最重要的。"② 在他看来,陀思妥耶夫斯基的独特建树在于,刻画出携带特别隐私而与人相遇并不断提出隐秘心理问题的一个个栩栩如生的人物形象。这些人物并非没有个性,而是"与狄更斯笔下最特殊的人物一样特殊,与任何文学中的任何肖像一样描绘得有声有色"。由于如此,陀思妥耶夫斯基的小说是"思想最丰富的小说","是我们知道的最充满生命力的书籍",从而他本人就是"最伟大的小说家"。③ 如果说,别林斯基的典型观凸显出以再现现实社会生活真相为基础的文艺高峰路径,那么,纪德对陀思妥耶夫斯基的热烈礼赞则透露出将

---

① [俄]别林斯基:《论俄国中篇小说和果戈理君的中篇小说》,载《别林斯基文学论文选》,满涛、辛未艾译,上海译文出版社 2000 年版,第 125—126 页。
② [法]纪德:《书信中的陀思妥耶夫斯基》,载《纪德文集·文论卷》,桂裕芳、王文融、李玉民译,花城出版社 2001 年版,第 144 页。
③ [法]纪德:《陀思妥耶夫斯基》,载《纪德文集·文论卷》,桂裕芳、王文融、李玉民译,花城出版社 2001 年版,第 231—233 页。

人类个体隐秘心理现实再现之作作为高峰化的路径。

最后，还应当指出的是师承和突破传统路径。美国批评家哈罗德·布鲁姆基于自己的"影响的焦虑"论，主张文学经典作品的生成来自过去传统和当代创新愿望之间进行的永恒竞争，从而对传统的师承与突破都十分重要。他在《西方正典》里，以莎士比亚为西方经典的中心，呈现了从但丁、乔叟、塞万提斯到乔伊斯、卡夫卡、博尔赫斯、贝克特等 20 多位西方一流作家作品的独特价值，由此揭示出文学高峰的奥秘：真正的文学经典都来源于传统与原创的巧妙融合。此外，更早的英国美术理论家贡布里希曾使用"真正杰作""人所共知的杰作"和"最伟大的作品"等表述，表露出他心中的艺术高峰标尺[①]，并且在《艺术与错觉》中指出民族传统在艺术创新中的基本作用。

这里仅仅简要论述了西方文艺史上曾发生影响的 6 种文艺高峰生成路径（远不止此），它们分别揭示了西方文艺史上通向文艺高峰的不同路径。其实，它们还可以进一步简化或合并成大约两条路径：一条是师法传统典范，如古典范本路径、理念演化路径（以师法希腊古典为核心）、师承和突破传统路径；另一条是介入社会现实路径，如思想道德感召路径、干预社会现实路径和探测心理现实路径。前者注重对古典范本的多重借鉴方式，相信文艺高峰根本上来自对经典的学习和突破，强调文艺高峰对个体精神的陶冶作用；后者注重对社会生活的介入，要求以高水平艺术作品去影响当代人们的社会生活，重视文艺高峰的介入社会现实、实现社会启蒙的作用。

---

① 参见［英］贡布里希《艺术发展史》，范景中、杨成凯译，天津人民美术出版社 2006 年版，第 1 页。

五、中外文艺高峰观的几点当代启示

从对中外文艺高峰观的上述简要梳理可见，中外文艺史上出现过多种多样的文艺高峰观，并对文艺高峰的生成环境和主体条件等提出过各不相同的观察，很难做出完全准确而又清晰的概括。尽管如此，在文艺高峰的生成环境和主体条件上，还是可以简略归纳出一些启示来的。这里面，至少有一点启示是可以肯定的：要产生文艺高峰或文艺杰作，就需要一定的生成环境和主体条件。而就这一点来说，一些当代启示想必已经蕴含其中。

首先，就当代来说，文艺高峰的筑就，特别需要建设国家体制和管理上的自由环境。这一点，正如前引温克尔曼在总结古希腊艺术繁荣的原因时所重点指出的那样。今天在国家体制中推进文艺高峰建设，首要地就是应当从国家体制和艺术管理层面，培育出一个有利于文艺杰作产生的优质社会环境条件来。邓小平同志说过："在艺术创作上提倡不同形式和风格的自由发展，在艺术理论上提倡不同观点和学派的自由讨论。"[①] 中外文艺史上的文艺高峰生成经验都告诉我们，这样来自艺术创作和艺术理论两方面的艺术自由，才有助于文艺杰作的自由生长和趋于成熟。

进一步看，还需要实现艺术家和相关社会各界的思维方式的自由。国家体制和艺术管理上的自由度，可以进而为艺术家的思维方式的自由，特别是其中的情感、思想和想象力等的自由驰骋，创造充足的条件。同时，这里也应当包括为同时代文化思想界的思想自由提供必要的保障。"马克

[①] 邓小平：《在中国文学艺术工作者第四次代表大会上的祝辞》，载《邓小平论文艺》，人民文学出版社1989年版，第7页。

思主义坚持实现人民解放、维护人民利益的立场,以实现人的自由而全面的发展和全人类解放为己任,反映了人类对理想社会的美好憧憬。"①也正是出于这种考虑,需要正确处理"政治立场和创作自由的关系"②。保障思维方式的自由,就可以让艺术家充分伸展其情感、想象力和思想等,令其在广阔的天地里高高飞翔。"面对生活之树,我们既要像小鸟一样在每个枝丫上跳跃鸣叫,也要像雄鹰一样从高空翱翔俯视。"③这种自由的"跳跃鸣叫"与"翱翔俯视"方能让艺术家挥洒出自身杰出的艺术创造力和非凡的审美智慧。

　　同样,艺术家的社会使命感也应当是催生文艺高峰的一项必要的主体条件。前面说的保障国家体制和管理上的自由,以及个人思维方式的自由,与艺术家自觉承担社会使命感之间,不应被对立起来。特别是在当前社会环境条件下,面对来自艺术市场的急功近利的诱惑,艺术家更应当树立社会使命感,即自觉承担起社会所赋予的超越个体利益之上的集体使命或共同体职责。先秦的"立言不朽"观念、司马迁的"愤而著书"说、韩愈的"不平则鸣"说、叶燮的"胸襟"说等传统,以及别林斯基有关文艺介入社会现实的观点等,都在说明,自觉承担社会使命,是真正的文艺高峰得以养成的必要而又重要的主体条件。当然,这并非是说,只要你有了社会使命感,就自然会产生杰作。而仅仅是说,在真正杰作的背后,必定能发现艺术家所自觉背负的社会承诺或民族义务。在这个意义上,艺术家之自觉履行社会使命感,不能被简单地理解为对短期发展目标或社会群体诉求等的直接的艺术表达,而应当着眼于长期的、深沉的和富于历史性的

---

① 习近平:《在哲学社会科学工作座谈会上的讲话》,人民出版社 2016 年版,第 8—9 页。
② 习近平:《在文艺工作座谈会上的讲话》,人民出版社 2015 年版,第 27 页。
③ 习近平:《在中国文联十大、中国作协九大开幕式上的讲话》,人民出版社 2016 年版,第 22 页。

社会公平、正义、民主等价值指标的美学传达，正像司马迁所自述的"究天人之际，通古今之变，成一家之言"那样。

还需要指出，真正的文艺高峰应当既来自对本土民族文化传统的继承，而同时又能敢于突破它，锐意予以创新，直到结出崭新的艺术果实。这意味着，继承传统而又善于创新，构成文艺高峰生成的艺术家素养条件。《红楼梦》的价值，突出地表现在，它一方面是既往中国古典文学的若干类型或样式的艺术成就的集大成，另一方面是它们的一次大突破或大改造，其结果是把中国古典文学在语言形式、叙事、抒情、人物刻画、风景描写、思想表达等几乎各方面所做的建树，一举而推向一个前所未有的最高峰。假如没有本土传统的继承，文艺高峰的生成显然就丧失掉本根；而假如没有新突破，就只能成为经典的笨拙复制品而已。在继承传统基础上敢于突破或创新，站到艺术变革的潮头，甚至引领艺术的最卓越创造力前行，文艺高峰的生成才具有了可能性。

一个敏感而又容易让人迷惑的问题在于，当代中国文艺高峰到底应该往哪个方向去建设？是不管世界风云变幻而专注于自己的文艺高峰建设，还是干脆全盘仿效西方标准而打造文艺高峰？合理的选择应当是据守世界中的本土立场，也就是把中国本土需要置于全球文化对话语境中，把它视为全球中的本土性或世界中的中国性；同时，从另一个角度看，则是要求把全球文化语境视为中国本土立场所必须同时应对的资源环境和对话的对象，所以是以本土为视点的全球性。在这个意义上，伸张全球中的本土性品格固然必要，但坚持本土性中的全球性或世界性已经变得尤其重要了。这是因为，以近年来的国家文艺政策颁布为代表，我国国家层面对中国文化传统的强调已达到前所未有的高度或程度。正是在这样的环境下，应当重点关注和澄清另一种偏向：为了本土性而宁愿牺牲全球性或世界性。在此，鲁迅在整整100年前的敏锐观察至今仍有其启示意义："但是想在现今的世界上，协同生长，挣一地位，即须有相当的进步的智识，道德，品格，思想，才能够站得住脚：这事极须劳力费心。而'国粹'多的国民，尤为劳力费心，因为他的'粹'太多。粹太多，便太特别。太特别，便难与种种人协同生长，挣得地位。"① 我们今天的文化建设诚然需要专注于本土性建构，但与世界上其他文化"协同生长，挣一地位"仍然是要务。

最后，并非最不重要的一点在于，当代中国文艺高峰的生成还极大地依赖于批评家的慧眼。人们容易产生的一种流行误解在于，以为文艺高峰只是艺术家的事，而与艺术批评家无关。但事实上，大凡世上任何一座文艺高峰或文艺杰作，虽然被艺术家创造出来，但在没有获得观众及批评家的认可之时，就还不能称为真正的文艺高峰或杰作。直到有人慧眼识珠，无论是由时人及时指认，还是等到后世的姗姗来迟的追认，总之，待到观众特别是艺术批评家的指认或迟或早地发生之时，真正的文艺高峰或文艺杰作才能获得正名。提起西方的实例，可以信手列举法国批评家圣伯夫之于雨果、俄罗斯批评家别林斯基之于果戈理、美国批评家庞德之于艾略特等；至于中国，则有金圣叹评点《水浒传》、脂砚斋批阅《红楼梦》及傅雷成为黄宾虹的忘年知音等典范。可以说，每座文艺高峰的背后，都应当有批评家的卓越建树的无与伦比的作用力。这些说明，艺术批评家的批评与被批评的艺术家及其作品一道，成为文艺高峰的不可或缺的必然构成要素。由此看，文艺高峰的生成同样离不开艺术批评的繁荣和发达这一环境的塑造作用。

上面所说，虽然还不能概括尽文艺高峰所赖以生成的社会环境和主体

---

① 鲁迅：《热风·随感录三十六》，载《鲁迅全集》第一卷，人民文学出版社1981年版，第307页。

条件之全部，但毕竟是其中不可缺少的几方面。应当说，这些方面都是当前中国文艺高峰建设所大有可为而又亟须作为的方向。说到底，在重温中外文艺史上文艺高峰观的基础上再来考察当代文艺高峰建设，可以获得一条颇有意味的结论：当前文艺高峰建设，需以长期的和持续的建设姿态，全力培育新的文艺高峰赖以生成的社会环境和主体条件，并促使其不断改善。与其急切地坐等文艺高峰瓜熟蒂落，不如静心地埋头于它的生成沃土的深耕厚植之中。只有当包括艺术家、批评家、思想文化界人士及普通观众等在内的全体国民都自觉地动员起来，齐心合力于新的文艺高峰所赖以生成的社会环境和主体条件的共同养成及联合改善时，特别是当自由的创造环境和自觉的精神涵养成为人们仿佛出于天然、纯净而充满活力的生存土壤时，真正的文艺高峰或许就在此过程中自动地孕育而成了。而这，或许才是当前有关文艺高峰建设的国家构想的真义之所在吧。

（原载《文艺争鸣》2018 年第 6 期）

中华民族新史诗

作家有责任抒写中华民族新史诗

李云雷

抒写中华民族新史诗,这是习近平总书记对文艺工作者的期待和要求,也是作家、艺术家在精神与艺术上的内在追求。

今天我们抒写中华民族新史诗,不仅要努力在中国文学的脉络中勇攀高峰,而且要有雄心将当代中国人的生活、情感与精神,凝结为具有世界意义的经典之作。

在第十次文代会、第九次作代会开幕式上的讲话中,习近平总书记指出:"'文变染乎世情,兴废系乎时序。'揭示人类命运和民族前途是文艺工作者的追求。伟大的作品一定是对个体、民族、国家命运最深刻把握的作品。改革开放近40年来,我们党领导人民所进行的奋斗,推动我国社会发生了全方位变革,这在中华民族发展史上是前所未有的,在人类发展史上也是绝无仅有的。面对这种史诗般的变化,我们有责任写出中华民族新史诗。"

抒写中华民族新史诗,这是习近平总书记对文艺工作者的期待,也是作家、艺术家在精神与艺术上的内在追求。所谓"中华民族新史诗",我们可以从四个层面来理解:一是"史诗",这里的史诗不是指特定体裁,而是指包容了巨大历史内容而又具有诗性的作品；二是"民族史诗"，是指体现了一个民族的历史、精神、美学的史诗性作品；三是"中华民族史诗"，是指凝聚了中国人共同经验、情感、记忆的民族史诗，在其中可以看到我们这个民族的特性、命运与希望，在这个意义上，从《史记》到《红楼梦》，再到鲁迅的小说，都是中华民族的"史诗"；四是"中华民族新史诗"，是指中国人在改革开放时代所创造的新的历史及其在文学中的呈现，可以从整体上凝聚当代中国人的生活、情感与精神，让我们可以从中看到时代，看到中国，看到我们自己。

一、中华民族新史诗何以匮乏

在当代中国文学界，可以称为"中华民族新史诗"的作品相对匮乏。之所以如此，在我看来，与20世纪80年代以来形成的两种倾向相关。一是忽视中国经验，注重"西方理论"。新时期以来不少作家模仿西方文学尤其是现代派文学，我们并不反对借鉴西方文学，但学习是为了更好地创造，为了表达中国人的经验与情感，而不是以西方的标准规范中国文学。但是在一些作品中，我们看到更多的是现代派的形式与技巧，以及抽象的对"人性""死亡""欲望"等问题的探讨，很少看到中国人的生存经验与内心世界。作品中即使写到中国人，也并不像生活中的中国人，而是按照某种理论抽象出来的符号，因而失去了生动性与鲜活性。二是消解"宏大叙事"，热衷"个人故事"。创作者越来越关注"自我"及其"日常生活"，缺乏宽广的历史眼光与社会意识。这也有一个演变的过程，在新时期之初，作为对此前公式化概念化创作的一种反拨，强调"自我"与"日常生活"有其历史的合理性，但是如果走到另一个极端，认为只有描写"自我"或"日常生活"才是好的文学，而关注他人、关注世界、关注社会议题，便不会有好的作品，这就陷入了偏颇与谬误。所谓"宏大叙事"的消解，作为理论探讨有其脉络与价值，但实际上这一命题消解的只是特定的"宏大叙事"，也让作为主体的人更加碎片化，需要我们从理论上作出反思。现在不少创作者囿于"自我""小叙事"的藩篱，极大限制了个人视野的拓展与艺术才华的发挥，这一点在青年作家身上表现得尤为明显。我们可以看到，现在很少有青年作家可以驾驭宏大的题材，相对于"50后""60后"作家，他们的气象、格局与境界偏于狭小，这也是青年作家亟待解决的问题。

当然，我们谈论抒写中华民族新史诗并不是要抹煞个人经验与日常生活，而是要从个人经验与日常生活出发，抵达一个更加开阔的境界。艺术创作的一个规律，就是要从创作者最熟悉的生活着手，从其艺术敏感点切入，只有这样，才能让创作更加丰富饱满，更有艺术的生命力，否则便容易陷入空洞或干瘪，甚或走向另一种公式化，这自然不是我们想要看到的。在这个意义上，我们要抒写中华民族新史诗，就需要将个人体验与中国经验结合起来，并不断拓展生活范围，提高艺术眼光与思想能力。

二、如何抒写中华民族新史诗

对于当代中国作家来说，要抒写中华民族新史诗需要具备新的历史眼光、社会意识和世界视野。

所谓新的历史眼光，是指将生活重新"相对化"的反思眼光与能力，我们的生活并不是从来如此的，也不是必然如此的。没有历史感就没有现实感，我们只有在历史脉络的细致把握中，才能够更深刻地感知和把握到

"现实"。在飞速发展剧烈变化的当代中国，我们每一个人都仿佛置身于激流之中，我们的日常生活也都在发生着变化，并不存在一成不变的"日常生活"，时代的深刻变化也渗透在日常生活之中。以通信方式为例，在短短20多年的时间，我们跨过了电话、寻呼机、手机时代，现在进入了移动互联网时代；再以火车交通为例，我们也跨过了绿皮车、快车、特快、动车时代，现在进入了高铁时代。类似这样的变化所在多有，深刻地改变了中国人的生活，也在悄然改变着中国人的时空观念。这是新的"中国故事"，是此前的中国史上所没有的，我们置身于这一伟大变革之中，只有具备历史的眼光，才能深刻认识其价值。

所谓新的社会意识，是指创作者要突破"自我"的藩篱，清晰地认识到自己只是社会某个阶层的一员，个人的生存经验或许并不能够代表其他阶层、群体或个人，而是有其局限性的。这就需要我们的作家走出"自我"，关注他人，关注时代，关注世界，尤其要关注社会底层民众的生活与内心。底层民众构成了中国人的主体，他们的故事是更广泛、更典型、更有代表性的"中国故事"，只有走进他们的生活世界，体验他们的喜怒哀乐，才能触摸到时代变化的脉搏。底层民众也是创造历史的根本力量，创作者只有参与到他们创造历史的进程之中，才能切身感受到中国经验的丰富性与复杂性，才能刻画出中国人的生活史与心灵史，才能创作出为他们所接受喜爱的优秀作品。

所谓新的世界视野，是指我们需要重建面对世界的心态，重构新的世界图景。我们可以清晰地感觉到，2008年奥运会以来，尤其是党的十八大以来，中国人的文化自信越来越强了，整体社会氛围和人们的自我意识也在发生变化，这是一个具有历史意义的变化。可以说自近代以来，中国人都在以"落后者""追赶者"的心态面对西方国家与西方文化，我们的整个知识、思想系统及其问题意识都是以此为基础的。而伴随着中国人文化自信的增强，我们不仅可以更加从容地面对西方文化，而且需要重新审视近代以来的知识系统，在新的问题意识之中，重新构造我们的思维与感觉结构，对此我们显然还缺乏知识与心理准备。而对于文学来说，只有具备这样的眼光与视野，我们才能讲好新的中国故事。

古今中外文学史上，无论是《战争与和平》《浮士德》，还是《红楼梦》《水浒传》，这些经典作品都以其对人类生活及其命运丰富性、复杂性、深刻性的揭示与探索，在文明的星空中闪烁着璀璨而永恒的光芒。今天我们抒写中华民族新史诗，不仅要努力在中国文学的脉络中勇攀高峰，而且要有雄心将当代中国人的生活、情感与精神，凝结为具有世界意义的经典之作。这是时代赋予我们的使命，也是当代中国作家所应有的抱负。

（原载《学习时报》2017年5月19日）

新时代呼唤着中华民族的新史诗

——习近平总书记文艺工作重要论述学习心得*

李松睿

习近平总书记在党的十九大报告中对中国社会的发展阶段做出了新的判断,即"中国特色社会主义进入了新时代,这是我国发展新的历史方位"[①]。他还进一步指出:"这个新时代,是承前启后、继往开来、在新的历史条件下继续夺取中国特色社会主义伟大胜利的时代,是决胜全面建成小康社会、进而全面建设社会主义现代化强国的时代,是全国各族人民团结奋斗、不断创造美好生活、逐步实现全体人民共同富裕的时代,是全体中华儿女勠力同心、奋力实现中华民族伟大复兴中国梦的时代,是我国日益走近世界舞台中央、不断为人类作出更大贡献的时代。"[②]也就是说,经

---

* 本文原标题为《新时代呼唤着中华民族的新史诗——习近平文艺思想学习心得》。
① 习近平:《决胜全面建成小康社会 夺取新时代中国特色社会主义伟大胜利——在中国共产党第十九次全国代表大会上的报告》(2017年10月18日),《人民日报》2017年10月28日。
② 习近平:《决胜全面建成小康社会 夺取新时代中国特色社会主义伟大胜利——在中国共产党第十九次全国代表大会上的报告》(2017年10月18日),《人民日报》2017年10月28日。

历了自强不息、艰苦卓绝的漫长奋斗，中华民族终于站在了新时代的门口。而新时代的中国文学要想呼应时代的召唤、把握时代的脉搏、书写时代的英雄，就需要以更宏阔的视野、更博大的胸怀，真正写出属于这个新时代的中华民族新史诗。

众所周知，史诗是一个非常古老的诗歌体裁，全世界各个民族在形成的初期，也就是民族意识诞生的关键时刻，都会出现叙述民族起源、歌颂民族英雄的史诗作品。而伴随着时代发展与社会进步，史诗这一文体开始衰落，这个概念也就逐渐从一种特定的诗歌体裁，发展成一个极为重要的文学理论术语。在 19 世纪之后的文学界，特别是有着深厚现实主义传统的中国当代文坛，文学批评家在赞赏某些特定类型的长篇小说时，总会使用"史诗"一词来描述这类作品的特征。在这个意义上，史诗就成了文学批评家授予特定类型文学作品的"勋章"，它表彰了作家创作宏大作品的雄心壮志、书写纷繁复杂的社会历史的不懈努力，以及准确捕捉历史发展规律的勇敢尝试。这也使得史诗式的创作风格在很长一段时间内成为现代以来中国作家努力追求的目标。

那么，为什么史诗这个概念对文学批评如此关键？为什么在中国特色社会主义进入新时代的历史时刻，史诗有必要成为一种值得赞赏的文学风格和创作品格？或者说，我们为什么要在今天来讨论中华民族的新史诗？这就不得不和史诗的美学特质联系在一起。美学上关于史诗的重要论述，当属黑格尔在《美学》中的分析。在那位德国哲学家看来，史诗"须用一件动作（情节）的过程为对象，而这一动作在它的情境和广泛的联系上，须使人认识到它是一件与一个民族和一个时代的本身完整的世界密切相关的意义深远的事迹。所以一个民族精神的全部世界观和客观存在，经过由它本身所对象化成的具体形象，即实际发生的事迹，就形成了正式史诗的内容和形式"①。在谈到诗人与其作品的关系时，黑格尔指出史诗作者的"自我和全民族的精神信仰整体以及客观现实情况，以及所用的想象方式，所做的事及其结果"②达到一种和谐统一的状态。也就是说，黑格尔认为在史诗所讲述的情节背后，蕴含着一个民族对于其所生活的时代和环境的全部理解。而史诗作者从事的工作，就是与民族、时代及其所生活的世界融为一体，达到一种完美统一的状态。在这样的写作状态下，诗人创造的就是史诗。

而总是在文学作品与其所处时代之间建立联系的马克思，也正是在这个意义上，认为《荷马史诗》这样的作品根植于它得以生长的古希腊社会，因此具有"永恒的魅力"，是一种"规范和高不可及的范本"③。与此类似的是匈牙利文艺理论家卢卡奇关于史诗的论述。在卢卡奇看来，古希腊人的生活世界相对狭小，使得他们在非常有限的范围内，能够充分地理解自己的世界，自由而熟悉地生活在其中。他们所遭遇的每一件事物、每一个变故都能得到合理的解释（当然未必是正确的解释），因而不会感到与其身处的世界发生龃龉。于是，在那个时代的文学创作中，生活的总体性能够被古希腊人把握并加以描绘，并由此创作出史诗。史诗中的人物在自己生活的世界中冒险、战斗，坦然地面对各自的命运，没有哀怨、忧虑，更没有对生活的反思，因为史诗作者、作品所歌颂的英雄以及诗歌所描绘的生活世界其实是三位一体，彼此之间处在和谐统一的状态中。而这

---

① ［德］黑格尔：《美学》（第三卷）下册，朱光潜译，商务印书馆1981年版，第107页。
② ［德］黑格尔：《美学》（第三卷）下册，朱光潜译，商务印书馆1981年版，第109页。
③ ［德］马克思：《〈政治经济学批判〉导言》，载《马克思恩格斯选集》第二卷，人民出版社1972年版，第114页。

种整一状态,被卢卡奇命名为"生活的总体性"。[①]而巴赫金在讨论史诗问题时,也同样强调史诗作者与其所描绘的世界之间的和谐统一。他认为史诗"是封闭的,如同一个圆圈,内中的一切都是现成的、完全完成了的东西。任何的未了结、未解决,任何的遗留问题,在史诗世界中都是不能相容的"[②]。

从这里我们会发现,以往的中国文学评论家在给很多长篇小说"派发"史诗"勋章"的时候,有过多、过滥的嫌疑。似乎只要是那些具有较长的篇幅、在叙事时间上具有较大的跨度、取材于真实或虚构的历史事件的小说,就可以获得这样的称号。然而,上述这些文体特征对于史诗来说,恐怕只是一些外在的、次要的条件,最关键的问题还在于作家、作品是否实现或近似于实现了对于生活世界的总体性的理解,是否达到了作家、作品、民族以及民族所处的时代、生活环境等几个方面构成和谐统一的整体。

显然,创造史诗对作家提出了极高的要求,甚至在现代社会,这样的要求在某种意义上成了不可能完成的任务。因此在美学史上,无论是黑格尔还是卢卡奇,他们都意识到这种作家思想与民族、时代、世界之间完美匹配、和谐的状态很难维持。黑格尔指出"史诗既然第一次以诗的形式表现一个民族的朴素的意识,它在本质上就应属于这样一个中间时代:一方面一个民族已从浑沌状态中醒觉过来,精神已有力量去创造自己的世界,而且感到能自由自在地生活在这种世界里;但是另一方面,凡是到后来成为固定的宗教教条或政治道德的法律都还只是些很灵活的或流动的思想信

---

① 参见[匈]卢卡奇《小说理论》,燕宏远、李怀涛译,商务印书馆2012年版,第20—21页。
② [苏联]巴赫金:《史诗与小说——长篇小说研究方法论》,白春仁译,载钱中文主编《巴赫金全集》第三卷,河北教育出版社1998年版,第518页。

仰，民族信仰和个人信仰还未分裂，意志和情感也还未分裂"①。在这里，黑格尔把史诗理解为一个民族产生了最初的自我意识，但在宗教、道德、政治、经济、文化等方面尚未健全时代的产物。一旦社会变得更为复杂、完善，个人的情感、意志、世界观就会与作为整体的民族发生龃龉，其作品也就很难与民族、时代、世界保持和谐统一的状态。于是史诗这一文体随之衰落，使得强调书写个人内心世界的抒情诗和侧重于表现外部世界的戏剧体诗最终代替了史诗。

沿着黑格尔的思路继续发展，卢卡奇同样认为史诗中那种个人与民族、时代、世界和谐整一的状态不可能永远存在，并特别指出了长篇小说对于现代人的意义。他认为在现代社会，人类的生活世界已经大幅度地拓展，这就使得现代人再也无法像古希腊人那样完全理解自己身处的环境，而世界也因为无法被现代人理解，开始向人类展示出自己陌生、神秘、恐怖的一面。在这种情况下，生活的总体性无可挽回地失落了，作家在作品中只能对生活进行反思，却永远无法真正理解生活本身，更不可能真正描绘出生活的总体性。卢卡奇进一步指出，小说，特别是长篇小说就是现代生活的史诗，虽然现代作家已经不可能真正把握生活的总体性，但由于他们将广阔、复杂的现代生活收束到文学文本之中的努力，使得长篇小说充当了与史诗类似的功能，最终表达了作家对于总体性的渴望与追求。②

因此，史诗这一文体的本质，就是在民族的自我意识初步觉醒的历史阶段，对于民族自身、时代以及世界的理解与把握。在这个意义上，真正的史诗作者其实就是一个民族的代言人，他要呈现自己所属的那个民族对

---

① [德]黑格尔：《美学》（第三卷）下册，朱光潜译，商务印书馆1981年版，第109页。
② 参见[匈]卢卡奇《小说理论》，燕宏远、李怀涛译，商务印书馆2012年版，第49—61页。

自身的认识，在整体上把握生活的总体性，并理解本民族身处的时代与世界。只不过在变化纷繁的当代社会去书写史诗，必然面对着某种悖论式的情境。一方面，我们身处的社会变得越来越复杂、越来越神秘，使得文学家很难在总体上把握它、理解它；另一方面，尝试去创作史诗的作家既无法获得总体性，也不可能真正完整地理解生活，他们只能勉强通过文学创作获得把握总体性的幻觉。正是在这个意义上，卢卡奇高度评价现实主义风格的长篇小说，因为这一文体试图在无法真正把握生活的总体性的情况下，努力在文学书写中尽可能地呈现总体性，触摸时代、生活的本质，并为这些无法把握的东西赋予文学的形式。[1] 因此，每一位真正的现实主义作家其实都是悲剧英雄，他们不得不在生活如此复杂、世界无从理解的时刻，写出自己民族的自我意识，并勉力把握自身所处的时代与世界。而史诗这一称号也就成了对这一决绝的努力最好的褒奖和认可。

在文学史上，每当一个民族面临新的历史阶段时，史诗式的作品就会出现。我们不必谈论19世纪经典的现实主义作家，如巴尔扎克之于法国社会、托尔斯泰之于俄国社会的意义。只要看1949年以来的中国文学史，就可以明白史诗对于民族自我理解的重要性。中华人民共和国成立之后，中华民族的命运无疑进入了一个新的历史阶段。这样的历史时刻正呼唤着文学对中华民族的命运进行书写，思考中国社会前进的道路与方向。而那些前辈作家也回应了他们的使命，努力谱写出了新的史诗，涌现出一大批社会主义现实主义的杰作，其中的代表作当属柳青的长篇小说《创业史》。在柳青对蛤蟆滩社会生活的书写中，人物命运的起伏、情节发展的走向与中国共产党的方针政策、社会主义的发展模式乃至历史前进的"必然方

---

[1] 参见 [匈] 卢卡奇《小说理论》，燕宏远、李怀涛译，商务印书馆2012年版，第49—61页。

向"都高度吻合。社会主义道路就是柳青在共和国成立初期写出的中华民族对自身命运的理解。我们必须承认，这样的写作当然是剔除了历史复杂性的，只是抽绎出柳青对历史发展潮流的理解。因此在今天回望柳青的写作，我们会发现蛤蟆滩社会生活的方方面面都按照一种理念的设想得到了妥善的安置，无论是姚士杰、郭振山这样的反面人物，还是合作化运动中的各种矛盾、冲突，都不足以威胁社会主义道路。这就使得柳青小说中的叙事语调充满了乐观主义的精神。这样的叙事自然是缺乏复杂性的，但毕竟构成了那一代中国人对于自己命运、对于国家前途、对于中华民族在世界史中的位置的理解。因此柳青的《创业史》堪称当代史诗，是尝试在作品中把握生活的总体性的典范。

不过正像黑格尔、卢卡奇所描述的美学史发展趋势中显示的，生活本身会不断释放出复杂性，作家的思想、意识与民族命运的整一状态也会最终解体。20世纪80年代以来的中国当代文学受到存在主义、现代主义等西方思潮的影响，不断书写生活的复杂性，深入挖掘个人内心世界的隐秘面，高调强调个人的独立性，宣称个人与集体、民族命运相互疏离。于是，对光明、正义、崇高的书写被指认为虚伪、造作，史诗更是成了所谓落伍的象征。中国当代作家乐于承认生活的不可知性，不承认存在所谓历史发展的必然方向，时代的脉搏、生活的规律也就成了某种陈旧而可笑的创作口号。在复杂神秘的生活面前，中国已经有太多的作家放弃了寻找规律和总体性的可能。

而当中国特色社会主义进入了新时代，历史再次来到一个转折性的时间节点的时刻，每一个中国人都必须重新对中华民族进行历史定位，在全新的坐标系下理解我们民族的历史，它的前进方向，以及它在世界政治经济格局中的位置。如果说黑格尔指出史诗诞生的年代恰恰是民族新的自我意识刚刚觉醒、而生活的复杂性又尚未完全展开的中间时刻，那么我们这个时代无疑正重新迎来史诗的时代，似乎历史再一次呼唤着中国文学担负起书写中华民族自我意识的使命。借用美国社会学家米尔斯的说法，那么中国作家在这个新的历史时刻，应该具备一种"社会学的想象力"，以便将个人的命运对接于民族的命运，把个人的困惑上升为公众的议题，使对个人复杂内心世界的探究转化为对民族命运的思考。[①] 只有这样，文学才有可能超越只能在小圈子中流传的尴尬，重新成为对人民大众具有感召力的艺术作品。

如果我们顺着这样的思路来构想理想中的中华民族的新史诗，那么这样的作品应该具备下面这些特征。第一，在最基本的层面上，它所描绘的应该是关于中国的故事，反映新时代的生活，建构出中国人、中国社会、中华民族的文学形象。不过光有这一点还远远不够。今天，我们早已生活在一个全球化的时代，而2000年以来，整个世界史最不能忽视的事实，就是中国在政治、经济、文化等各个领域全面改写着第二次世界大战以后所确立的世界基本格局。这也使得世界各国的文艺作品中，不断涌现出各式各样出于各种不同目的、不同立场来书写的中国形象。当世界各国的作家都纷纷将中国作为表现对象的时候，中国作家更是没有任何理由推卸思考、观察并书写中国的责任。因此，这就引出了理想中的史诗的第二个特征，即它必须是基于中国本位、中国立场的。正像上文所说的，史诗是一个民族的自我意识和自我形象的表达和塑造，代表着一个民族对自身命运的理解。因此，新时代的中华民族新史诗必然是民族本位的，要站在中国

---

① 参见［美］C.赖特·米尔斯《社会学的想象力》，李康译，北京师范大学出版社2017年版，第5页。

的立场来阐释中华民族的生活，书写中华民族的形象，思考中华民族的发展道路。第三，每当谈到中华民族的史诗的时候，人们经常会有一种误解，似乎这样的作品所描绘的事物仅仅属于中国，是具有很强的特殊性的东西。然而，史诗实际上有一个重要特点：它表面上只是在书写一个民族的自我理解，但由于在史诗中，民族的思想意识与民族所生活的时代与环境达到一种和谐统一的状态，这就使得史诗中民族的情感、意志、思想、观念同时也就是整个世界的情感、意志、思想、观念。也就是说，民族史诗总是有一种强烈的冲动，要将只属于本民族的、特殊性的东西，书写为具有普遍性的、具有世界意义的东西。因此，我们所追求的新史诗既然是要提供新时代中华民族的自我理解、自我形象以及它的前途与命运，那么它同时也是在为世界立法，为世界历史提供新的发展方向。

（原载《民族文学研究》2018年第2期）

从史诗般的新时代到"中华民族新史诗"

——兼论当代现实主义文艺理论中的三个问题

孙书文

文艺作品是一个民族精神特质的集中体现，标志着其文明进步程度。"没有中华文化繁荣兴盛，就没有中华民族伟大复兴。"[①] 文艺发展繁荣，是民族伟大复兴的应有之义。近年来，中国文艺稳步发展，综合水平不断提高，出现了一些具有较高思想艺术水准的作品，但同时也应看到，有"高原"缺"高峰"的状况尚未得到根本改变，真正深刻反思历史或现实、体现深层人文关怀的优秀作品还为数不多。"在有些作品中，有的调侃崇高、扭曲经典、颠覆历史，丑化人民群众和英雄人物；有的是非不分、善恶不辨、以丑为美，过度渲染社会阴暗面；有的搜奇猎艳、一味媚俗、低级趣味，把作品当作追逐利益的'摇钱树'，当作感官刺激的'摇头丸'；有的胡编乱写、粗制滥造、牵强附会，制造了一些文化'垃圾'；有的追求奢华、过度包装、炫富摆阔，形式大于内容；还有的热衷于所谓'为艺

---

① 习近平:《在文艺工作座谈会上的讲话》,《人民日报》2015年10月15日。

术而艺术'，只写一己悲欢、杯水风波，脱离大众、脱离现实。"①上述现象，在文艺界确乎存在，值得警惕。

党的十九大报告提出："经过长期努力，中国特色社会主义进入了新时代，这是我国发展新的历史方位。"②史诗般的新时代呼唤"中华民族新史诗"。习近平总书记在中国文联十大、中国作协九大开幕式上的讲话指出："改革开放近40年来，我们党领导人民所进行的奋斗，推动我国社会发生了全方位变革，这在中华民族发展史上是前所未有的，在人类发展史上也是绝无仅有的。面对这种史诗般的变化，我们有责任写出中华民族新史诗。"③当今中国的巨变，为世界瞩目，国力的发展、科技的进步、世界地位的提升，深刻地改变着当代中国人的生活。"伟大的时代呼唤伟大的文学作品。"④这一说法体现了社会对文艺发展的期许，也要求创作者应有自己的责任担当。另一方面，从史诗般的新时代到中华民族新史诗，筑就文艺"高峰"，在伟大的时代创作出伟大的文艺作品，这一命题涉及许多深层次的理论问题。

一、文艺要与时代保持张力关系

"时运交移，质文代变。"（《文心雕龙·时序》）明代的屠隆认为："诗

---

① 习近平：《在文艺工作座谈会上的讲话》，《人民日报》2015年10月15日。
② 习近平：《决胜全面建成小康社会 夺取新时代中国特色社会主义伟大胜利——在中国共产党第十九次全国代表大会上的报告》，人民出版社2017年版，第10页。
③ 习近平：《在中国文联十大、中国作协九大开幕式上的讲话》，《人民日报》2016年12月1日。
④ 铁凝：《伟大的时代呼唤伟大的文学作品》，《光明日报》2017年11月16日。

之变随世递迁，天地有劫，沧桑有改，而况诗乎？"①在他看来，文艺随时代演变，是天经地义之事。时代不同，为什么写、写什么、怎样写都会发生变化，梁启超便把"古语之文学变为俗语之文学"称为文学进化"一大关键"②。时代对文艺会产生综合性、整体性、根源性的影响，如生产力发展水平、科技进步程度会影响文艺的样态。网络文艺的方兴未艾，是中国当代文艺的一大景观，改变了文艺的整体格局，这便与中国网络的普及密切相关。2017 年 5 月，微软机器人小冰出版诗集《阳光失了玻璃窗》，这一事件离开了人工智能的快速发展是不可想象的。而且文艺的发展直接受制于政策环境尤其是文艺政策环境。文艺是要为阶级斗争服务，还是要满足人民不断增长的对于美好生活的需求，会催生截然不同的文艺生态。

文艺与时代有密切关系，但不能简单地、直接对应式地理解这种"密切关系"。一代有一代之文学，但在文论史上也不乏文艺不与时代同步的说法。法国诗人波德莱尔便认为："一种类似的社会环境必然产生相应的文学"是"错误"的，并提出"坡所尽可能地、不遗余力反对的，正是这些文学错误"。③英国小说家劳伦斯则认为，"艺术总是跑在时代前头，而时代本身总是远远落在这生气洋溢的时刻后面"，因为"艺术的职责，是

---

① （明）屠隆：《论诗文》，载郭绍虞、王文生主编《中国历代文论选》第三册，上海古籍出版社 1980 年版，第 147 页。
② 梁启超：《小说丛话》，载郭绍虞、王文生主编《中国历代文论选》第四册，上海古籍出版社 1980 年版，第 125 页。
③ ［法］波德莱尔：《再论埃德加·爱伦·坡》，载《波德莱尔美学论文选》，郭宏安译，人民文学出版社 1987 年版，第 200 页。

揭示一个生气洋溢的时刻……人类总是在种种旧关系的罗网里挣扎"[①]。时代要经过层层中介环节作用于文艺,因此文艺与时代的关系具有复杂性。马克思在《〈政治经济学批判〉序言》中这样表述自己的社会结构理论:"人们在自己生活的社会生产中发生一定的、必然的、不以他们的意志为转移的关系,即同他们的物质生产力的一定发展阶段相适合的生产关系。这些生产关系的总和构成社会的经济结构,即有法律的和政治的上层建筑竖立其上并有一定的社会意识形式与之相适应的现实基础。物质生活的生产方式制约着整个社会生活、政治生活和精神生活的过程。不是人们的意识决定人们的存在,相反,是人们的社会存在决定人们的意识。……随着经济基础的变更,全部庞大的上层建筑也或慢或快地发生变革。"[②] 经济基础决定上层建筑,这是马克思对人类社会发展规律的科学总结。但在理论发展进程中,如恩格斯曾经指出的,有的人有意把这样一个深刻的思想变成了"一次方程"和"小学生作业"。晚年的恩格斯针对以上状况,重点论述了"中间因素",阐发了包括文学艺术在内的多种社会意识形式之间的"相互影响",这是对历史唯物主义的重要补充。普列汉诺夫基于恩格斯的"中间因素"理论,在社会结构构建中加入了"社会心理",将原先的生产力—生产关系—法律、政治上层建筑—社会意识形态的四层结构变为五层结构,即"(一)生产力状况;(二)被生产力所制约的经济关系;(三)在一定的经济基础上生长起来的社会政治制度;(四)一部分由经济直接所决定,一部分由生长在经济上的全部社会政治制度所决定的社会中

---

① [英]戴·赫·劳伦斯:《乡土精神》,载[英]戴维·洛奇编《二十世纪文学评论》上册,上海译文出版社1987年版,第233页。
② 《马克思恩格斯选集》第二卷,人民出版社1995年版,第32—33页。

人的心理；（五）反映这种心理特性的各种思想体系"[1]。中国当代文艺理论家童庆炳在上述理论的基础上，又针对文艺环节进行了丰富，提出"社会心理—艺术文体—文本特征"[2]的公式，推进了文艺与时代关系理论的发展。

"文学也不能与时代贴身而行，丧失独立审视的想法与能力。文学不同于新闻，不是对现实的原样的呈现，它需要演绎真理的逻辑推动力。现实再离奇、再富有戏剧性的新闻事件，若直接搬入文学，因缺少社会真理的逻辑性推进，也会缺乏文学的深度。"[3]文学如此，整个文艺亦然，在文艺与时代的张力关系中，文艺想象、艺术探索才能得以展开，文艺才会有"艺术性"。也只有如此，文艺创作者才能如苏联理论家赫拉普钦科所说的，成为"真正的艺术家"，他们"与当代现实的联系不表现在他描绘时代的熟悉特征上；这些联系表现在世界的艺术发现上，这些发现能震撼读者，抓住读者的整个心灵，以自己的说服力和情感的力量使读者倾倒，能激发读者的思想，帮助他们理解生活和理解自己。这些发现，如果它们是真正重要的、令人信服的，它们就能打动世世代代人们的心"[4]。古往今来，打动人心的经典作品，无不具有超越性的特征，甚至达至"尽吸西江，细斟北斗，万象为宾客"（张孝祥《念奴娇·过洞庭》）的宇宙境界。

在当下的文艺创作中，文艺与时代的疏离更应引起警惕。"回望我国

---

[1] 《普列汉诺夫哲学著作选集》第二卷，读书·新知·生活三联书店1974年版，第195页。
[2] 童庆炳等：《马克思与现代美学》，高等教育出版社2001年版，第88页。
[3] 孙书文：《论文学与时代的张力关系》，《百家评论》2014年第1期。
[4] [俄]赫拉普钦科：《赫拉普钦科文学论文集》，张捷、刘逢祺译，人民文学出版社1997年版，第147页。

文学发展史，不难发现，一大批经典名著之所以能够在漫长的历史岁月中代代流传，且至今依然辉耀着璀璨的艺术魅力，一个重要原因便是这些作品均从某一侧面折射出特定历史时期的时代风貌与时代精神。"[1]表现同时代之事、之情，表现同时代民众的悲欢，揭示、凝练所处时代的时代精神，是文艺打动人心的基础所在，也是文艺发挥精神引领的基础所在。中国自古以来就有"诗言志"的传统，"文章合为时而著，歌诗合为事而作"（白居易）的现实主义文学创作，也成为中国文学的主流。在西方的文学传统中，萨特"介入"的文学观念也具有相当的代表性："对知识分子来说，介入就是表达他自己的感受……作家与小说家能够做的唯一事情就是从这个观点来表现为人的解放而进行的斗争，揭示人所处的环境，人所面临的危险以及改变的可能性。"[2]在中国当代文艺界，有的创作者打着纯文艺等各色旗号，有意"自绝"于这个时代，在创作中不接地气，因而也孱弱无力。主要病症有：躲进小楼，自成一统；婆婆妈妈，家长里短；装神弄鬼，神神叨叨。有一段时期，玄幻文艺大行其道，文学、影视莫不是鬼气缭绕。陶东风曾以《诛仙》等作品为例进行了分析，指出那种认为"玄幻文学展示了丰富的想象力，满足了人类追求自由，渴望自由的天性；玄幻文艺的游戏性和人类本性中的反归、反秩序冲动是一致的"的看法需要认真辨析，当前的玄幻作品不同于传统武侠小说，"极尽装神弄鬼之能事，其所谓幻想世界是建立在各种胡乱杜撰的魔法、妖术和歪门邪道之上的，除了魔杖、魔戒、魔法、魔咒，还有各种千奇百怪、匪夷所思的怪兽、幻兽"，"价值世界是混乱的、颠倒的"，碎片化的历史资料和考据知识，仅

---

[1] 刘金祥：《反映时代精神是文艺创作的神圣使命》，《红旗文稿》2017年第1期。
[2] ［法］萨特：《词语》，潘培庆译，生活·读书·新知三联书店1989年版，第345页。

仅是用来装点门面而已。① 从这个角度上说，"把握时代脉搏，承担时代使命，聆听时代声音，勇于回答时代课题"②，是当代中国文艺工作者重要的责任，也是不可推卸的时代担当。

"逃避这个世界，再没有比从事艺术更可靠的途径，而要想与世界紧密相关，也没有比艺术更有把握的途径。"③ 德国文豪歌德的这番话令人回味。在文艺与时代的张力关系中，创作"中华民族新史诗"方有可能。

二、文艺要坚持人民美学的方向

2001年，莫言在苏州大学"小说家讲坛"上做了题为"作为老百姓的写作"的演讲。其中讲道：

> 过去提过为革命写作，为工农兵写作，后来又发展成为人民写作。为人民的写作也就是为老百姓的写作。这就引出了问题的另外一个方面。那就是，你是为老百姓写作，还是作为老百姓的写作。……为老百姓写作听起来是一个很谦虚很卑微的口号，听起来有为人民做马牛的意思，但深究起来，这其实还是一种居高临下的态度。其骨子里的东西，还是作家是人类灵魂工程师、人民代言人、时代良心这种狂妄自大的、自以为是的玩意儿在作怪。……他在写作的时候，没有想到要用小说来揭露什么，来鞭挞什么，来提倡什么，来教化什么，因此他在写作的时候，就可以用一种平等的心态来对待小说中的人

---

① 参见陶东风《玄幻文学：时代的犬儒主义》，《中华读书报》2006年6月21日。
② 习近平：《在中国文联十大、中国作协九大开幕式上的讲话》，《人民日报》2016年12月1日。
③ 《歌德的格言和感想集》，程代熙、张惠民译，中国社会科学出版社1982年版，第81页。

物。他不但不认为自己比读者高明,他也不认为自己比自己作品中的人物高明。①

莫言的这番话,引发了文艺界的讨论。他的观点自然还有可商榷之处,但更需注意的是,这番话牵涉到关于人民与文艺关系中一系列的问题。如何为人民?作家是否是人民?"为老百姓"与"作为老百姓"的区别何在?作家写"人民"是以"学习"的态度还是抱有"平等的心态"?等等。这些问题,都有史的传承,尤其是在20世纪40年代延安时期、"十七年"、20世纪八九十年代人道主义讨论中被反复提及、集中讨论。

2004年1月,欧阳友权在《文艺报》上发表《人民文学 重新出发》一文。文章提出,"人民文学"是一个质的概念,而不是一个量的概念,"人民文学"不单纯是艺术认识论问题,"人民文学"是一个艺术概念,而不是抽象的思想观念,"写人民"的未必就是"人民文学",媚俗大众不是"人民文学",迎合时尚不是"人民文学",网络写作不等于"人民文学";"人民文学"是人民喜爱的文学,"人民文学"需要平视审美,"人民文学"要求千秋叙事,"人民文学"要有坚挺的精神。②文章引发诸多争论。其中,黄浩发表的争鸣文章认为,在市场社会,"人民不应当是一个阶级性的或政治性的概念,而应当是一个地域性的概念。一切拥有公民权利的社会成员,都属于人民范畴"③。"人民文学""公民文学""底层文学"……都

---

① 莫言:《文学创作的民间资源——在苏州大学"小说家讲坛"上的讲演》,《当代作家评论》2002年第1期。
② 参见欧阳友权《人民文学 重新出发》,《文艺报》2004年1月31日。
③ 黄浩:《尊重社会的文学选择——就"人民文学"问题与欧阳友权先生商榷》,《文艺报》2004年2月14日。

涉及文艺与人民的关系问题。

习近平关于文艺的论述中,"人民"是个高频词,体现出鲜明的人民特色,继承了中华传统文化、马克思主义文艺理论中相关的理论成果,同时结合了时代发展,提出有重要价值的理论新见。

其一,探讨重点不再是"人民"的界限,而是强调人民美学的指向。在革命年代,毛泽东所用的"人民"与"敌人"相对,"团结人民、教育人民、打击敌人、消灭敌人",对"人民"的界定是"最广大的人民,占全人口百分之九十以上的人民,是工人、农民、兵士和城市小资产阶级",要把地主阶级、反动资本家排除在外。"人民不是抽象的符号,而是一个一个具体的人,有血有肉,有情感,有爱恨,有梦想,也有内心的冲突和挣扎。"① 习近平的《在文艺工作座谈会上的讲话》中所运用的"人民"的概念没有"百分之九十"等的界定,也没有设置一个"敌人"作为对立面,其"人民"的概念宽泛得多,也体现出建设性的时代特点。

在这一转变的背后,不变的是对人民美学的坚持。马克思主义的美学从根本上可称为人民美学,最终是为了人民,这与康德的一切为了"人"有着本质的区别。作为大哲的康德,给予人类文明的巨大贡献无可置疑,但他也未能避免其个人的局限性与时代的局限性。"康德的审美无功利性本身并不是不食人间烟火的出世之论,是以审美为手段替个人在现实攫取私利作精神性的自我辩护,为占有财产的资本家提供一种精神解脱的自由方式。资本家在审美之时是高雅而人性的,审美的美丽面纱掩盖着血腥的罪恶。无功利的审美消解着社会的两极分化,把资本家和工人统一在

---

① 习近平:《在文艺工作座谈会上的讲话》,《人民日报》2015年10月15日。

面对美的对象时无私利的人类共同美感之中。"①马克思的美学作为人民美学,关注劳动者创造美,同时主张要使劳动者自身成为完善的人、完整的人、自由的人、完全解放的人。五四运动作为中国文化现代性的起点,也是美学现代性的起点。1919年7月,毛泽东在创办《湘江评论》时,提出的是"平民文学"的口号,"见于文学方面,由贵族的文学,古典的文学,死形的文学,变为平民的文学,现代的文学,有生命的文学"(《湘江评论·创刊宣言》)。这时的"平民"还不包括下层工农群众,仅限于城市小资产阶级和市民阶级的知识分子。他在1940年的《新民主主义论》中的提法则与此完全不同:"这种新民主主义的文化是大众的,因而即是民主的。它应为全民族中百分之九十以上的工农劳苦民众服务,并逐渐成为他们的文化。"②《在延安文艺座谈会上的讲话》中则强调:"无论高级的或初级的,我们的文学艺术都是为人民大众的,首先是为工农兵的,为工农兵而创作,为工农兵所利用的。"③这是要使人民成为文化的拥有者,把剥削阶段社会中"劳动创造美,却使劳动者成为畸形"的颠倒了的历史重新颠倒过来。革命的目标、社会主义发展的目标不仅是政治的、经济的,也是文化的。

其二,习近平《在文艺工作座谈会上的讲话》提出,要"运用历史的、人民的、艺术的、美学的观点评判和鉴赏作品"④。这一论断在恩格斯提出的经典的"美学的和史学的"观点之上,又把"人民的"和"艺术的"两个方面融合进去。"人民的"强调批评的立场,"艺术的"强调

---

① 冯宪光:《毛泽东与人民美学》,《文艺理论与批评》2003年第6期。
② 《毛泽东论文艺》(增订本),人民文学出版社1992年版,第31页。
③ 《毛泽东论文艺》(增订本),人民文学出版社1992年版,第52页。
④ 习近平:《在文艺工作座谈会上的讲话》,《人民日报》2015年10月15日。

批评的专业，是对马克思主义文艺批评理论的丰富。此外，讲话中所提出的"把人民作为文艺审美的鉴赏家和评判者"也是对马克思主义文艺理论的丰富。马克思曾经说过："人民历来就是作家够资格和不够资格的唯一判断者。"① 习近平的观点继承了马克思的说法，同时将"够资格"转变成了"鉴赏家"，这就把人民放在了文艺作品鉴赏、评判主体的位置上。

文艺为人民和文艺如何为人民，是毛泽东《在延安文艺座谈会上的讲话》中着力解决的两个问题，对这两个问题的解决也影响深远。习近平的《在文艺工作座谈会上的讲话》继承了这一传统，旗帜鲜明地坚持人民本位。中国传统文化历来有重民本的传统。儒家强调"民贵君轻""民本君末"。贾谊提出："民无不为本"，"夫民者，万世之本也"，"国以为本，君以为本，吏以为本"。（《新书》）但中国传统文化中的"民本"，很多时候带有策略性的"御民""牧民"味道。马克思主义坚持"人本"的立场，把人作为一切实践的目的，并进而强调人民群众主体性地位的重要性，主张人民历史观。毛泽东提出："人民，只有人民，才是创造世界历史的动力"②，"人民群众有无限的创造力。他们可以组织起来，向一切可以发挥自己力量的地方和部门进军，向生产的深度和广度进军，替自己创造日益增多的福利事业"③。中国共产党所坚持的"以人民为中心"的人民本位思想，坚守了马克思主义立场，同时是对中华传统文化的创造性转化与创新性发展。习近平强调"坚持以人民为中心的创作导向"，"要始终把人民的冷暖、人民的幸福放在心中，把人民的喜怒哀乐倾注在自己的笔端，讴歌

---

① 《马克思恩格斯全集》第一卷，人民出版社1956年版，第90页。
② 《毛泽东选集》第三卷，人民出版社1991年版，第1031页。
③ 《毛泽东选集》第五卷，人民出版社1977年版，第253页。

奋斗人生，刻画最美人物，坚定人们对美好生活的憧憬和信心"①，正是这种创作观念的体现。

文艺与人民的关系或隐或显，贯穿在中国当代文艺理论发展过程中。对文艺与人民的关系这一问题，仍有不少模糊认识。习近平提出："文艺深深融入人民生活，事业和生活、顺境和逆境、梦想和期望、爱和恨、存在和死亡，人类生活的一切方面，都可以在文艺作品中找到启迪。"② 这与别林斯基所说的作家要"在人民中间唤醒几世纪以来都埋没在污泥和尘芥中的人类尊严"③，是一脉相承的。

三、创作者要"跳入生活"，与生活"肉搏""化合"

"我们要走进生活深处，在人民中体悟生活本质、吃透生活底蕴。只有把生活咀嚼透了，完全消化了，才能变成深刻的情节和动人的形象，创作出来的作品才能激荡人心。"④ "中华民族新史诗"是植根于新时代生活的史诗，文艺与生活的关系，是创作"中华民族新史诗"不可回避的理论问题。20 世纪 90 年代，曾有人主张"零度写作"，鼓吹要冷静地、纯客观地反映生活，颇得一些创作者的追捧。从文艺发展历史来看，这种观念有纠偏之用，但也存矫枉过正之弊，甚至有违背常理之处。在文艺与生活的关系问题上，顾随（1897—1960）与胡风（1902—1985）两位理论家的文艺观念值得借鉴，前者主张"跳入生活"，后者主张创作者要与生活

---

① 习近平:《在文艺工作座谈会上的讲话》,《人民日报》2015 年 10 月 15 日。
② 习近平:《在文艺工作座谈会上的讲话》,《人民日报》2015 年 10 月 15 日。
③ 朱光潜:《西方美学史》下卷，人民文学出版社 1979 年版，第 514 页。
④ 习近平:《在文艺工作座谈会上的讲话》,《人民日报》2015 年 10 月 15 日。

"肉搏""化合"。顾随从艺术真实入手，提出要看出世界的"灵魂"[1]，文艺与禅一样，"不可说"，不可说"并非'无'，而是'真有'"[2]。他用这一视角来阐发白居易的《赋得古原草送别》，认为肉眼只能看见"世谛"，只有"诗眼"所见方为"诗谛"。"野火烧不尽，春风吹又生"两句"说尽人世间一切，先不用说盛衰兴亡，即人之一心，亦前念方灭，后念方生，真是心海，前波未平，后波又起，波峰波谷。用诗眼看故写出一切的一切"。因而"白氏以诗眼看故合诗谛，才是真草，把草的灵魂都掘出来了"。[3] 顾随极为推崇王国维，他的这种说法与王国维所说"政治家之眼，域于一人一事；诗人之眼，则通古今而观之"[4]极为一致。艺术家将自己与世俗世界的联系"切断"，从习以为常、熟视无睹的日常生活中跳脱出来，充分运用艺术概括能力，写出艺术的真实，具有比历史更强烈的"更普遍、更真实"的意味（亚里士多德）。

什么样的创作者才能创作出好作品？这是文艺心理学中着力解决的一个重要问题，理论家们对这个问题百思不得其解，甚至提出许多具有神秘性的解释。有代表性者如荣格的原型理论，认为文艺创作者是非自主性、非个人性的，他的"手被捉住了，他的笔写的是他惊奇地沉浸于其中的事情；……他只能服从于他自己这种显然异己的冲动，任凭它把他引向那里"[5]。这种观点留给人的疑惑是，什么样的创作者能获得这种"神示"？顾随认为具有深重的"无可奈何"的人生感受，是成就大艺术家的原因，

---

[1] 《顾随全集》第3卷，河北教育出版社2000年版，第145页。
[2] 《顾随全集》第3卷，河北教育出版社2000年版，第256页。
[3] 《顾随全集》第3卷，河北教育出版社2000年版，第100页。
[4] 王国维：《人间词话新注》，浙江文艺出版社2006年版，第68页。
[5] 《荣格文集》，冯川译，改革出版社1997年版，第216页。

《诗三百》的创作者是"跳入生活"[1],大词人辛弃疾是"叼住人生不放"[2],这些创作者们经历了造化弄人,经历了种种人世变故,积累了深重的"无可奈何"感。"屈原被放,就世俗看是不幸的,但就超世俗看来未始不是幸,否则没有《离骚》。再如老杜值天宝之乱,困厄流离,老杜若非此乱,或无今日之伟大亦未可知。在生活上固是不幸,但在诗上说未始不是幸。"[3]"疏影横斜水清浅,暗香浮动月黄昏"(林逋《山园小梅》)历来被视为咏梅的佳句。顾随则独树一帜,提出新见:"此二句甚有名而实不甚高。此二句似鬼非人,太清太高了便不是人,不是仙便是鬼,人是有血有肉有力气的。"[4]文学史上,尤其是中国古代文学史上,不乏鬼气森森、仙气飘飘的作品,"跳"入生活、"叼住人生不放",会带来无尽的烦恼,需要艺术家的勇气。"叼住人生不放",陶渊明便认识到"自己的渺小"[5]。鲁迅是顾随深为推崇的作家,1947年,他在中法大学文史学会所做题为《小说家之鲁迅》的讲演讲到自己敬仰鲁迅的原因:"鲁迅先生有的是一颗诗的心:爱不得,所以憎;热烈不得,所以冷酷;生活不得,所以寂寞;死不得,所以仍旧在'呐喊'。也就是《西游记》中孙大圣说的'哭不得了,所以笑也'。"[6]这种体会,在鲁迅的作品中时常提道:"我感到未尝经验的无聊,是自此以后的事。我当初是不知其所以然的;后来想,凡有一人的主张,得了赞和,是促其前进的,得了反对,是促其奋斗的,独有叫喊于生人中,而生人并无反应,既非赞同,也无反对,如置身毫无边际的

---

[1] 《顾随全集》第3卷,河北教育出版社2000年版,第73页。
[2] 《顾随全集》第3卷,河北教育出版社2000年版,第123页。
[3] 《顾随全集》第3卷,河北教育出版社2000年版,第146页。
[4] 《顾随全集》第3卷,河北教育出版社2000年版,第120页。
[5] 《顾随全集》第3卷,河北教育出版社2000年版,第85页。
[6] 《顾随全集》第2卷,河北教育出版社2000年版,第350页。

荒原，无可措手的了，这是怎样的悲哀呵，我于是以我所感到者为寂寞。这寂寞又一天一天的长大起来，如大毒蛇，缠住了我的灵魂了。"① 深味人生的"无可奈何"，一日一日地反抗绝望，于是才有了他的《呐喊》。"叮住人生不放"，需要胆识。清代叶燮提出"才胆识力"说，强调"无胆则笔墨萎缩"（《原诗·内篇下》）。"胆"固然可以解释为敢于发表不同于世俗的见解，从更深广的角度来看，"胆"是如鲁迅所说"取下假面，真诚地，深入地，大胆地看取人生"②。

在文艺与生活关系的认识上，胡风与顾随有相通之点；同时，作为马克思主义文艺理论家，他的看法又有超越之处。胡风1936年创作了《文学与生活》一书，探讨了"文艺是从生活中产生出来的""文艺是反映生活的""文艺站在比生活更高的地方"等问题。他基于马克思主义的实践理论，不是如顾随一样在一般意义上突出生活带给创作家的"无可奈何"感，而是特别强调文艺创作中主体与客体双方所发生的融合以及创作者根本性质的改变。他既反对当时周作人和林语堂等人脱离现实的"兴趣主义"和"性灵主义"，又反对"左联"内部从苏联引进的"辩证唯物主义创作方法"，尤其警惕在后者影响下左翼作家中所产生的"主观主义""客观主义"倾向。他批评林语堂脱离生活而大讲"幽默"："如果离开了社会的关心，无论是傻笑冷笑以至什么会心的微笑，都会转移人们底注意中心，变成某种心理的或生理的愉快，为笑笑而笑笑，要被礼拜六派认作后生可畏的弟弟。"③ 他认为张天翼的人物"色度……单纯"，究其原因在于"他们并不是带着复杂多彩的意欲的活的个人，在社会地盘的可能上能

---

① 《鲁迅全集》第一卷，人民文学出版社1981年版，第417页。
② 鲁迅：《论睁了看》，载《鲁迅全集》第一卷，人民文学出版社2005年版，第257页。
③ 胡风：《林语堂论》，载《胡风全集·评论I》第2卷，湖北人民出版社1999年版，第22页。

动地丰富地发展地开展他的个性，常常只是作者所预定的一个概念一个结论底扮演角色"①，这也是脱离生活之故。他借用化学的语汇，强调"客观的东西"要"通过作家的主观""结晶为作品的内容"。他的"主观战斗精神"的核心正是与生活的"肉搏"："对于血肉的现实人生的搏斗，是体现对象的摄取过程，但也是克服对象的批判过程。不过，在这里批判的精神必得是……在对象的具体的活的感性表现里面熔铸着作家的同感的肯定精神或反感的否定精神。所以，体现对象的摄取过程就同时是克服对象的批判过程。这就一方面要求主观力量的坚强，坚强到能够和血肉的对象搏斗，能够对血肉的对象进行批判，由这得到可能，创造出包含有比个别的对象更高的真实性的艺术世界，另一方面要求作家向感性的对象深入，深入到和对象的感性表现结为一体，不致自得其乐地离开对象飞去或不关痛痒地站在对象旁边，由这得到可能，使他所创造的艺术世界真正是历史真实在活的感性表现里的反映，不致成为抽象概念的冷冰冰的绘图演义。"②这种化合的时代，充满了创作者与时代的"肉搏"，反映这个时代的疼痛与世道人心，而这种反映才具有动人的力量。初唐诗人杨炯在《从军行》中写道："烽火照西京，心中自不平"，"宁为百夫长，胜作一书生"，创作者与时代的"冲突"，恰是作品的动人之处。

当今的文艺创作表现出许多新的特征，如类型的多样、规模的庞大、观念的杂糅，等等。现实主义文艺的地位受到质疑，"在大众消费文化转向的背景下，在现代主义或后现代主义文艺思潮的影响下，现实主义文学似乎并不那么受人欢迎而一度陷入低迷，取而代之的多是魔幻化、空

---

① 胡风：《张天翼论》，载《胡风全集·评论Ⅰ》第2卷，湖北人民出版社1999年版，第39页。
② 胡风：《置身在为民主的斗争里面》，载《胡风全集·评论Ⅱ》第3卷，湖北人民出版社1999年版，第186页。

灵化、娱乐化之作"[1]。现实主义弱化，成为当下一种明显的趋势。作为认识、思考、体验世界的重要途径，文艺创作者需要葆有、发扬现实主义精神，敢于用朴实的方式反映生活，强力介入现实，对生活进行典型化创造，彰扬真善美，贬斥假恶丑，创作出"像蓝天上的阳光、春季里的清风一样，能够启迪思想、温润心灵、陶冶人生，能够扫除颓废萎靡之风"[2]的"中华民族新史诗"。

（原载《山东社会科学》2018年第8期）

---

[1] 赖大仁：《现实主义是一种精神品格》，《人民日报》2017年6月2日。
[2] 习近平：《在文艺工作座谈会上的讲话》，《人民日报》2015年10月15日。

编后记

《新时代文化艺术思想研究文库》分为"文艺高峰与中华民族新史诗研究""中国艺术学'三大体系'研究""中华优秀传统文化创造性转化、创新性发展研究"等主题，收录著述近200篇，展现了学术界对国家文化艺术发展的思考。同时，编选以研究报告的形式对各主题的学术研究近况做了梳理和阐释，合编为一部"研究报告集"。

文库得以顺利出版，要感谢各个主题的编选者鲁太光、陈越、杨娟、李修建、孙晓霞、金宁、李松睿、任慧、李彦平、张敬华、汪骁、宋蒙（排名不分前后）等的辛勤付出。感谢中国艺术研究院基本科研业务费项目对文库编辑出版的资助和支持。感谢文化艺术出版社，特别是杨斌社长、王红总编辑以及各位责任编辑，他们一丝不苟的工作态度令人感佩。更要感谢来自全国各大高校和科研机构的诸位学界同仁，他们不吝赐稿，让这套文库具备了应有的学术分量。

希望这套文库能够为新时代中国特色社会主义建设略尽绵薄之力，能够为新时代文化艺术研究和实践提供有益的学术参考和理论资源。

2021年8月